静山社ペガサス文庫

バーティミアス①
サマルカンドの秘宝《ひほう》〈上〉

ジョナサン・ストラウド 作　金原瑞人・松山美保 訳

ジーナへ

サマルカンドの秘宝　上

もくじ

第1部 呼び出された者 9

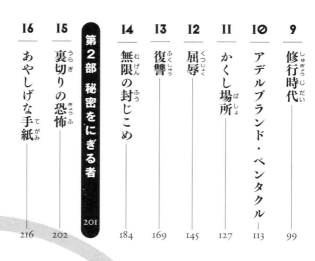

〈主な登場人物〉

バーティミアス……妖霊《ようれい》。中級《ちゅうきゅう》レベルのジン。五〇一〇歳《さい》だからまあまあベテラン。地球《ちきゅう》に呼《よ》び出《だ》されたときは怪物像《ガーゴイル》の姿《すがた》でいるのが好《す》きだが、状況《じょうきょう》に応《おう》じていろいろなものに変身《へんしん》する。

ナサニエル……十二歳《さい》の魔術師《まじゅつし》の卵《たまご》。小《ちい》さいころに政府《せいふ》にあずけられ、ほんとうの名前《なまえ》をすてて修行中《しゅぎょうちゅう》。

アーサー・アンダーウッド……ナサニエルを弟子《でし》としてひきとった中流《ちゅうりゅう》クラスの魔術師《まじゅつし》。国家保安省《こっかほあんしょう》の役人《やくにん》。

マーサ……アンダーウッドの妻《つま》。母親《ははおや》のようにナサニエルをかわいがっている。

パーセル先生《せんせい》……ナサニエルの家庭教師《かていきょうし》。神経質《しんけいしつ》で怒《おこ》りっぽい。

ラッチェンズ先生《せんせい》……ナサニエルの家庭教師《かていきょうし》。おだやかでやさしい。

サイモン・ラブレース……若手《わかて》エリート魔術師《まじゅつし》。長身《ちょうしん》で学者《がくしゃ》タイプの美男子《びなんし》。

アマンダ……ショートヘアのふくよかな美人《びじん》。サイモンの恋人《こいびと》？

フェイキアール……バーティミアスの旧友《きゅうゆう》にしてライバルの妖霊《ようれい》。コック姿《すがた》が定番《ていばん》。

ジャーボウ……闘《たたか》うのが大好《だいす》きな妖霊《ようれい》。得意技《とくいわざ》は爆発《ばくはつ》の魔法《まほう》。

黒《くろ》いマントの男《おとこ》……あごひげを生《は》やし、マントに身《み》を包《つつ》んだ謎《なぞ》の男《おとこ》。

不気味《ぶきみ》な子《こ》どもたち……妖霊《ようれい》を認識《にんしき》できる少女《しょうじょ》とその手下《てした》の少年《しょうねん》たち。正体不明《しょうたいふめい》。

第《だい》1部《ぶ》　呼《よ》び出《だ》された者《もの》

1 ソロモンとしゃべった悪魔《あくま》

部屋《へや》の空気《くうき》がすーっと冷《つめ》たくなった。カーテンに氷《こおり》がはり、天井《てんじょう》の照明《しょうめい》も厚《あつ》い氷《こおり》の膜《まく》におおわれ、白熱《はくねつ》していた電球《でんきゅう》も輝《かがや》きを失《うしな》った。よく燃《も》えるように芯《しん》を切《き》ったロウソクがあたり一面《いちめん》に浮《う》かびあがって、毒《どく》キノコの大群《たいぐん》のように見《み》える。暗《くら》くなった部屋《へや》にはむせかえるような硫黄《いおう》の煙《けむり》がたちこめ、ぼんやりした黒《くろ》い影《かげ》が身《み》もだえしてあばれだした。遠《とお》くで無数《むすう》の叫《さけ》び声《ごえ》が聞《き》こえる。とつぜん、階段《かいだん》に通《つう》じるドアに大《おお》きな力《ちから》がかかった。ドア板《いた》が内側《うちがわ》にたわみ、きしむ。足音《あしおと》が近《ちか》づいてくるが、姿《すがた》は見《み》えない。ぶつぶつ文句《もんく》をいう声《こえ》も、ベッドのうしろや机《つくえ》の下《した》のほうから聞《き》こえてくる。

硫黄《いおう》の煙《けむり》が帯《おび》の形《かたち》になり、そこから巻《ま》きひげのような細《ほそ》い煙《けむり》が何本《なんぼん》も出《で》たかと思《おも》うと、舌《した》のように空気《くうき》をひとなめしてひっこんだ。煙《けむり》の帯《おび》は〈五線星《ペンタ》の魔法円《クル》〉の上《うえ》をただよい、噴火《ふんか》した火山《かざん》の煙《けむり》のように、天井《てんじょう》に向《む》かっての

✡I おれとちがって、新米《しんまい》魔術師《まじゅつし》をからかうのが好《す》きな連中《れんちゅう》もいる。やつらはせっせと腕《うで》にみがきをかけ、

ぼっていく。その動《うご》きがとまった瞬間《しゅんかん》、煙《けむり》の真《ま》ん中《なか》からギョロっとした黄色《きいろ》いふたつの目《め》があらわれた……。

なんだ、こいつ初《はじ》めてらしいな。よし、ちょいとおどかしてやるか。

それでほんとにおどかしてやった。最初《さいしょ》におれの目《め》に映《うつ》ったのは、自分用《じぶんよう》のペンタクルに立《た》つ黒《くろ》い髪《かみ》の少年《しょうねん》。そのペンタクルは小《ちい》さめの円《えん》で、さまざまなルーン文字《もじ》がびっしり書《か》きこまれている。一メートルほど離《はな》れたところに大《だい》ペンタクルがある。少年《しょうねん》の顔《かお》は死人並《しにんな》みに青白《あおじろ》く、そのふるえ方《かた》といったら、強風《きょうふう》にあおられる枯葉《かれは》かって感《かん》じだ。あごをふるわせ、歯《は》をカチカチ鳴《な》らしている。やつの額《ひたい》からしたたった汗《あせ》が凍《こお》って、あられのような音《おと》をたてて床《ゆか》に落《お》ちた。

イタズラの効果《こうか》はバッチリだが、だからってうれしくもなんともない。少《しょう》年《ねん》は見《み》たところ十二歳《さい》ぐらいか。大《おお》きな目《め》にこけたほお。こんなやせぎすの小僧《こぞう》をこわがらせたってしょうがない（✡Ⅰ）。

そこでおれはその場《ば》で待《ま》つことにした。とにかく早《はや》いとこ話《はなし》を進《すす》めてちゃんと解放《かいほう》してくれよ、と願《ねが》いながら。そのあいだ、ひまつぶしに青《あお》い炎《ほのお》を大《だい》

呼《よ》んだ新米魔術師《しんまいまじゅつし》をふるえあがらせる。まあせいぜい、新米《しんまい》があとで悪夢《あくむ》にうなされるくらいだが、ときにはうまくいきすぎて、新米《しんまい》たちがパニックを起《お》こし、ペンタクルの外《そと》へ出《で》ちまったりする。そうなりゃおれたちはバンバンザイだ。だが危険性《きけんせい》も高《たか》い。新《しん》米《まい》たちはたいていきたえられているから、大人《おとな》になって仕返《しかえ》ししてくる。

ペンタクルの内側《うちがわ》のへりにそって走《はし》らせた。炎《ほのお》はそのまま円《えん》を飛《と》び出《だ》して小《こ》僧《ぞう》をつかまえようとするかのように、勢《いきお》いよく広《ひろ》がった。ま、もちろんこれもちょっとしたお遊《あそ》びだ。確認《かくにん》のほうはとっくにすませた。紋章《もんしょう》は正確《せいかく》に描《か》けている。つづりのまちがいもゼロ。ちぇっ、残念《ざんねん》！

おっ、ようやく小僧《こぞう》に話《はな》す勇気《ゆうき》がわいてきたらしい。あのくちびるの動《うご》きは、ただこわくてふるえているんじゃなさそうだ。おれは青《あお》い炎《ほのお》を消《け》して、かわりにひどいにおいをふりまいてやった。

やつが口《くち》をひらいた。やけにうわずった声《こえ》だ。

「め、命令《めいれい》を……く……くだす」ほら、さっさといえって！「な、名《な》を……な、名乗《なの》れ」

新米《しんまい》ってのは、だいたいここからはじめる。ほんとバカバカしい。やつもおれも、やつがおれの名前《なまえ》を知《し》ってることは百《ひゃく》も承知《しょうち》だ。でなきゃ、そもそもおれを呼《よ》び出《だ》せるわけがない。〈召喚《しょうかん》〉に必要《ひつよう》なのは正確《せいかく》なセリフと正確《せいかく》な手続《てつづ》き、それになにより大事《だいじ》なのは正確《せいかく》な名前《なまえ》。「タクシー！」って手《て》をあげるのとはわけがちがう。呼《よ》んだだけでだれかが来《き》てくれる、ってわけにはいかない。

おれはわざと太《ふと》くて低《ひく》い、ブラックチョコレートみたいな声《こえ》でいった。どこからともなくひびいて、ヒヨッコの首筋《くびすじ》の毛《け》を逆《さか》なでするような声《こえ》だ。

「バーティミアス」

その声《こえ》に小僧《こぞう》ののどがビクッと動《うご》いた。よしよし。まったくのバカでもなさそうだ。こいつはおれがだれで何者《なにもの》かちゃんとわかっている。おれの評判《ひょうばん》も。

小僧《こぞう》はつばをゴクリとのみこむと、また口《くち》をひらいた。「も、もう一度《いちど》きく。おまえはその、むかし、魔術師《まじゅつし》に呼《よ》ばれて、プラハの壁《かべ》を修復《しゅうふく》したあのバ、バーティミアスか？」

まったくしちめんどくさいガキだな、こいつは。おれのほかにだれがいるってんだ？　おれは少《すこ》しばかり音量《おんりょう》をあげた。電球《でんきゅう》にはりついた氷《こおり》が、煮《に》つめたカラメルみたいにパチパチはじけた。うすよごれたカーテンの向《む》こうで窓《まど》ガラスが小《こ》きざみにゆれている。小僧《こぞう》はぎょっとした顔《かお》をした。

「おれはバーティミアス！　ジン族《ぞく》のサカル、強者《こわもの》ヌゴーソにして銀《ぎん》の翼《つばさ》をもつヘビ！　最古《さいこ》の都市《とし》シュメールのウルクの城壁《じょうへき》も、カルナック神殿《しんでん》の壁《かべ》も、プラハの壁《かべ》も建《た》て直《なお》した。ソロモン王《おう》としゃべったこともある。平原《へいげん》に棲《す》むバッファローの祖先《そせん》と競走《きょうそう》したこともな。古代《こだい》ジンバブエの盛衰《せいすい》も見《み》守《まも》った。最後《さいご》には石壁《いしかべ》が倒《たお》れて、犠牲《ぎせい》になった人間《にんげん》をジャッカルがむさぼり食《く》ったが、それも見守《みまも》った。そのバーティミアスだ！　どうやら一人前《いちにんまえ》の魔《ま》術師《じゅつし》はいないようだな。さてと……小僧《こぞう》、今度《こんど》はおまえが答《こた》える番《ばん》だ。おれを呼《よ》んだおまえこそだれだ？」

どうだ、グッとくるセリフだろう？　なにしろぜーんぶほんとなんだから、効果《こうか》も倍増《ばいぞう》だ。それにおれはエラそうに自慢《じまん》したかったんじゃない。小《こ》僧《ぞう》がおびえて自分《じぶん》の名《な》をポロッと吐《は》いてくれればと思《おも》っただけだ。そうすりゃ、やつがほかに気《き》をとられているすきに手《て》を出《だ》せる（✡2）。だが、そうはいかなかった。

「この円《えん》のかせと、ペンタクルの五つの点《てん》と、鎖状《くさりじょう》のルーン文字《もじ》により、ぼくがおまえの主人《しゅじん》だ！　命令《めいれい》にしたがえ！」

なにがいやかって、この手《て》の古《ふる》いセリフをモヤシみたいな小僧《こぞう》の口《くち》から聞《き》

✡2　もちろん、円《えん》のなかにいるあいだは、おれはまったく手出《てだ》しできない。だがいず

くことぐらいいやなものはない。しかも弱々《よわよわ》しいたかーい声《こえ》で。おれは一発《ぱつ》どなりつけたい思《おも》いをぐっとこらえて、ふだんの調子《ちょうし》で答《こた》えた。とにかく早《はや》いとこ切《き》りあげよう。

「それで、ご命令《めいれい》は？」

この時点《じてん》でたしかにおれはおどろいていた。ふつうヒヨッコの魔術師《まじゅつし》なら、まずおれたちの姿《すがた》を見《み》て、それから質問《しつもん》してくる。相手《あいて》の品定《しなさだ》めをし、自分《じぶん》のもっている力《ちから》を考《かんが》え、それでも気《き》が小《ち》さくてなかなか命令《めいれい》など出《だ》せないもんだ。それにだいたい、こいつみたいな半人前《はんにんまえ》の小物《こもの》が、おれみたいな大物《おおもの》の妖霊《ようれい》を呼《よ》ぶことじたい信《しん》じられない。

小僧《こぞう》がせきばらいした。さてと、いよいよか。ここまで修行《しゅぎょう》を積《つ》み重《かさ》ねて、やっとこの瞬間《しゅんかん》にこぎつけたんだろう。やつはこのときを何年《なんねん》も夢《ゆめ》みてきたにちがいない。ふつうなら、ベッドに寝《ね》ころんでレーシングカーや女《おんな》の子《こ》を思《おも》い描《えが》く年《とし》ごろだろうに。おれは険《けわ》しい目《め》つきで小僧《こぞう》のかわいい命令《めいれい》を待《ま》った。さあ、いってみろ！　物《もの》を空中《くうちゅう》に浮《う》かせてちょうだいってのがよくあるパターンだ。それか、物《もの》を部屋《へや》のこっちからあっちへ動《うご》かすとか。それ

れ小僧《こぞう》の名前《なまえ》をつきとめて、弱《よわ》みをさぐってついてやろう。だれだって弱《よわ》みのひとつやふたつはある。たぶんこれを読《よ》んでいるおまえたちにも。

ともちょっとした幻《まぼろし》でも見《み》せてくれっていうんだろう。そうなりゃおもしろいかもしれない。やつの命令《めいれい》をちょいとかんちがいして、怒《いか》らせるのも手《て》だ（✡3）。

「サイモン・ラブレースの家《いえ》から、〈サマルカンドのお守り《アミュレット》〉をとってこい。明日《あす》の明《あ》け方《がた》、呼《よ》び出《だ》す」

「なんだと？」

「サイモン・ラブレースの……」

「それはわかってる！」せっかちな言《い》い方《かた》をするつもりはなかったが、つい言葉《ことば》がとび出《だ》した。おまけにせっかくの重々《おもおも》しい声《こえ》もうわずっちまうし。

「なら、行《い》け！」

「ちょっと待《ま》った！」胃《い》のあたりがむかついた。退去《たいきょ》させられるとき感《かん》じるやつだ。背中《せなか》からはらわたをぬきとられる感覚《かんかく》。ぐずぐずしてると、相手《あいて》から同《おな》じセリフを三回《かいき》聞かされて息《いき》の根《ね》をとめられるおそれがある。たいていの場合《ばあい》は命令《めいれい》を聞《き》いてさっさと消《き》えるが、このときばかりはその場《ば》を動《うご》くわけにいかなかった。おれははげしく渦巻《うずま》く煙《けむり》のなかで、ふたつの目《め》をギラつ

✡3 ある魔術師《まじゅつし》は「ぼくが一生愛《いっしょうあい》することのできる相手《あいて》を見《み》せてくれ」といった。おれは鏡《かがみ》を持《も》っていってやったね。

かせた。

「おまえ、自分《じぶん》がなにいってるかわかってんのか？」

「ぼくは意見《いけん》を聞《き》く気《き》も、話《はな》し合《あ》う気《き》も相談《そうだん》する気《き》もない。それに謎《なぞ》かけする気《き》も賭《か》けをする気《き》も運《うん》だめしも、それから……」

「もういい！　こっちだってヒヨッコと議論《ぎろん》する気《き》はない。だからその丸暗記《まるあんき》したようなくだらんセリフはやめろ。だれかにあやつられているんだろう。だれだそいつは。おまえの師匠《ししょう》か？　子《こ》どもを盾《たて》にしたおいぼれの腰《こし》ぬけだな」おれは煙《けむり》の量《りょう》をおさえて、ようやく自分《じぶん》の姿《すがた》をさらけ出《だ》すと、暗《くら》がりにぼんやり浮《う》かんで見《み》せた。「おまえ、火遊《ひあそ》びにもほどがあるぞ。このおれを呼《よ》び出《だ》したうえに、本物《ほんもの》の魔術師《まじゅつし》から盗《ぬす》みをはたらこうっていうのか。いったいここはどこだ？　ロンドンか？」

やつはうなずいた。ふーん、そうか。ここはロンドンの気味悪《きみわる》い屋敷《やしき》か。おれは硫黄《いおう》の煙《けむり》ごしに部屋《へや》を見《み》まわした。低《ひく》い天井《てんじょう》。はがれかかった壁紙《かべがみ》。色《いろ》あせた絵《え》のポスターが一枚《まい》壁《かべ》にかかっている。くすんだ色《いろ》のオランダの風景画《ふうけいが》か。ガキにしちゃ変《か》わった趣味《しゅみ》だ。ふつうならアイドル歌手《かしゅ》やサッカー選手《せんしゅ》のポスターでも飾《かざ》りそうなもんだが……魔術師《まじゅつし》ってのはたいがいカタブツだ。小《ちい》さいときからそう。

「ああ、なげかわしい……」おれはわざと沈《しず》んだ声《こえ》を出《だ》した。「世《よ》の中《なか》には悪《あく》がはびこり、おまえはろくな教育《きょういく》も受《う》けてない」

「ぼくはおまえなんかこわくない！　命令《めいれい》は伝《つた》えたはずだ。行《い》けってば！」

二回目《かいめ》の退去命令《たいきょめいれい》。今度《こんど》は腹《はら》の上《うえ》をスチームローラーがとおりすぎた気《き》分《ぶん》。おれの体《からだ》がゆらめきはじめた。こいつには力《ちから》がある。まだガキのくせに。

「おまえがおそれる相手《あいて》はおれじゃない。少《すく》なくとも今《いま》はな。だが、サイモン・ラブレースは自分《じぶん》のお守《まも》りが盗《ぬす》まれたとわかれば、ここへ乗《の》りこんでくる。ガキだからって容赦《ようしゃ》はしないぞ」

「命令《めいれい》にしたがえ」

「わかった」お手《て》あげだ。やつはゆずらない。大《おお》バカ者《もの》だ。

小僧《こぞう》の手《て》が動《うご》いた。〈宇宙《うちゅう》の万力《まんりき》〉の第《だい》一節《せつ》が聞《き》こえる。痛《いた》みの罰《ばつ》をあたえる気《き》だ。

おれは部屋《へや》から退散《たいさん》した。カッコつけてる場合《ばあい》じゃなかった。

2

クロウタドリの見《み》たもの

街灯《がいとう》の上《うえ》にとまった。夕暮《ゆうぐ》れがせまり、雨《あめ》がふっている。ちぇっ、ついてない。おれはクロウタドリに姿《すがた》を変《か》えていた。あざやかな黄色《きいろ》いくちばしと真《ま》っ黒《くろ》い体《からだ》をした陽気《ようき》な鳥《とり》だ。ところが、せっかくきれいな鳥《とり》になったってのに、みるみる雨《あめ》にぬれて、ハムステッドの街《まち》で翼《つばさ》を丸《まる》めているさえない鳥《とり》とまるで変《か》わらない。おれはあちこちに目《め》をくばりながら、住宅街《じゅうたくがい》の広《ひろ》い通《とお》りの向《む》こうにある大《おお》きなブナの木《き》を見張《みは》った。木《き》の根元《ねもと》に落《お》ち葉《ば》が朽《く》ちてかたまっている。十一月《がつ》の風《かぜ》で木《き》はすっかり裸《はだか》になっていたが、りっぱな若枝《わかえだ》が幹《みき》を雨《あめ》から守《まも》ろうと腕《うで》を広《ひろ》げていた。おれはその木《き》に向《む》かって飛《と》んでいった。ちょうど真下《ました》を一台《だい》の車《くるま》がエンジン音《おん》をひびかせて走《はし》っていく。高《たか》い塀《へい》にかこまれた緑《みどり》の生《お》い茂《しげ》る庭《にわ》の向《む》こうに、いくつか豪邸《ごうてい》が見《み》える。趣味《しゅみ》の悪《わる》い白《しろ》い壁《かべ》が、まるで死人《しにん》の顔《かお》みたいに浮《う》かんでいた。

もっとも、こっちの気分《きぶん》でそう見《み》えたのかもしれない。なにしろおれは問《もん》題《だい》を五つもかかえていた。まずひとつは鈍痛《どんつう》。どんな生《い》き物《もの》の姿《すがた》になってもついてくる痛《いた》みだが、それがもうはじまっていた。翼《つばさ》がずきずきする。ほかのものに変身《へんしん》すれば、一時的《いちじてき》に痛《いた》みはおさえられるが、変身《へんしん》の瞬間《しゅんかん》をだれかに見《み》られる危険《きけん》がある。周囲《しゅうい》の状況《じょうきょう》がつかめるまでは、鳥《とり》のままでいたほうがいい。

ふたつ目《め》は天気《てんき》。ん？　もうその話題《わだい》はあきたって？　わかった、わかった。

三つ目《め》は生《い》き物《もの》の姿《すがた》になったとき、生《い》き物《もの》には行動《こうどう》の限界《げんかい》があるってのを忘《わす》れちまうこと。さっきからくちばしのすぐ上《うえ》がかゆくて、かけるわけもないのに、つい翼《つばさ》でかこうとしちまう。四つ目《め》はあの小僧《こぞう》だ。やつについては知《し》りたいことが山《やま》ほどある。あいつはいったい何者《なにもの》だ？　なんだってあまでして死《し》にたがる？　これじゃあ、今回《こんかい》の仕返《しかえ》しをしたくたって、そのころには小僧《こぞう》はとっくに墓《はか》のなかだ。おまけにうわさはすぐに広《ひろ》まって、おれはあんなガキのために走《はし》りまわっていたとバカにされるはめになる。

それと……例《れい》のアミュレット。だれにきいてもあれはすごい代物《しろもの》だって話《はなし》だ。小僧《こぞう》はそれをどうするつもりなのか、まったくわけがわからない。どうせやつだってわかっちゃいないだろう。悲劇《ひげき》のアクセサリーとでも考《かんが》えて、首《くび》にかけるぐらいだ。他人《たにん》のお守《まも》りを盗《ぬす》むのが最近《さいきん》のはやりなのかもしれない。魔術師版《まじゅつしばん》ホイールキャップどろぼうってところか。だが、はやりだろうとなんだろうと、おれはまずそのアミュレットを手《て》に入《い》れなきゃならないし、こいつは決《けっ》して楽《らく》な仕事《しごと》とはいえない。いくらこのおれでも。

　クロウタドリの目《め》をとじて、自分《じぶん》の目《め》をひとつずつあけていった。おれは〈七つの目《め》〉をもっている（✡4）。その目《め》で左右《さゆう》を見《み》ながら枝《えだ》を行《い》ったり来《き》たりして、状況《じょうきょう》をさぐるのにいちばんながめのいい場所《ばしょ》をさがした。少《すく》なくとも通《とお》りぞいの三軒《けん》の屋敷《やしき》は魔法《まほう》で防御《ぼうぎょ》されている。さすがに高級住宅地《こうきゅうじゅうたくち》だ。通《とお》りの先《さき》にある二軒《けん》は調《しら》べなかった。道《みち》をはさんで街灯《がいとう》の向《む》こうにたつ邸宅《ていたく》に目《め》がとまったからだ。目当《めあ》ての場所《ばしょ》、魔術師《まじゅつし》サイモン・ラブレースの家《いえ》だ。

　第《だい》一の目《め》におかしなものは映《うつ》らなかったが、第《だい》二の目《め》にはサイモン・ラブ

✡4 おれは七つの目《め》に切《き》りかえられるし、同《どう》時《じ》に使《つか》うこともできる。この目《め》はたがいに重《かさ》なりあっている。この七つの目《め》があればじゅうぶん用《よう》が足《た》

レースのはった防御網《ぼうぎょもう》が映《うつ》った。クモの巣《す》のような青《あお》い網《あみ》が、高《たか》い塀全体《へいぜんたい》をおおってきらきら輝《かがや》いている。しかも防御網《ぼうぎょもう》はさらに空中《くうちゅう》へのび、白《しろ》い家《いえ》の屋根《やね》をこえて屋敷全体《やしきぜんたい》を包《つつ》んで、みごとな光《ひかり》のドームを作《つく》っていた。

ふむ、悪《わる》くはないが、この程度《ていど》ならなんの問題《もんだい》もない。

第《だい》三、四の目《め》にはとくになにも映《うつ》っていない。しかし第《だい》五の目《め》に切《き》りかえたとき、三人《にん》の見張《みは》りが映《うつ》った。塀《へい》のすぐ上《うえ》をパトロールしている。みな全《ぜん》身《しん》くすんだ黄色《きいろ》で、ひとつの関節《かんせつ》からニョッキリつき出《で》た三本《ぼん》の脚《あし》を勢《いきお》いよく動《うご》かしていた。脚《あし》の上《うえ》は形《かたち》のはっきりしない大《おお》きなかたまりで、口《くち》がふたつと用心深《ようじんぶか》そうな目《め》がいくつか、これみよがしについている。見張《みは》りたちは思《おも》い思《おも》いに向《む》きを変《か》えながら、庭《にわ》のまわりを飛《と》んでいた。おれは思《おも》わず枝《えだ》のつけ根《ね》にひっこんだが、まあ気《き》づかれる心配《しんぱい》はない。これだけはなれていれば、七つのどの目《め》にもクロウタドリがいるとしか映《うつ》らないはずだ。もっと近《ちか》づけば見《み》やぶられるかもしれないが。

第《だい》六の目《め》も問題《もんだい》なし。ところが第《だい》七の目《め》に切《き》りかえたとき……いやーな感《かん》じがした。はっきりなにかが見《み》えたわけじゃない。家《いえ》も通《とお》りも夜《よる》の闇《やみ》もとく

りる。それ以上使《いじょうつか》っているやつはただの目立《めだ》ちたがりだ。

に変《か》わった様子《ようす》はなかった。だが直感《ちょっかん》でわかった。なにかがひそんでいる。おれはくちばしを木《き》の節《ふし》にこすりつけながら考《かんが》えた。予想《よそう》どおり、ここには強大《きょうだい》な魔力《まりょく》が働《はたら》いている。ラブレースの評判《ひょうばん》はおれも知《し》っていた。並《なみ》はずれた魔術師《まじゅつし》、非情《ひじょう》な主人《しゅじん》。運《うん》よくおれはやつの仕事《しごと》をさせられたことはないが、やつとやつの手下《てした》のうらみを買《か》うのはごめんだ。

だが、小僧《こぞう》の命令《めいれい》にはしたがわなきゃならない。

ずぶぬれのクロウタドリの姿《すがた》でブナの木《き》から飛《と》び立《た》つと、通《とお》りを一気《いっき》にこえた。うまい具合《ぐあい》に街灯《がいとう》の光《ひかり》をよけながら、ラブレース邸《てい》の塀《へい》のすぐわきに舞《ま》いおりる。黒《くろ》いゴミ袋《ぶくろ》が四つ、翌朝《よくあさ》の回収《かいしゅう》にそなえて外《そと》に出《だ》されていた。おれはそのかげに入《はい》りこんだ。ネコが一匹《ぴき》、近《ちか》くでその様子《ようす》をうかがっている（✡5）。ネコは少《すこ》しのあいだ、クロウタドリが出《で》てくるのを待《ま》っていたが、しびれを切《き》らして近《ちか》づいてきた。だが、そこにはもう、鳥《とり》はいなかった。そのかわり、モグラの掘《ほ》った穴《あな》が……あったはずだ。

✡5 ネコはクロウタドリのおれを第二《だい》の目《め》で見《み》ていたが、おれの正体《しょうたい》は見《み》やぶれなかったにちがいない。

3 地下経路《ちかけいろ》

土《つち》の味《あじ》は最悪《さいあく》だ。おれみたいな空気《くうき》と火《ひ》でできている者《もの》には、どうやったってなじめっこない。土《つち》にふれるたんびに、うんざりするほどの重《おも》さがのしかかってくる。だからこそおれは、ふだんからどんな生《い》き物《もの》の姿《すがた》になるかってことにかなりこだわっている。鳥《とり》、よし。虫《むし》、だいじょうぶ。コウモリ、オッケー。足《あし》の速《はや》い生《い》き物《もの》、いうことなし。木《き》にすむ生《い》き物《もの》、サイコー。地下《ちか》にすむ生《い》き物《もの》、今《いま》ひとつ。モグラ、ダメ。

ただし、よけなきゃいけない防御物《ぼうぎょぶつ》のたぐいがある場合《ばあい》はそうもいっていられない。おれの判断《はんだん》は正《ただ》しかった。防御網《ぼうぎょもう》は地下《ちか》まではとどいていない。モグラになったおれは、とにかく下《した》へ下《した》へと掘《ほ》り続《つづ》け、塀《へい》の土台《どだい》の下《した》をぬけた。途中《とちゅう》、小石《こいし》に頭《あたま》を五回《かい》もぶつけたが（✵6）、魔法《まほう》の警報機《けいほうき》はウンともスンともいわなかった。それからふたたび上《うえ》に向《む》かい、たっぷり二十分《ぷん》、鼻《はな》を

✵6 頭《あたま》をぶつけたのは五回《かい》ともちがう小石《こいし》だ。念《ねん》のため。マヌケな人間《にんげん》と同《おな》じにされちゃかなわないからな。

ヒクつかせながら必死《ひっし》に土《つち》と格闘《かくとう》したあげく、地表《ちひょう》に出《で》た。ふつうのモグラなら大喜《おおよろこ》びの、イキのいい虫《むし》ケラをしょっちゅう掘《ほ》り出《だ》したが、おれは見向《みむ》きもしなかった。

サイモン・ラブレース邸《てい》の手入《てい》れの行《い》きとどいた芝生《しばふ》に穴《あな》をあけ、おそるおそる顔《かお》を出《だ》すと、あたりを見《み》まわし、位置《いち》を確認《かくにん》する。家《いえ》に明《あ》かりがついていた。一階《かい》だ。カーテンが引《ひ》かれている。上《うえ》の階《かい》はモグラの目《め》で見《み》たかぎりでは明《あ》かりはついていない。青《あお》く透《す》きとおった魔法《まほう》の防御網《ぼうぎょもう》が頭上《ずじょう》をアーチ状《じょう》におおっていた。黄色《きいろ》い体《からだ》の見張《みは》りのひとりが、低木《ていぼく》の三メートル上空《じょうくう》をぼんやり飛《と》んでいる。あとのふたりはおそらく家《いえ》の裏側《うらがわ》だろう。

もう一度《いちど》、第《だい》七の目《め》に切《き》りかえた。やはりなにも見《み》えなかったが、いやな感《かん》じは変《か》わらない。ああ、気《き》が重《おも》いよ、まったく。

地下《ちか》にもどって、さらに家《いえ》のほうへ掘《ほ》り進《すす》んだ。ふたたび地表《ちひょう》に顔《かお》を出《だ》すと、いちばん手前《てまえ》の窓《まど》の下《した》にある花壇《かだん》のなかだった。おれはけんめいに知恵《ちえ》をしぼった。これ以上《いじょう》モグラの姿《すがた》でいてもしかたない。もう少《すこ》し掘《ほ》り進《すす》んで、地下貯蔵室《ちかちょぞうしつ》に忍《しの》びこむ手《て》もあるが……ほかの手段《しゅだん》を見《み》つけるほうがいいだろう。

そのとき、笑《わら》い声《ごえ》とグラスのふれあう音《おと》が聞《き》こえた。音《おと》はおどろくほど大《おお》きい。かなり近《ちか》くだ。通気孔《つうきこう》が目《め》に入《はい》った。古《ふる》くなってひびが入《はい》っている。五十センチとはなれていない壁《かべ》にとりつけられていた。家《いえ》のなかに通《つう》じている。

ほっとして、おれはハエに姿《すがた》を変《か》えた。

4 サマルカンドのアミュレット

通気孔《つうきこう》にかくれて、ハエの目《め》でやけに古《ふる》めかしい客間《きゃくま》をのぞいた。ふかふかのじゅうたんに悪趣味《あくしゅみ》なストライプの壁紙《かべがみ》、シャンデリアまがいのイヤミなクリスタルガラス、古《ふる》くなって黒《くろ》ずんだ二枚《まい》の油絵《あぶらえ》、ソファがひとつと安《あん》楽《らく》イスがふたつ。これもストライプだ。低《ひく》いテーブルには銀《ぎん》のトレイが置《お》かれ、赤《あか》ワインのボトルが一本《ぽん》置《お》いてある。グラスはトレイでなく、ふたりの人間《にんげん》の手《て》にあった。

ひとりは女《おんな》だ。まあまあ若《わか》いがそろそろ中年《ちゅうねん》の――人間《にんげん》としてはってことだが、おれから見《み》りゃあ、生《う》まれたての赤《あか》んぼうみたいな――ぽっちゃりした美人《びじん》。大《おお》きな目《め》にうすいブルーのショートヘア。おれはその姿《すがた》を自動的《じどうてき》に脳《のう》に焼《や》きつけた。明日《あす》、この女《おんな》の姿《すがた》で小僧《こぞう》の前《まえ》にあらわれてやろう。しかもヌードで。カタブツの小僧《こぞう》がどんな顔《かお》をするか、見《み》ものだ！（✡7）

✡7 疑問《ぎもん》を感《かん》じたやつのためにいっておくが、女《おんな》になるのはむずかしくはない。ちなみに男《おとこ》でもいっしょ。女《おんな》のほうがこまかい作業《さぎょう》を必要《ひつよう》とするが、ここではくわしい説《せつ》明《めい》はよしておく。女《おんな》、男《おとこ》、モグラ、ウジ虫《むし》……結局《けっきょく》はみんな同《おな》じ。ただ、わかりやすく変化《へんか》をつけただけだ。

だが目下《もっか》のおれの関心《かんしん》は、その女《おんな》がほほえみながら相《あい》づちを打《う》っている相《あい》手《て》の男《おとこ》のほうだった。長身《ちょうしん》で細身《ほそみ》。学者《がくしゃ》タイプの美形《びけい》。髪《かみ》はにおいのきついオイルできれいになでつけてある。小《ちい》さな丸《まる》メガネに歯《は》ならびのいい大《おお》きな口《くち》。つき出《で》たあご。ひと目《め》でピンときた。サイモン・ラブレースだ。たいそうな力《ちから》と権威《けんい》のオーラをやつが発《はっ》しているせいだからか？　それとも、いかにもわがもの顔《がお》で部屋《へや》を行《い》ったり来《き》たりしているせいか？　肩《かた》のあたりに浮《う》かんでいる小悪魔《インプ》――第二《だい》の目《め》で見《み》える――が用心深《ようじんぶか》くあたりを見張《みは》っているせいかもしれない。

おれはいらいらして前足《まえあし》をこすりあわせた。これは用心《ようじん》したほうがいい。インプはめんどうだ（✡8）。

こんなことならクモになっておくんだった。クモなら何時間《なんじかん》でもじっとしていられるし、それでもいっこうに気《き》にならない。ハエはとてもじゃないがじっとなどしていられない。しかしここで姿《すがた》を変《か》えたら、あのインプにまちがいなく気《き》づかれちまう。おれは不本意《ふほんい》なこの身《み》をなんとかかくし、新《あら》たに出《で》てきた体《からだ》の痛《いた》みをこらえなきゃならなかった。

✡8
誤解《ごかい》するなよ。インプがこわいわけじゃない。インプなどかんたんにひねりつぶせる。だが、あいつらが部屋《へや》にいるとめんどうだ。主人《しゅじん》にひたすら忠実《ちゅうじつ》だし、鋭《するど》い観察眼《かんさつがん》があるから、おれのハエの姿《すがた》に一瞬《いっしゅん》だってだまされないだろう。

魔術師《まじゅつし》がひたすらしゃべっていた。女《おんな》がスパニエル犬《けん》のように目《め》をぱっちりひらいて、うっとりとやつを見《み》つめている。おれは女《おんな》のマヌケ面《づら》にかみついてやりたくなった。

「……アマンダ、これはまたとない機会《きかい》だ。きみはロンドン社交界《しゃこうかい》の華《はな》になる！　いいかい、首相本人《しゅしょうほんにん》がきみの屋敷《やしき》を見《み》るのを楽《たの》しみにしている。たしかな筋《すじ》から聞《き》いた話《はなし》だからまちがいない。わたしのライバルたちが首相《しゅしょう》に何《なん》週間《しゅうかん》もつきまとって、しつこくゴマをすっていたが、それでも首相《しゅしょう》はきみの家《いえ》の大広間《おおひろま》で会議《かいぎ》をするという姿勢《しせい》を変《か》えなかった。つまり、わたしも肝心《かんじん》なときにはまだまだ彼《かれ》に影響《えいきょう》をあたえられるってことだ。問題《もんだい》はいかに彼《かれ》のあつかいを心得《こころえ》て、その虚栄心《きょえいしん》をどうくすぐるか……これはないしょの話《はなし》だが、首相《しゅしょう》はああ見《み》えて案外《あんがい》もろいところがある。得意分野《とくいぶんや》は呪文《じゅもん》だが、今《いま》じゃ、それさえやろうとしない。そりゃそうさ。彼《かれ》にはとりまきの幹部《かんぶ》がひっついていて、ちゃんと動《うご》いてくれるんだから……」

魔術師《まじゅつし》はこんな調子《ちょうし》で話《はな》し続《つづ》けた。いかにも自分《じぶん》と首相《しゅしょう》は親《した》しいんだといいたげに、熱心《ねっしん》に首相《しゅしょう》のうわさばかりしてやがる。女《おんな》はワインを飲《の》み、うな

☆9
人間《にんげん》がこの会話《かいわ》を聞《き》いていたら、かなりびっくりしただろう。ラブレースの口《くち》からとびだすイギリス政《せい》

ずき、絶妙《ぜつみょう》のタイミングで息《いき》をのんだりおどろきの声《こえ》をあげたりして、魔術《まじゅつ》師《し》のほうへ体《からだ》をかたむける。おれはうんざりして、あやうく羽音《はおと》をたてそうになった（✡9）。

とつぜん、魔術師《まじゅつし》の肩《かた》にいるインプが身《み》がまえた。頭《あたま》を百八十度回転《どかいてん》させて、向《む》かいのドアに目《め》をやり、主人《しゅじん》の耳《みみ》を軽《かろ》くつまんでそちらに注意《ちゅうい》を向《む》けさせた。ほどなくドアがあいて、黒《くろ》いジャケットを着《き》たハゲ頭《あたま》の男《おとこ》がうやうやしく部屋《へや》に入《はい》ってきた。

「お話中失礼《はなしちゅうしつれい》します。車《くるま》の用意《ようい》ができました」

「ありがとう、カーター。すぐに行《い》く」

男《おとこ》が部屋《へや》を出《で》ていった。魔術師《まじゅつし》は、ほとんど飲《の》んでいないワイングラスをテーブルに置《お》くと、女《おんな》の手《て》をとり、気取《きど》った仕草《しぐさ》でキスをした。うしろでインプが思《おも》いきりいやそうな顔《かお》をする。

「アマンダ、いっしょにいたいんだが、あいにく仕事《しごと》で呼《よ》び出《だ》されてしまってね。今夜《こんや》はもどれそうにない。電話《でんわ》してもいいかい？　それと、芝居《しばい》に行《い》かないか？　明日《あす》の晩《ばん》にでも」

府《ふ》の汚職《おしょく》の話《はなし》はやけにくわしかった。もっともおれはべつにおどろかない。それよりはるかにスケールの大《おお》きい文明《ぶんめい》社会《しゃかい》がほろびていくのを、これまで数《かぞ》えきれないほど見《み》てきたからな。それよりおれはそのあいだ、どんな妖霊《ようれい》がサイモン・ラブレースの下《した》で働《はたら》いてきたか必死《ひっし》に思《おも》い出《だ》そうとしていた。ま、用心《ようじん》するにこしたことはない。

「うれしいわ、サイモン」

「じゃ、決《き》まりだ。友人《ゆうじん》のメイクピースが新作《しんさく》をやるんだ。すぐにチケットをとるよ。さあ、カーターが車《くるま》で送《おく》る」

ひと組《くみ》の男女《だんじょ》とインプが出《で》ていったあと、ドアが半分《はんぶん》あいていた。おれは通気孔《つうきこう》からはい出《だ》し、音《おと》をたてずに部屋《へや》をつっきると、玄関《げんかん》を見《み》わたせるところにやってきた。召《め》し使《つか》いがコートを用意《ようい》したり、指示《しじ》がとんだりと、玄《げん》関《かん》でちょっとしたやりとりがあったあと、ドアがバタンとしまり、魔術師《まじゅつし》は家《いえ》を出《で》ていった。

おれは部屋《へや》から飛《と》び出《で》た。玄関《げんかん》は広《ひろ》く、冷《ひ》え冷《び》えしていて、黒《くろ》と白《しろ》のタイルばりの床《ゆか》が広《ひろ》がっていた。青々《あおあお》としたシダが大《おお》きな陶器《とうき》の鉢《はち》からのびている。シャンデリアのまわりを飛《と》びながら、耳《みみ》をすます。静《しず》かだ。少《すこ》しはなれたキッチンから陽気《ようき》な音《おと》が小《ち》さく聞《き》こえてくるだけだ。ポットや皿《さら》がふれあう音《おと》に、大《おお》きなげっぷが数発《すうはつ》。コックかだれかだろう。

魔法《まほう》の振動《しんどう》を弱《よわ》く出《だ》して、ラブレースの魔術用品《まじゅつようひん》のありかをさぐってみるか……いや、それは危険《きけん》だ。だいいち外《そと》の見張《みは》りが気《き》づくかもしれない。ほかに監視《かんし》がいないとしても、魔法《まほう》を使《つか》うのはさけたほうがいい。やっぱりハエのまま、自分《じぶん》でさがすしかないな。

七つの目《め》に映《うつ》る景色《けしき》はどれも鮮明《せんめい》だった。おれは玄関《げんかん》を移動《いどう》すると、直感《ちょっかん》で階段《かいだん》をのぼった。

二階《かい》にあがると、厚手《あつで》のじゅうたんを敷《し》いた廊下《ろうか》が左右《さゆう》にのびていた。壁《かべ》には油絵《あぶらえ》がならんでいる。すぐに右手《みぎて》の廊下《ろうか》に気《き》をひかれた。おっ、ヤバい。途中《とちゅう》に監視《かんし》がいる。人間《にんげん》の目《め》には火災報知機《かさいほうちき》にしか見《み》えないが、おれの内側《うちがわ》の目《め》には正体《しょうたい》が映《うつ》っていた。ヒキガエルが気味悪《きみわる》くふくらんだ目《め》を下《した》に向《む》けて天井《てんじょう》にくっついている。一分《ぷん》おきぐらいにその場《ば》でひょこひょこ動《うご》いては少《すこ》しずつ回転《かいてん》していた。主人《しゅじん》がもどってきたら、留守中《るすちゅう》の出来事《できごと》をすべて報告《ほうこく》するんだろう。

ヒキガエルにちょっとした魔法《まほう》をかけた。濃《こ》い油《あぶら》の蒸気《じょうき》が天井《てんじょう》から流《なが》れ出《で》て、カエルをすっぽり包《つつ》み、視界《しかい》をはばんだ。カエルは動《うご》きながら混乱《こんらん》して鳴《な》き声《ごえ》をあげている。そのすきに、急《いそ》いで下《した》を通《とお》りすぎ、つきあたりのドアまでいった。通路《つうろ》のなかで唯一《ゆいいつ》、カギ穴《あな》のないドアだ。白《しろ》いペンキでかくされてはいたが、木《き》のドア板《いた》が細長《ほそなが》い金属片《きんぞくへん》で補強《ほきょう》されている。ためすなら、まずここからだ。

ドアの下《した》にほんの少《すこ》しすきまがあった。虫《むし》も入《はい》れないほどわずかなすきまだが、おれには好都合《こうつごう》だ。とにかく姿《すがた》を変《か》えたい。ハエの体《からだ》が徐々《じょじょ》にうすれ、小《ちい》さな煙《けむり》のかたまりに変《か》わると、ドアの下《した》へ入《はい》りこんだ。ちょうどそのとき、カエルを包《つつ》んでいた蒸気《じょうき》のベールが消《き》えた。

おれは部屋《へや》に入《はい》ると、子《こ》どもの姿《すがた》になった。

小僧《こぞう》の名前《なまえ》を知《し》っていれば、ここでわざとやつの姿《すがた》になって、ラブレースに犯人《はんにん》さがしの情報《じょうほう》を提供《ていきょう》してやるところだが、名前《なまえ》がわからない以上《いじょう》、小《こ》僧《ぞう》には手《て》を出《だ》せない。そこでおれはむかしの知《し》り合《あ》いのエジプト人少年《じんしょうねん》になった。なかなか気《き》に入《い》っていたやつだ。まあ、あいつの遺骨《いこつ》はとっくのむかしにナイル川《がわ》に流《なが》されているから、おれの悪事《あくじ》がやつを苦《くる》しめることもないだろう。それにこうしてあいつの姿《すがた》になって、しみじみ思《おも》い出《だ》すのも悪《わる》くない。褐色《かっしょく》の肌《はだ》、輝《かがや》く瞳《ひとみ》、白《しろ》い腰布《こしぬの》。まわりを見《み》つめるときの、ちょっと首《くび》をかしげる仕草《しぐさ》。

★10 ラブレースの部屋《へや》にある魔術用品《まじゅつようひん》はどれも役立《やくた》たずとはいえ、ふつうの人間《にんげん》なら圧《あっ》倒《とう》されるはずだ。水《すい》晶玉《しょうだま》に占《うらな》い盤《ばん》、墓《はか》から掘《ほ》り出《だ》してきた頭《ず》蓋骨《がいこつ》、聖人《せいじん》の指《ゆび》のつけ根《ね》の骨《ほね》、シベリア人霊媒師《じんれいばいし》の手《て》から略《りゃく》奪《だつ》された霊《れい》の杖《つえ》、なにから採取《さいしゅ》したかわからない血液《けつえき》のビン、まじない師《し》のかぶりもの、剥製《はくせい》のワニ、新型《しんがた》の魔法《まほう》の杖《つえ》。いろいろな儀式《ぎしき》で着《き》る

部屋《へや》には窓《まど》がなかった。壁《かべ》に作《つく》りつけの棚《たな》がいくつかあって、魔術用品《まじゅつようひん》がところせましとならんでいる。ほとんどはガラクタみたいなもんで、マジックショーでしか役《やく》に立《た》たないが（✡10）、なかにひとつふたつ興味《きょうみ》をそそられる物《もの》があった。

召喚用《しょうかんよう》の角笛《つのぶえ》は本物《ほんもの》だとピンときた。見《み》ただけで気分《きぶん》が悪《わる》くなったのだ。ひとふきすれば、ふいた魔術師《まじゅつし》の力《ちから》がおよぶ範囲《はんい》にいるすべてのものが、足元《あしもと》にひれふして命令《めいれい》にしたがい、慈悲《じひ》をこうという代物《しろもの》だ。そりゃあ残酷《ざんこく》な道具《どうぐ》で、かなり年季《ねんき》も入《はい》っている。おれは近《ちか》よるのもいやだった。別《べつ》の棚《たな》には粘土《ねんど》で作《つく》った眼球《がんきゅう》があった。前《まえ》にも似《に》たものを見《み》たことがある。ゴーレムの顔《かお》についていた。あのバカ魔術師《まじゅつし》はこの目《め》に秘《ひ》められた力《ちから》を知《し》ってるんだろうか？　いや、まず知《し》らないだろう。ちょっと変《か》わったみやげ物《もの》だと思《おも》って買《か》ってきたってところか（✡11）。パック旅行《りょこう》で行《い》く中央《ちゅうおう》ヨーロッパ魔法《まほう》ツアーかなにかだろう……まったくあきれたもんだ。うまくいけば、あいつはそのうちこの目《め》に命《いのち》をとられるかもしれない。

そして……目当《めあ》てのもの、サマルカンドのアミュレットがあった。小《ちい》さな

マント、何冊《なんさつ》もの分厚《ぶあつ》い魔法《まほう》の本《ほん》。どの本《ほん》も一見《いっけん》、古代《こだい》に人《ひと》の皮膚《ひふ》を表紙《ひょうし》にして作《つく》られたみたいに見《み》えるが、たぶん先週《せんしゅう》あたりに、キャットフォードの製本所《せいほんじょ》で量産《りょうさん》されたものだ。魔術師《まじゅつし》はその手《て》ののが大好《だいす》きだ。わけのわからないまじないの言葉《ことば》とか(なかには半分本気《はんぶんほんき》で信《しん》じてる者《もの》もいる)、素人《しろうと》をあっといわせるような派手《はで》な見《み》せ物《もの》とか。それともうひとつ、こうした小《こ》

ガラスケースに入《はい》っている。こんな大《たい》そうなものを盗《ぬす》もうなんてやつはまずいないだろう。おれは近《ちか》づきながら次々《つぎつぎ》に目《め》を切《き》りかえ、危険《きけん》がないかさぐった。ぱっと見《み》たところでは危険《きけん》な徴候《ちょうこう》はなかったが、第《だい》七の目《め》が、なにかが動《うご》いているたしかな気配《けはい》をとらえた。部屋《へや》のなかじゃないが、すぐ近《ちか》くだ。急《いそ》いだほうがいい。

　アミュレットは小《ちい》さく、くすんだ延《の》べ金《がね》でできていた。短《みじか》い金《きん》の鎖《くさり》にぶらさがっている。真《ま》ん中《なか》に楕円形《だえんけい》のヒスイがはめこんであって、そのまわりに疾走《しっそう》する馬《うま》をあらわしたシンプルな模様《もよう》がきざみこまれていた。馬《うま》は中央《ちゅうおう》アジアの民《たみ》にとって富《とみ》の象徴《しょうちょう》だ。サマルカンドのアミュレットは彼《かれ》らによって三千年前《ねんまえ》に作《つく》られ、のちにある王妃《おうひ》の墓《はか》にうめられた。その後《あと》、一九五〇年《ねん》代《だい》にロシアの考古学者《こうこがくしゃ》が発見《はっけん》し、まもなくその価値《かち》に気《き》づいた魔術師《まじゅつし》たちにうばわれた。サイモン・ラブレースはどうやってこれを手《て》に入《い》れたのか……持《も》ち主《ぬし》を殺《ころ》したか、だましとったかしたにちがいない……ま、そこまではわからないが。

　もう一度《いちど》首《くび》をかしげ、耳《みみ》をすました。家《いえ》のなかは静《しず》まりかえっている。

道具《どうぐ》は魔術師《まじゅつし》たちの力《ちから》の秘密《ひみつ》を人々《ひとびと》の目《め》からそらす役目《やくめ》も果《は》たす。力《ちから》の秘密《ひみつ》ってのは、つまりおれたちのことだ。

✡II 魔法《まほう》ツアーは人気《にんき》がある。団体客《だんたいきゃく》を乗《の》せたバスがあわただしく出発《しゅっぱつ》し(または旅行者《りょこうしゃ》には金持《かねも》ちが多《おお》いので、ジェット機《き》をチャーターする)かつて栄《さか》えた魔法都《まほうと》市《し》をめぐる。参加者《さんかしゃ》棚《たな》の上《うえ》に手《て》をのばし、ガラスに映《うつ》る自分《じぶん》の姿《すがた》に思《おも》わずニヤッとしながら、にぎりこぶしを作《つく》った。

ガラスのなかへ手《て》を入《い》れる。

魔法《まほう》のエネルギーの鼓動《こどう》が、七つの目《め》ぜんぶをふるわした。おれはアミュレットをつかんで首《くび》にかけると、すばやく身《み》をひるがえした。部屋《へや》は変《か》わりなかったが、第《だい》七の目《め》に、なにかがすばやく近《ちか》づいてくるのが映《うつ》った。

さあて、忍《しの》び足《あし》もここまでだ。

ドアにかけよったとき、とつぜん空中《くうちゅう》に門《もん》があらわれ、ひらくのが目《め》のはしに見《み》えた。門《もん》の向《む》こうの闇《やみ》がいきなりうすくなり、なにかが飛《と》び出《だ》してきた。

おれはドアに突進《とっしん》し、にぎりこぶしでなぐりつけた。しならせたトランプをはじくようにドアが勢《いきお》いよくあき、おれはわき目《め》もふらずに飛《と》び出《だ》した。

廊下《ろうか》へ出《で》ると、カエルがこっちを向《む》いて口《くち》をあけた。緑色《みどりいろ》のドロッとしたかたまりがおれの頭《あたま》めがけてとんでくる。ひょいと身《み》をかわすと、粘液《ねんえき》がうしろの壁《かべ》にペシャッとあたった。粘液《ねんえき》のあたった絵《え》やまわりのものが粉々《こなごな》に

はみんな名所旧跡《めいしょきゅうせき》に感嘆《かんたん》の声《こえ》をあげる。寺院《じいん》、著名《ちょめい》な魔術師《まじゅつし》の生家《せいか》、その魔術師《まじゅつし》たちが悲惨《ひさん》な最期《さいご》をとげた場所《ばしょ》。そして参加者《さんかしゃ》は待《ま》ってましたとばかりに、彫像《ちょうぞう》のかけらをくすね、闇市《やみいち》の店先《みせさき》で魔術用《まじゅつよう》品《ひん》の掘《ほ》り出《だ》し物《もの》がないかとさがしまわる。ま、その程度《ていど》なら文《ぶん》化《か》の破壊行為《はかいこうい》だといって目《め》くじらたてるほどのことじゃないが、ただ、あまりに品《ひん》が悪《わる》い。

なり、がれきの山《やま》ができる。

ヒキガエルに向《む》かって〈圧縮《あっしゅく》の魔法《まほう》〉を放《はな》つ。カエルはくやしそうなうめき声《ごえ》とともに空気《くうき》の抜《ぬ》けた風船《ふうせん》みたいにつぶれ、ビー玉《だま》ぐらいのかたまりになって、床《ゆか》にポトンと落《お》ちた。おれはそのまま廊下《ろうか》をつっ走《ぱし》りながら、新《あら》たなミサイル攻撃《こうげき》にそなえて体《からだ》を防御膜《ぼうぎょまく》で包《つつ》んだ。

予想《よそう》どおり、次《つぎ》の瞬間《しゅんかん》、すぐ背後《はいご》で床《ゆか》が爆発《ばくはつ》した。おれはふきとばされて宙《ちゅう》を舞《ま》い、頭《あたま》から壁《かべ》につっこんだ。たちまち緑《みどり》の炎《ほのお》がまわりを包《つつ》み、装飾《そうしょく》のほどこされた壁《かべ》に巨人《きょじん》の指《ゆび》みたいな筋《すじ》をつけた。

おれは散乱《さんらん》したレンガの山《やま》からなんとか立《た》ちあがってふり返《かえ》った。廊下《ろうか》のつきあたりのくずれ落《お》ちたドアの上《うえ》に、ジャッカルの頭《あたま》をした、背《せ》の高《たか》い真《ま》っ赤《か》な肌《はだ》の男《おとこ》が立《た》っていた。

「バーティミアス！」

廊下《ろうか》の中空《ちゅうくう》でまた爆発《ばくはつ》。おれは宙返《ちゅうがえ》りして階段《かいだん》にとびこんだ。緑《みどり》の炎《ほのお》が壁《かべ》のはしのほうに消《き》えていくなか、真《ま》っ逆《さか》さまに転《ころ》がり落《お》ちて手《て》すりをすりぬけ、二メートル下《した》の白黒《しろくろ》タイルの床《ゆか》にはげしくぶつかった。

立《た》ちあがって玄関《げんかん》ドアに目《め》をやると、ドアわきのくもりガラスの向《む》こうに、のっそりした黄色《きいろ》い体《からだ》の見張《みは》りが見《み》えた。つっ立《た》ったまま、自分《じぶん》の姿《すがた》が丸見《まるみ》えなのに気《き》づいていない。おれはほかの出口《でぐち》をさがすことにした。いつだって力《ちから》より知恵《ちえ》のあるほうが勝《か》つ！

おっと、そんなことより、ここからとっとと出《で》なくちゃな。二階《かい》からまちがいなくおれを追《お》ってくる音《おと》が聞《き》こえる。

部屋《へや》をふたつかけぬけた。書斎《しょさい》、ダイニング。窓《まど》からの脱走《だっそう》を試《こころ》みたが、どちらも黄色《きいろ》い見張《みは》りが見《み》えたのであきらめた。見張《みは》りたちはマヌケなことに、自分《じぶん》の居場所《いばしょ》をはっきり教《おし》えてくれるんで、やつらがどんな魔法《まほう》の武器《ぶき》を持《も》っていようが、こっちはそれをよける心配《しんぱい》さえすりゃいい。

背後《はいご》でどなり声《ごえ》がおれの名《な》を叫《さけ》んでいる。おれはイライラをつのらせながら、次《つぎ》のドアをあけて、なかに入《はい》った。キッチンだ。部屋《へや》はそこで終《お》わりだったが、ひとつだけ出口《でぐち》があって、その先《さき》は温室《おんしつ》らしい。ハーブや植物《しょくぶつ》がいっぱいならんでいた。その向《む》こうに庭《にわ》が見《み》える。見張《みは》りたちが驚異的《きょういてき》な速《はや》さで屋敷《やしき》の横《よこ》をぬけてくる。おれは時間《じかん》をかせぐため、入《はい》ってきたドアに

〈封印《ふういん》の魔法《まほう》〉をかけた。それからキッチンを見《み》まわすと、コックがいた。

コックはイスにどっかりと腰《こし》をおろし、足《あし》をテーブルにのっけていた。赤《あか》ら顔《がお》の太《ふと》った陽気《ようき》そうな男《おとこ》で、手《て》に持《も》った肉切《にくき》り包丁《ぼうちょう》で爪《つめ》をそぎ落《お》としては、手《て》ぎわよくそばの暖炉《だんろ》のなかにはじきとばしていた。手《て》を動《うご》かしながらも、小《ちい》さな黒《くろ》い目《め》がずっとこっちを見《み》ている。

おれは不安《ふあん》になった。やつは自分《じぶん》のキッチンにエジプト人少年《じんしょうねん》がとびこんできたというのに、まったく動《どう》じていない。ほかの目《め》でやつをチェックした。第《だい》六の目《め》まではまったく同《おな》じかっぷくのいい白《しろ》いエプロン姿《すがた》のコックだ……が、第《だい》七の目《め》で見《み》ると……

おっと。

「バーティミアス」

「フェイキアールか」

「元気《げんき》か？」

「まあまあだ」

「ひさしぶりだな」

「ああ」

「つれない野郎《やろう》だ、顔《かお》も見《み》せずに」

「ハハ……だがまあ会《あ》えた」

「そうだな、たしかに」

このじつにうるわしい会話《かいわ》のあいだも、ドアの向《む》こうの爆発音《ばくはつおん》は続《つづ》いている。しかし〈封印《ふういん》の魔法《まほう》〉はびくともしない。おれはできるだけスマートにほほえんだ。

「ジャーボウはあいかわらず血《ち》の気《け》が多《おお》いな」

「ああ。あいつは変《か》わらない。むしろ、前《まえ》より腹《はら》をすかしている。わかる変《へん》化《か》はそんなところだ。あいつは決《けっ》して満腹《まんぷく》しないらしい。たとえ餌《えさ》が足《た》りていてもな。だが、餌《えさ》にありつく機会《きかい》がこのところさっぱりない。お察《さっ》しのとおり」

「あつかいは冷《つめ》たく、おさえはしっかりってのがおまえたちの主人《しゅじん》のモットーだろう？　ま、だが、相当力《そうとうちから》があるらしいな。おまえとジャーボウを奴《ど》隷《れい》にできるぐらいだ」

コックはうす笑《わら》いを浮《う》かべると、包丁《ほうちょう》で爪《つめ》をはじきとばした。爪《つめ》は回転《かいてん》して天井《てんじょう》の漆喰《しっくい》につきささった。

「なあ、バーティミアス、わたしたちは礼儀《れいぎ》をわきまえた者同士《ものどうし》だ。奴隷《どれい》なんて無礼《ぶれい》な呼《よ》び方《かた》はしない、そうだな？　ジャーボウとわたしはルールどおりにやってるだけだ」

「おっしゃるとおり」

「力《ちから》の話《はなし》で思《おも》い出《だ》したが、おまえ、第《だい》七の目《め》でわたしを見《み》ようとしないな。そいつはちょっと失礼《しつれい》じゃないか。わたしの本当《ほんとう》の姿《すがた》を見《み》ると、居心地《いごこち》が悪《わる》くなるってことか？」

「気分《きぶん》が悪《わる》くなるんだ、フェイキアール、居心地《いごこち》じゃなくて(★12)」

「ならけっこう。それはそうと、おまえのその少年姿《しょうねんすがた》はなかなか似合《にあ》っているぞ、バーティミアス。じつにかわいい。だがそのアミュレットのせいで、少々重苦《しょうしょうおもくる》しく見《み》える。悪《わる》いがそれをはずしてテーブルに置《お》いてくれ。ついでにおまえの仕《つか》えている魔術師《まじゅつし》がどこのだれなのか教《おし》えてくれれば、ひさびさの再会《さいかい》もおだやかに終《お》えられると思《おも》うが」

★12　おれだって見栄《みば》えがいいわけじゃないが、フェイキアールの本《ほん》当《とう》の姿《すがた》は触手《しょくしゅ》が多《おお》すぎて……。

★13　厳密《げんみつ》にいえば、おれは主人《しゅじん》のことをフェイキアールにもらすことも、主人《しゅじん》の命令《めいれい》を無視《むし》してアミュレットをひきわたす

「そりゃどうも。だがちょいとムリだ（✡13）」

コックはテーブルのはしに肉切《にくき》り包丁《ぼうちょう》の先《さき》をつき立《た》てた。「なあ、正直《しょうじき》にいおう。おまえはどうせそうすることになる。わたしはなにもおまえが憎《にく》くていってるんじゃない。いつかまたいっしょに仕事《しごと》をするかもしれないしな。だが今《いま》はわたしもおまえ同様《どうよう》、主人《しゅじん》に仕《つか》える身《み》だ。命令《めいれい》にはしたがわなきゃならない。つまり、いつものようにあとは力《ちから》の問題《もんだい》だ。まちがってたら教《おし》えてほしいんだが、見《み》たところ今日《きょう》のおまえはあまり自信《じしん》がないらしい。いつもなら、正面《しょうめん》のドアから堂々《どうどう》と出《で》ていくはずだ。あの三本足《ぼんあし》の見張《みは》りのトリロイドなどけちらしてな。あいつらに追《お》い立《た》てられて、おめおめとわたしのところまで来《く》るとはどういう風《かぜ》の吹《ふ》きまわしだ？」

「なに、ちょっとした気《き》まぐれだ」

「なるほど。ならもう、窓《まど》に近《ちか》よるのはやめたほうがいいぞ、バーティミアス。そんなおそまつな手《て》じゃ、人間《にんげん》だってごまかされない（✡14）。それに、トリロイドが外《そと》でお待《ま》ちかねだ。アミュレットをわたせ。でないと、おまえのそのやわな防御膜《ぼうぎょまく》が、なんの値打《ねう》ちもないってことを思《おも》い知《し》ることになる

こともできた。しかしそうすると、たとえフェイキアールから逃《に》げられても、手《て》ぶらで青《あお》い顔《かお》の小《こ》僧《ぞう》のところへもどらなきゃならない。命《めい》令《れい》をしくじると、小《こ》僧《ぞう》の意《い》のままになるうえに、小僧《こぞう》の力《ちから》も倍増《ばいぞう》する。そりゃマズい。

✡14　ちぇっ。

ぞ」

やつは立《た》ち上《あ》がって手《て》をさし出《だ》した。さてと、どうするか……おれが封印《ふういん》したドアの向《む》こうで、ジャーボウの、想像力《そうぞうりょく》にはちととぼしいが根気強《こんきづよ》い攻《こう》撃《げき》が続《つづ》いている。このドアも封印《ふういん》がなければとっくに粉々《こなごな》になってるところだ。庭《にわ》では三人《にん》の見張《みは》りが空中《くうちゅう》で停止《ていし》したまま、そろってこっちを見《み》すえている。おれは、なにか手《て》はないかとキッチンを見《み》まわした。

「アミュレットをわたせ、バーティミアス」

おれはわざとらしくため息《いき》をつきながら、手《て》を伸《の》ばして、アミュレットをつかんだ。それからさっと左《ひだり》にとびのくと同時《どうじ》に、ドアの封印《ふういん》をといた。フェイキアールが舌打《したう》ちをして、すぐに動《うご》こうとした瞬間《しゅんかん》、特大《とくだい》の火《ひ》のかたまりがやつに命中《めいちゅう》した。封印《ふういん》がとけたとたん、ドアをつき破《やぶ》ってきたのだ。フェイキアールはうしろへふきとばされて、背中《せなか》から暖炉《だんろ》につっこみ、その上《うえ》にレンガがくずれ落《お》ちた。

ドアがそのまま穴《あな》になって、そこからジャーボウがキッチンへ飛《と》びこんでくる。ちょうどそのとき、おれはガラスをわって温室《おんしつ》に突進《とっしん》した。フェイキアールががれきの下《した》から出《で》てきたころには、おれは庭《にわ》に飛《と》び出《だ》していた。三人《にん》の見張《みは》りがいっせいにとびかかってきた。目《め》をむき、勢《いきお》いよく足踏《あしぶ》みをしている。丸《まる》くなった足《あし》の先《さき》から大鎌《おおがま》のような鉤爪《かぎづめ》がぬっとあらわれた。おれは思《おも》いきりまぶしい光《ひかり》を放《はな》った。爆発《ばくはつ》した太陽《たいよう》に照《て》らされたかのように、庭《にわ》が光《ひかり》の洪水《こうずい》と化《か》す。見張《みは》りたちは目《め》がくらみ、痛《いた》みでふるえている。おれはやつらをとびこえると、庭《にわ》を走《はし》りながら、家《いえ》のなかから放《はな》たれる魔法《まほう》の攻撃《こうげき》をよけた。前《まえ》のほうの木《き》が、とばっちりを受《う》けて燃《も》えている。

庭《にわ》のいちばん奥《おく》の、堆肥《たいひ》の山《やま》と電動芝刈《でんどうしばか》り機《き》のあいだから塀《へい》を乗《の》りこえ、さらに魔法《まほう》の青《あお》い網《あみ》をつきぬけた。少年《しょうねん》の形《かたち》をした穴《あな》が残《のこ》った。そのとたん、警報機《けいほうき》が敷地《しきち》じゅうに鳴《な》りひびいた。

歩道《ほどう》にとびおりると、アミュレットがおれの胸《むね》で勢《いきお》いよくはねた。塀《へい》の向《む》こうから全速力《ぜんそくりょく》でかけてくるひづめの音《おと》が耳《みみ》を打《う》つ。そろそろ姿《すがた》を変《か》えるときだ。

ハヤブサは鳥《とり》のなかでいちばん速《はや》い。降下速度《こうかそくど》なら時速《じそく》二百キロは出《で》る。もっとも、北《きた》ロンドンの街並《まちな》みを水平飛行《すいへいひこう》するんだから、そこまでの速《はや》さはムリだ。それに、いくらハヤブサの姿《すがた》になったからって、おれを見《み》れば、そんなに速《はや》く飛《と》べるはずないと思《おも》うやつもいるだろう。なにしろ首《くび》に重《おも》いお守《まも》りをかけてるんだから。だが、これだけはいっておく。フェイキアールとジャーボウがハムステッドの裏通《うらどお》りにあらわれたとき、おれはもうどこにもいなかった。あいつらがおれの行《ゆ》く手《て》をはばもうと置《お》いた、目《め》に見《み》えない障《しょう》害物《がいぶつ》には、引《ひ》っ越《こ》しトラックがぶつかっただけだ。

おれはひと足先《あしさき》に、遠《とお》くに去《さ》っていた。

5 ナサニエルの試練《しれん》

「なによりもまず、おまえのにぶい頭《あたま》にたたきこんでおかねばならないことは――」師匠《ししょう》がいった。「なんだと思《おも》う？」

「わかりません」男《おとこ》の子《こ》は答《こた》えた。

「わかりませんだと？」もじゃもじゃのまゆが、さもおどろいたといわんばかりにはねあがった。男《おとこ》の子《こ》は、師匠《ししょう》のまゆが額《ひたい》にたれた白髪《はくはつ》にかくれるのを、ぼうっと見《み》つめている。まゆは恥《は》ずかしがっているのかと思《おも》うほど、なかなか姿《すがた》をあらわさず、それからとつぜん、意《い》を決《けっ》したように重々《おもおも》しくおりてきた。「そうか。では……」師匠《ししょう》はイスから身《み》を乗《の》り出《だ》した。「教《おし》えるしかあるまい」

師匠《ししょう》はわざとゆったりした動作《どうさ》で両手《りょうて》を合《あ》わせると、塔《とう》のような形《かたち》にして指先《ゆびさき》を男《おとこ》の子《こ》に向《む》けた。

「よくおぼえておけ」やさしい声《こえ》。「悪魔《あくま》というのはとことん意地《いじ》が悪《わる》い。すきあらば攻撃《こうげき》してくる。わかるか？」

男《おとこ》の子《こ》はあいかわらず師匠《ししょう》のまゆを見《み》つめていた。目《め》をそらせないのだ。まゆはぎゅっとさがり、まゆ根《ね》がくっついたかと思《おも》うと、めまぐるしく上《うえ》、下《した》、ななめ、山《やま》なりに動《うご》く。ときにはふたついっしょに、ときには別々《べつべつ》に。まるで二匹《ひき》の生《い》き物《もの》が芸《げい》をしているかのようだ。不思議《ふしぎ》とひきつけられる。それに、まゆを見《み》つめているほうが、師匠《ししょう》と目《め》を合《あ》わせるよりずっとマシだ。

師匠《ししょう》がせきばらいした。「わかるか？」

「は、はい」

「はいというのはわかったということか……しかし――」片方《かたほう》のまゆが疑《うたぐ》り深《ぶか》げにぐっとあがった。「本当《ほんとう》に理解《りかい》したとは思《おも》えんな」

「あの、ちゃんと理解《りかい》しています。悪魔《あくま》は意地悪《いじわる》で危険《きけん》で、すきあらば攻撃《こうげき》してきます」男《おとこ》の子《こ》は不安《ふあん》そうに、床《ゆか》に置《お》いたクッションの上《うえ》でもぞもぞした。自分《じぶん》がちゃんと聞《き》いていることを師《し》匠《しょう》になんとかわかってもらいたい。外《そと》は夏《なつ》の日《ひ》ざしが芝生《しばふ》や熱《あつ》くなった歩道《ほどう》を照《て》りつけている。アイスクリーム売《う》りのヴァンが、つい五分《ふん》ほど前《まえ》に窓《まど》のそばを陽気《ようき》に通《とお》りすぎていった。しかし師匠《ししょう》の部屋《へや》は、分厚《ぶあつ》い赤《あか》のカーテンのまわりから細《ほそ》い光《ひかり》がもれているだけ。空気《くうき》がどんよりして息苦《いきぐる》しい。男《おとこ》の子《こ》は早《はや》く授業《じゅぎょう》が終《お》わって、行《い》ってもよい、といわれたかった。

「ちゃんと聞《き》いていました」

師匠《ししょう》はうなずいた。「悪魔《あくま》を見《み》たことは？」

「ありません。本《ほん》で読《よ》んだだけです」

「立《た》て」

男《おとこ》の子《こ》はあわててクッションの上《うえ》で立《た》ちあがると、ずるっと足《あし》をすべらした。手《て》を両《りょう》わきにつけたまま、ぎこちなく立《た》つ。師匠《ししょう》がさりげなく男《おとこ》の子《こ》のうしろのドアを指《ゆび》さした。「その先《さき》になにがある？」

「師匠《ししょう》の書斎《しょさい》です」

「そうだ。これから行《い》ってきなさい。階段《かいだん》をおりて部屋《へや》に入《はい》ると、奥《おく》にわしの机《つくえ》がある。机《つくえ》の上《うえ》に箱《はこ》があってメガネが入《はい》っているから、それをかけてもどってくること。わかったか？」

「はい」

「よろしい。では行《い》きなさい」

師匠《ししょう》の鋭《するど》い視線《しせん》に送《おく》られて、男《おとこ》の子《こ》はドアに近《ちか》づいた。ペンキのぬられていない黒《くろ》ずんだ木《き》のドアには、渦巻《うずま》きや木目《もくめ》の模様《もよう》がたくさんある。重《おも》い真鍮《しんちゅう》のノブはまわすのに苦労《くろう》したが、ひんやりした感触《かんしょく》がうれしかった。ドアはちょうつがいに油《あぶら》がさしてあるらしく、音《おと》もなくあいた。

ドアの先《さき》にじゅうたん敷《じ》きの階段《かいだん》があった。壁《かべ》は上品《じょうひん》な花柄模様《はながらもよう》で、階段《かいだん》の途中《とちゅう》に小窓《こまど》があって、心地《ここち》よい日《ひ》ざしがさしこんでいる。

男《おとこ》の子《こ》は一段一段《いちだんいちだん》ふみしめながらおりた。あたりの静《しず》けさと日《ひ》ざしにほっとして、こわさもおさまっている。師匠《ししょう》の書斎《しょさい》に足《あし》をふみ入《い》れるのはこれが初《はじ》めてだった。それまではなかになにがあるんだろうと想像《そうぞう》をめぐらすしかなかった。剝製《はくせい》のワニやビンづめの目玉《めだま》のならんでいる恐《おそ》ろしい光景《こうけい》がぱっと頭《あたま》に浮《う》かんで、あわててそれをふりはらった。こわがってはダメだ。

階段《かいだん》をおりると別《べつ》のドアがあった。さっきのドアと似《に》ているが少《すこ》し小《ちい》さく、真《ま》ん中《なか》に赤《あか》い五線星《ごせんぼし》が描《えが》かれている。ノブをまわすと、ドアは分厚《ぶあつ》いじゅうたんの毛《け》をこすりながら、しぶしぶという感《かん》じであいた。すりぬけられるくらいにひらくと、男《おとこ》の子《こ》はなかに入《はい》った。

部屋《へや》に入《はい》る瞬間《しゅんかん》、思《おも》わず息《いき》をとめ、すぐに拍子《ひょうし》ぬけしたように吐《は》き出《だ》した。どこにでもありそうな書斎《しょさい》だった。両側《りょうがわ》の壁《かべ》に本《ほん》がずらりとならんだ奥行《おくゆ》きのある部屋《へや》。つきあたりにりっぱな木《き》の机《つくえ》があり、その向《む》こうに座《すわ》り心地《ごこち》のよさそうな革《かわ》のアームチェアが見《み》える。机《つくえ》の上《うえ》にはペンが何本《なんぼん》かと紙《かみ》が数枚《すうまい》、旧型《きゅうがた》のコンピュータ、金属《きんぞく》の小箱《こばこ》があった。奥《おく》の窓《まど》から見《み》えるマロニエの木《き》が、夏《なつ》の光《ひかり》に包《つつ》まれて輝《かがや》いている。マロニエの葉《は》のおかげで、部屋《へや》がうっすらときれいな緑色《みどりいろ》に染《そ》まっていた。

男《おとこ》の子《こ》は机《つくえ》に向《む》かった。

途中《とちゅう》で立《た》ちどまり、うしろをふり返《かえ》る。

なにもいない。だが、すごく妙《みょう》な感《かん》じがした。半《はん》びらきにしたままのドアが気《き》になってしょうがない。そこを通《とお》ってきたばかりなのに……。ドアをしめればよかったと男《おとこ》の子《こ》は思《おも》った。

いや、そんな必要《ひつよう》はない。すぐにここを出《で》るんだから。

急《いそ》ぎ足《あし》で四歩《ほ》で机《つくえ》まで行《い》って、もう一度《いちど》部屋《へや》を見《み》まわす。たしかに音《おと》がした……。

しかし部屋《へや》にはだれもいなかった。男《おとこ》の子《こ》はかくれているウサギのように聞《き》き耳《みみ》を立《た》てた。なにも聞《き》こえない。遠《とお》くで車《くるま》の行《い》きかう音《おと》がかすかに聞《き》こえるだけだ。

目《め》を見《み》ひらき、息《いき》をはずませながら、机《つくえ》のほうを向《む》いた。金属《きんぞく》の箱《はこ》が日《ひ》ざしにきらめいている。男《おとこ》の子《こ》は革《かわ》ばりの机《つくえ》の上《うえ》に手《て》をのばした。本当《ほんとう》はそんなことをしなくても、机《つくえ》の向《む》こうにまわれば箱《はこ》は楽《らく》にとれるのだが、少《すこ》しでも早《はや》く目当《めあ》てのものを手《て》にして部屋《へや》を出《で》たかった。身《み》を乗《の》り出《だ》したが、わずかにとどかない。体《からだ》を大《おお》きく前《まえ》にたおして、指《ゆび》をはげしく動《うご》かしながらさらに手《て》をのばす。それでもとどかず、勢《いきお》いよくのばした手《て》で小《ちい》さなペン立《た》てをたおしてしまい、ペンが机《つくえ》の上《うえ》にちらばった。

汗《あせ》がわきの下《した》を伝《つた》う。男《おとこ》の子《こ》はひどくあせって、ペンをかき集《あつ》めた。

すぐうしろでおし殺《ころ》した笑《わら》い声《ごえ》がした。

男《おとこ》の子《こ》は叫《さけ》びだしそうになるのをこらえ、ふり返《かえ》った。なにもいない。

恐怖《きょうふ》に体《からだ》がひきつり、しばらく机《つくえ》に背中《せなか》をあずけた。そのとき、声《こえ》のようなものが耳《みみ》のなかでひびいた。「ペンなんか放《ほう》っておけ。箱《はこ》が目当《めあ》てだろう？」男《おとこ》の子《こ》はゆっくりと机《つくえ》をまわりこんだ。窓《まど》に背《せ》を向《む》け、部屋《へや》のなかを見《み》つめながら。

なにかが窓《まど》をせわしなく三回《かい》たたいた。ふり返《かえ》ったが、だれもいない。庭《にわ》ではマロニエの木《き》が夏《なつ》のやわらかな風《かぜ》にゆっくりゆれているだけだ。

だれもいない。

そのとき、さっき散《ち》らばったペンが一本《ぽん》、机《つくえ》を転《ころ》がってじゅうたんの上《うえ》に落《お》ちた。音《おと》はしなかったが、目《め》のはしにペンが映《うつ》った。別《べつ》のペンがゆれだした。最初《さいしょ》はゆっくり、だんだん速《はや》く。それからとつぜん転《ころ》がりだすと、コンピュータの本体《ほんたい》に当《あ》たってはね返《かえ》り、床《ゆか》に落《お》ちた。また別《べつ》のペンも。そしてまた。すると、すべてのペンがほうぼうに転《ころ》がって、勢《いきお》いよく机《つくえ》のはしからとび出《だ》し、たがいにぶつかりながら床《ゆか》に落《お》ちてピタッととまった。

男《おとこ》の子《こ》はその様子《ようす》に見入《みい》っていた。最後《さいご》の一本《ぽん》が落《お》ちる。

男《おとこ》の子《こ》は動《うご》けなかった。

なにかが耳元《みみもと》で軽《かる》く笑《わら》った。

男《おとこ》の子《こ》は声《こえ》をあげて左手《ひだりて》をふりまわしたが、空《くう》を切《き》るばかり。はずみで体《からだ》が机《つくえ》のほうに向《む》くと、目《め》の前《まえ》に箱《はこ》があった。とりあげたとたん、落《お》としてしまった。金属《きんぞく》の箱《はこ》が日《ひ》をあびたせいで熱《あつ》くなっていて、やけどしそうになったのだ。箱《はこ》は机《つくえ》に当《あ》たってフタがはずれ、ふちのあるメガネが転《ころ》がり出《で》た。一瞬《いっしゅんかんが》考えてから、メガネをつかんでドアにかけよった。

なにかが追《お》ってくる。背後《はいご》でとびはねている音《おと》が聞《き》こえる。

もうすぐドアだ。階段《かいだん》も見《み》える。あれをのぼれば師匠《ししょう》のところへもどれる。

目《め》の前《まえ》でドアがしまった。

男《おとこ》の子《こ》は必死《ひっし》でノブをまわし、ドアを思《おも》いきりたたいて、泣《な》きながら師匠《ししょう》を呼《よ》んだ。しかし返事《へんじ》はなかった。なにかが耳元《みみもと》でつぶやいているが、なにをいっているのかわからない。やみくもにドアをけったが、黒《くろ》いブーツをはいた足《あし》のつま先《さき》がしびれただけだ。

男《おとこ》の子《こ》はふり返《かえ》って、だれもいない部屋《へや》を見《み》た。

そこらじゅうで音《おと》がする。なにかを軽《かる》くたたく音《おと》、小《ちい》さな羽《は》ばたきの音《おと》。じゅうたんや本《ほん》、棚《たな》や天井《てんじょう》を目《め》に見《み》えないなにかがかすめていく気《き》がする。頭上《ずじょう》の電灯《でんとう》のカサが風《かぜ》もないのにかすかにゆれている。

男《おとこ》の子《こ》は泣《な》きながら、恐怖《きょうふ》に思《おも》わず声《こえ》をあげた。

「やめろ！　どっか行《い》け！」

音《おと》がピタッとやんだ。電灯《でんとう》のカサの動《うご》きがおそくなり、やがて完全《かんぜん》にとまる。

部屋《へや》がしんと静《しず》まりかえった。

背中《せなか》をドアにおしつけたまま、息《いき》を殺《ころ》して部屋《へや》をながめた。コソリとも音《おと》がしない。

やがて男《おとこ》の子《こ》は、まだメガネを持《も》っているのに気《き》づいた。少《すこ》し落《お》ちつくと、メガネをかけてもどってこいと師匠《ししょう》にいわれたことを思《おも》い出《だ》した。これをかければきっとドアがあいて、安全《あんぜん》な場所《ばしょ》にもどれる。

男《おとこ》の子《こ》はふるえる手《て》でメガネをかけた。

そして真実《しんじつ》を知《し》った。

数《かぞ》えきれないほどの小《イ》さな悪《ン》魔《プ》が部屋《へや》をうめつくしていた。インプたちはメロンにつまった種《たね》か袋《ふくろ》に入《はい》ったナッツのようにそこらじゅうで重《かさ》なりあい、仲間《なかま》の顔《かお》をけったり、ひじで腹《はら》をつついたりしている。ぴったり身《み》をよせ合《あ》い、じゅうたんが見《み》えないほどひしめき合《あ》っていた。どれもがいやらしく横目《よこめ》で男《おとこ》の子《こ》を見《み》ながら、机《つくえ》にしゃがんだり、電灯《でんとう》や本棚《ほんだな》にぶらさがったり、空中《くうちゅう》を舞《ま》ったりしている。なかには、仲間《なかま》のつき出《で》た鼻《はな》の上《うえ》でバランスをとったり、仲間《なかま》の手足《てあし》にぶらさがったりしているのもいる。体《からだ》は大《おお》きいのに頭《あたま》はオレンジぐらいしかないのや、逆《ぎゃく》に頭《あたま》ばかり大《おお》きいのもいた。どのインプにもしっぽ、翼《つばさ》、角《つの》、イボがあり、手《て》、口《くち》、足《あし》、目《め》がふつうよりたくさんついている。おまけにうろこや毛《け》などいろいろなものが信《しん》じがたい場所《ばしょ》にびっしり生《は》えていた。口《くち》のかわりにくちばしのあるのや、口《くち》がヒルのようになっているのもいるが、だいたいは口《くち》のなかに歯《は》が生《は》えている。体《からだ》の色《いろ》もじつにさまざまで、たいていがちぐはぐな配色《はいしょく》だ。そして、全員《ぜんいん》がじっとして、部屋《へや》にはだれもいないと男《おとこ》の子《こ》に思《おも》わせようとしていた。必死《ひっし》で体《からだ》をこわばらせているが、ふんばるあまりわずかにゆれたり、しっぽや翼《つばさ》がふるえたり、表情豊《ひょうじょうゆた》かな口《くち》がひきつったりしている。

だが、男《おとこ》の子《こ》がメガネをかけてインプたちを見《み》た瞬間《しゅんかん》、相手《あいて》もそれに気《き》づいた。インプたちはうれしそうな声《こえ》をあげてとびかかってきた。男《おとこ》の子《こ》は悲鳴《ひめい》をあげてドアに背中《せなか》をぶつけ、そのまま横《よこ》にたおれた。腕《うで》で頭《あたま》をかばいながら急《いそ》いでメガネをはずし、夢中《むちゅう》でうつぶせになると、背中《せなか》を丸《まる》めた。まわりからおしよせるインプの翼《つばさ》やうろこや鉤爪《かぎづめ》のこすれる音《おと》で息《いき》がとまりそうだった。

二十分後《ぷんご》、師匠《ししょう》がむかえに来《き》て、インプの群《む》れを追《お》いはらった。男《おとこ》の子《こ》は自分《じぶん》の部屋《へや》に運《はこ》ばれ、一昼夜《ちゅうや》なにも食《た》べなかった。そしてさらに一週間《しゅうかん》、ひとことも口《くち》をきかず、ぼうっとしていたが、そのうちようやく話《はな》せるようになり、また勉強《べんきょう》がはじまった。

師匠《ししょう》は口《くち》に出《だ》すことはなかったが、授業《じゅぎょう》の成果《せいか》に満足《まんぞく》していた。あの日当《ひあ》たりのいい部屋《へや》で、弟子《でし》の心《こころ》のなかに憎悪《ぞうお》と恐怖《きょうふ》の源泉《げんせん》を掘《ほ》りあてられたのだから。

それがナサニエルの最初《さいしょ》の試練《しれん》だった。だれに話《はな》すこともなかったが、その日《ひ》の出来事《できごと》が落《お》とした影《かげ》は決《けっ》して消《き》えることはなかった。そのとき、ナサニエルは六歳《さい》だった。

6 逃亡《とうぼう》ルート

サマルカンドのアミュレットのような一級《きゅう》の魔術用品《まじゅつようひん》のこまったところは、独特《どくとく》の脈動《みゃくどう》をもつオーラ（✡15）を発《はっ》していて、葬式《そうしき》に裸《はだか》で参列《さんれつ》するぐらい目立《めだ》ってしまうことだ。サイモン・ラブレースがおれのやったことを知《し》れば、すぐに捜索隊《そうさくたい》を出《だ》し、その脈動《みゃくどう》をつきとめようとするだろう。一か所《しょ》に長《なが》くいるとそれだけ位置《いち》を特定《とくてい》されやすくなる。小僧《こぞう》からの召喚《しょうかん》は明《あ》け方《がた》までないから（✡16）、おれはそれまでの数時間《すうじかん》をとにかくやりすごさなきゃならない。

ラブレースはいったいなにを送《おく》りこんでくる気《き》だ？　フェイキアールやジャーボウのような力《ちから》のあるジンをわんさと召《め》しかかえているとは思《おも》えないが、弱《よわ》い連中《れんちゅう》ならいくらでも捜索隊《そうさくたい》として集《あつ》めることができるにちがいない。ふだんのおれなら、インプ程度《ていど》はひとひねりで始末《しまつ》できるが、かなりの

✡15 生《い》き物《もの》はすべてオーラを持《も》っている。オーラは色《いろ》のついた光《ひかり》となって体《からだ》を包《つつ》んでいて、もっともおおいに近《ちか》い視覚現象《しかくげんしょう》だ。オーラはおれの第《だい》一の目《め》に映《うつ》るが、人間《にんげん》にはふつう見《み》えない（ごくまれに見《み》えるやつもいる）。

数《かず》でこられて、こっちがヘタっていたら、そうかんたんにはいかないかもしれない（✡17）。

　おれはハヤブサの姿《すがた》のまま、ハムステッドから猛《もう》スピードで飛《と》び去《さ》ったあと、テムズ川《がわ》ぞいの空《あ》き家《や》の軒先《のきさき》にいったん避難《ひなん》し、羽《は》づくろいをして空《そら》をながめた。しばらくすると、七つの赤《あか》くて小《ちい》さい光《ひかり》の玉《たま》が低空《ていくう》をとおりすぎた。光《ひかり》の玉《たま》は川《かわ》の真《ま》ん中《なか》あたりで分《わ》かれ、三つはそのまま南《みなみ》へ、ふたつは西《にし》へ、もうふたつは東《ひがし》へ向《む》きを変《か》えた。おれは影《かげ》のさす奥《おく》まった場所《ばしょ》にひそんでいたが、近《ちか》くをとおった赤《あか》い玉《たま》が川下《かわしも》へ消《き》えて行《い》ったとき、アミュレットがひときわ強《つよ》く脈打《みゃくう》つのに気《き》づかないわけにはいかなかった。マズい。おれはすぐにそこをはなれ、対岸《たいがん》にあったクレーンの真《ま》ん中《なか》あたりの橋《はし》げたに移《い》動《どう》した。ちょうどおエラい魔術師《まじゅつし》向《む》けの、しゃれた分譲《ぶんじょう》マンションを河畔《かはん》に建設中《けんせつちゅう》だ。

　しんとしたまま五分《ふん》がすぎた。川《かわ》の水《みず》が埠頭《ふとう》にある泥《どろ》まみれの杭《くい》のまわりで渦《うず》を巻《ま》いている。月《つき》に雲《くも》がかかった。とつぜん、淡《あわ》い緑《みどり》の光《ひかり》が向《む》こう岸《ぎし》の空《あ》き家《や》の窓《まど》をひとつ残《のこ》らず照《て》らし出《だ》した。背中《せなか》を丸《まる》めた影《かげ》がいくつも、家《いえ》の

ネコのような動物《どうぶつ》や、ジンには見《み》える。オーラはその生《い》き物《もの》の気分《きぶん》によって色《いろ》を変《か》え、恐怖《きょうふ》、憎悪《ぞうお》、悲《かな》しみなどを表《あらわ》す便《べん》利《り》なものだ。だから、だれかの不幸《ふこう》をひそかに祈《いの》ろうとしても、ネコ（やジン）にはバレバレってことだ。

✡16
本当《ほんとう》はさっさと小僧《こぞう》のところへもどって、アミュレットをやっかいばらいできれば

なかをさがしまわっている。だが、なにもないとわかると、緑《みどり》の光《ひかり》は凍《こお》ってきらきらした霧《きり》になり、窓《まど》から流《なが》れ出《で》てすばやく去《さ》っていった。闇《やみ》がふたたび家《いえ》を包《つつ》んだ。おれはすぐに南《みなみ》へ向《む》かい、猛《もう》スピードで上空《じょうくう》を飛《と》んだり急降《きゅうこう》下《か》したりしながら、通《とお》りから通《とお》りへと移動《いどう》した。

夜中《よなか》まで、ロンドンじゅうを必死《ひっし》に逃《に》げまわった。光《ひかり》の玉《たま》（✡18）は恐《おそ》れていたよりずっと多《おお》く――数人《すうにん》の魔術師《まじゅつし》が召喚《しょうかん》していると見《み》てまちがいない――定期的《ていきてき》に上空《じょうくう》にあらわれた。おれは危険《きけん》をさけるために移動《いどう》を続《つづ》けたが、それでも二度《ど》つかまりかけた。一度目《どめ》はオフィスビルのまわりを飛《と》んでいて、前《まえ》から来《き》た光《ひかり》の玉《たま》とぶつかりそうになった。二度目《どめ》はへとへとになってグリーンパークのカバの木《き》の枝《えだ》にうずくまっているときだった。まあ、どっちもやつらの数《かず》がふえる前《まえ》になんとか逃《に》げきったが……。

やがて、飛《と》ぶのはやめることにした。ハヤブサの体《からだ》でい続《つづ》けるのはしんどいし、体力《たいりょく》がなくなって大事《だいじ》なエネルギーを使《つか》い果《は》たしちまったら元《もと》も子《こ》もない。そこで考《かんが》えた。アミュレットの脈動《みゃくどう》がほかの魔法《まほう》の放射波《ほうしゃは》にまぎれてわかりにくくなる場所《ばしょ》……群衆《ぐんしゅう》、それもふつうの人間《にんげん》たちのなかがいい。お

ありがたいが、魔術《まじゅつ》師《し》ってのは召喚《しょうかん》をする時《とき》と方法《ほうほう》にこだわる。それによっておれたちから、致命傷《ちめいしょう》ともなりうる不意打《ふいう》ちをくらう危険《きけん》をさけているわけだ。

✡17 ひと口《くち》に妖霊《ようれい》といっても大《おお》きさも能力《のうりょく》もじつにさまざまで、魔術師《まじゅつし》たちでさえ混《こん》乱《らん》する。だが、大《おお》まかにいうと、魔術師《まじゅつし》に雇《やと》われるやつらは

れは人間《にんげん》に変身《へんしん》して、人混《ひとご》みにまぎれこむことにした。ま、正直《しょうじき》、それだけ必死《ひっし》だったわけだ。

ロンドンの中心部《ちゅうしんぶ》に舞《ま》いもどった。こんなおそい時間《じかん》でもトラファルガー広場《ひろば》は旅行者《りょこうしゃ》であふれ、ネルソン記念柱《きねんちゅう》のまわりでにぎやかな流《なが》れを作《つく》っている。みんな四体《たい》のライオン像《ぞう》にはさまれた政府公認《せいふこうにん》の売店《ばいてん》でセール中《ちゅう》のお守《まも》りを買《か》っていた。あたりで魔法《まほう》の波動《はどう》が不協和音《ふきょうわおん》を奏《かな》でている。よし、ここならかくれるのにうってつけだ。

稲妻《いなずま》が夜《よる》の闇《やみ》を縦《たて》に切《き》りさき、ふたつの売店《ばいてん》にはさまれたせまいすきまに消《き》えていった。悲《かな》しそうな目《め》をしたひとりのエジプト人少年《じんしょうねん》があらわれ、人《ひと》混《ご》みのなかに入《はい》っていった。新品《しんぴん》のブルージーンズと黒《くろ》いボマージャケット、下《した》は白《しろ》いTシャツ。大《おお》きな白《しろ》のスニーカーはひもがゆるゆるだ。少年《しょうねん》は人《ひと》の波《なみ》にまぎれた。

おれの胸元《むなもと》でアミュレットがかっと熱《あつ》くなった。アミュレットの脈動《みゃくどう》を感《かん》

基本的《きほんてき》に五つにランクづけされている。力《ちから》が強《つよ》く一般《いっぱん》に恐《おそ》れられている順《じゅん》に、マリッド、アフリート、ジン、フォリオット、インプ。それより格《かく》下《した》の妖霊《ようれい》もたくさんいるが、魔術師《まじゅつし》はめったに召喚《しょうかん》しない。同様《どうよう》に、マリッドよりはるかに強力《きょうりょく》な妖《よう》霊《れい》もいるが、ほとんどの魔術師《まじゅつし》は名前《なまえ》すら見《み》つけることができないので、まず見《み》かけない。このランクをちゃんと知《し》っていることが、魔術師《まじゅつし》

じる。心臓《しんぞう》の鼓動《こどう》のように、一定《いってい》の間隔《かんかく》で二連射《れんしゃ》している。たのむ、なんとかまわりのオーラにまぎれてくれ。

　トラファルガー広場《ひろば》の魔術用品《まじゅつようひん》の大半《たいはん》は見《み》かけだおしだ。広場《ひろば》は販売免許《はんばいめんきょ》をもついかさま商人《しょうにん》が点々《てんてん》とちらばって、政府《せいふ》が宣伝《せんでん》のために許可《きょか》した安物《やすもの》のお守《まも》りや小物《こもの》を売《う》っている（✡19）。アメリカや日本《にほん》から来《き》た旅行者《りょこうしゃ》が、目《め》を皿《さら》のようにして多色石《たしょくせき》や安《やす》い宝石《ほうせき》の山《やま》を熱心《ねっしん》にながめ、家族《かぞく》や親戚《しんせき》の星座《せいざ》をいっしょうけんめい思《おも》い出《だ》そうとしていた。陽気《ようき》な地元《じもと》の店主《てんしゅ》が、がまん強《づよ》く客《きゃく》の相手《あいて》をしている。カメラのフラッシュが光《ひか》らなければ、古代《こだい》エジプトのカルナック神殿《しんでん》にもどった気分《きぶん》だ。だれもが掘《ほ》り出《だ》し物《もの》に出《で》くわしてうれしそうな声《こえ》をあげ、顔《かお》をほころばせている。欲《よく》に目《め》がくらんだカモが群《む》れている、むかしながらの風景《ふうけい》だ。

　だが、ぜんぶがぜんぶニセモノってわけでもない。慣《な》れた感《かん》じの人間《にんげん》もちらほらいて、入《い》り口《ぐち》をとじた小《ちい》さなテントの前《まえ》で順番《じゅんばん》を待《ま》っている。客《きゃく》はひとりずつ入《はい》る決《き》まりだ。そうしたテントは本物《ほんもの》の魔術用品《まじゅつようひん》をあつかっているらしく、かならず小柄《こがら》な見張《みは》りがあたりをうろうろしていた。見張《みは》りたちは

にもおれたちにも重《じゅう》要《よう》だ。この世界《せかい》で生《い》き残《のこ》るためには、自《じ》分《ぶん》の立場《たちば》をわきまえていなきゃならない。たとえば、すぐれたジンの典型《てんけい》であるおれは、同《どう》ランクのジンや目上《めうえ》にはある程《てい》度《ど》丁重《ていちょう》にふるまうが、フォリオットやインプは軽《かる》くあしらうってわけだ。

✡18 赤《あか》い玉《たま》の正体《しょうたい》は体格《たいかく》のいいインプだ。う

たいていハトかなんかの目立《めだ》たない姿《すがた》に変身《へんしん》している。おれはなるべく見張《みは》りのそばには近《ちか》づかないようにした。あんがい見《み》た目《め》よりかしこいこともある。

魔術師《まじゅつし》が数人《すうにん》、人混《ひとご》みのなかをのんびり歩《ある》いていた。なにも買《か》う気《き》はなさそうだ。たぶんホワイトホールにある官庁《かんちょう》の夜勤《やきん》で、ちょっと息《いき》ぬきに出《で》てきたんだろう。ひとりは仕立《した》てのいいスーツを着《き》て、第《だい》二の目《め》で見《み》えるインプを従《したが》えていたが、ほかの少《すこ》し見《み》おとりする魔術師《まじゅつし》たちには供《とも》はなく、ただ、あきらかに召喚《しょうかん》に使《つか》ったとわかる香《こう》と、かわいた汗《あせ》とロウのにおいをただよわせていた。

警官《けいかん》もいた。巡査《じゅんさ》が数人《すうにん》と、細長《ほそなが》い顔《かお》の毛深《けぶか》い夜間警察《やかんけいさつ》の男《おとこ》がふたり、防犯《ぼうはん》のために人目《ひとめ》につくところでにらみをきかせている。

広場《ひろば》の周辺《しゅうへん》は車《くるま》のライトが渦《うず》を巻《ま》いていた。大臣《だいじん》やそれ以外《いがい》の魔術師《まじゅつし》を乗《の》せた車《くるま》が、国会内《こっかいない》のオフィスからセントジェイムズ通《どお》りの魔術師《まじゅつし》クラブに向《む》かっている。このあたりは帝国《ていこく》にまで発展《はってん》した巨大《きょだい》な権力《けんりょく》の中心地《ちゅうしんち》だから、運《うん》がよけりゃ小僧《こぞう》に呼《よ》ばれるまでかくれていられるだろう。


ろこにおおわれたふたつの大《おお》きな耳《みみ》と、かたい毛《け》の生《は》えた穴《あな》がひとつの鼻《はな》が、魔法《まほう》の波動《はどう》に敏感《びんかん》に反応《はんのう》する。だから大《おお》きな音《おと》とか、つんとくるにおいにさらされるとかなりこたえるはずだ。おれはやつらをまくために、たびたびロザハイズ下水処理場《げすいしょりじょう》に避難《ひなん》しなきゃならなかった。

☆19 トラファルガー広場《ひろば》

それとも、ダメか。

ぶらぶら歩《ある》きながら、ひときわ派手《はで》な露店《ろてん》に来《き》て値札《ねふだ》をながめていると、だれかに見《み》られている気《き》がした。おれは少《すこ》し首《くび》を動《うご》かして人混《ひとご》みを見《み》わたした。目《め》を引《ひ》くようなものはなにもない。別《べつ》の目《め》でもチェックした。どこにも危険《きけん》はひそんでいない。いるのはのっそりした連中《れんちゅう》だ。にぶそうな人間《にんげん》ばかり。おれは店《みせ》のほうに向《む》き直《なお》ると、なにげなくおもちゃの魔法《まほう》の鏡《かがみ》を手《て》にとった。ピンクのプラスチックフレームには魔法《まほう》の杖《つえ》やネコや、魔法使《まほうつか》いのとがった帽子《ぼうし》のちゃちな絵《え》が描《か》かれている。

またただ！　おれはすばやくふり返《かえ》った。人混《ひとご》みのなかに見《み》えたのは、丸々《まるまる》とした小柄《こがら》な女魔術師《おんなまじゅつし》、屋台《やたい》のまわりに群《むら》がる子《こ》どもたち、それを疑《うたが》わしそうに見《み》つめる警官《けいかん》の姿《すがた》。だれもおれに興味《きょうみ》をもっている様子《ようす》はない。だがこの感覚《かんかく》にはなじみがある。三度目《どめ》はぜったい見《み》のがさないからな。おれは鏡《かがみ》に興味《きょうみ》をもっているふりをした。鏡《かがみ》の裏《うら》には「世界《せかい》の魔術《まじゅつ》の首都《しゅと》ロンドンの新《あたら》しい高級《こうきゅう》みやげ　台湾製《たいわんせい》」と書《か》いてある。

来《き》た！　ネコよりもすばやくふり返《かえ》る。ビンゴ！　目《め》が合《あ》った！　相手《あいて》は

のみやげ物屋《ものや》で、とくに人気《にんき》があるのは水晶《すいしょう》のかけらだ。人生《じんせい》を豊《ゆた》かにするオーラを放《はな》つと思《おも》われていて、人間《にんげん》はそれを首《くび》にかけて幸運《こううん》のお守《まも》りにする。水晶《すいしょう》のかけらにはなんの魔《ま》力《りょく》もないが、見方《みかた》によっちゃ、お守《まも》り的《てき》な働《はたら》きをする。つまり水晶《すいしょう》のかけらを身《み》につけるのは、自分《じぶん》が魔法《まほう》に無知《むち》だとふれまわっているようなもんだから、魔術《まじゅつ》師同士《しどうし》の派閥争《はばつあらそ》いに巻《ま》きこまれずにすむ。

ふたり。少年《しょうねん》と少女《しょうじょ》だ。さわがしいガキの集団《しゅうだん》のなかにいる。目《め》をそらすひまがなかったらしい。少年《しょうねん》のほうは十五、六歳《さい》で、顔《かお》じゅうニキビだらけ。少女《しょうじょ》はそれより年下《としした》だが、冷《つめ》たく鋭《するど》い目《め》をしている。おれはにらみ返《かえ》してやった。なにを恐《おそ》れることがある？　やつらは人間《にんげん》だ。おれの正体《しょうたい》がわかるはずがない。見《み》たけりゃ、穴《あな》があくほど見《み》せてやれ。

すぐにふたりともがまんできずに視線《しせん》をそらした。おれは肩《かた》をすくめて立《た》ち去《さ》ろうとしたが、そのとき店主《てんしゅ》の大《おお》きなせきばらいが聞《き》こえた。おっと、いけね。おれは魔法《まほう》の鏡《かがみ》を陳列箱《ちんれつばこ》にそっともどすと、にっこりほほえんで歩《ある》きだした。

子《こ》どもたちがついてくる。

次《つぎ》の店《みせ》でやつらの姿《すがた》が目《め》に入《はい》った。綿菓子《わたがし》の屋台《やたい》のかげからこっちを見《み》ている。グループだ。五、六人《にん》か。はっきりとはわからない。目的《もくてき》はなんだ？　ひったくりか？　なぜおれに目《め》をつける？　ここにはもっとふさわしい、もっと太《ふと》った金持《かねも》ち連中《れんちゅう》がいっぱいいるじゃないか。おれはためしに、ひとりの小柄《こがら》な金持《かねも》ち風《ふう》の旅行者《りょこうしゃ》に近《ちか》づいた。大《おお》きなカメラをかかえ、分厚《ぶあつ》いメ

ロンドンではたとえかじる程度《ていど》でも魔法《まほう》の訓練《くんれん》をするのは危険《きけん》だ。善《よ》かれ悪《あ》しかれ、ほかの魔術師《まじゅつし》に目《め》をつけられる。

ガネをかけている。おれが強盗《ごうとう》をはたらくとしたら、真《ま》っ先《さき》にねらうタイプだ。だがそこを通《とお》りすぎても、やつらはついてきた。

不気味《ぶきみ》だ。それに、とにかくわずらわしい。だが、また姿《すがた》を変《か》えて飛《と》び去《さ》る気《き》はなかった。なにしろこっちはへとへとだ。たのむから放《ほう》っておいてくれ。夜明《よあ》けまでまだだいぶあるってのに。

おれが速足《はやあし》になると、やつらも速足《はやあし》になった。広場《ひろば》を三周《しゅう》もしないうちにおれはすっかり音《ね》をあげた。ふたりの警官《けいかん》がさっきからこっちの動《うご》きをじっと見《み》ている。そろそろ呼《よ》びとめられそうだ。でないと警官《けいかん》たちも目《め》をまわすだろう。さて、行《い》くとするか。どんなガキどもがついてこようが、これ以上《いじょう》注意《ちゅうい》を引《ひ》くわけにいかない。

近《ちか》くに地下鉄《ちかてつ》があった。おれは大急《おおいそ》ぎで階段《かいだん》をおり、地下通路《ちかつうろ》をくぐって中央広場《ちゅうおうひろば》の反対《はんたい》の通《とお》りに出《で》た。子《こ》どもたちの姿《すがた》はない。きっとだまされて駅《えき》にでも入《はい》ったんだろう。しめしめ、今《いま》がチャンスだ。おれはこっそり通《とお》りの角《かど》を曲《ま》がると、本屋《ほんや》の前《まえ》をとおりすぎて、その先《さき》の路地《ろじ》にさっと入《はい》った。そしてゴミ箱《ばこ》のあいだに身《み》をかくして少《すこ》し待《ま》った。

二台《だい》の車《くるま》が通《とお》りを走《はし》り去《さ》っていく。だれも追《お》ってこないようだ。
一瞬《いっしゅん》にやりとした。やつらをまいたと思《おも》ったのだ。
だが、それはちがっていた。

7 不気味《ぶきみ》な子《こ》どもたち

エジプト人少年《じんしょうねん》のまま、おれは路地《ろじ》に入《はい》って右折《うせつ》を二度《ど》くり返《かえ》し、トラファルガー広場《ひろば》から放射線状《ほうしゃせんじょう》にのびる道《みち》のひとつに出《で》た。歩《ある》きながら計画《けいかく》を練《ね》り直《なお》す。

広場《ひろば》はやめだ。うるさいガキが多《おお》すぎる。かくれるならこの近《ちか》くがいい。このあたりなら、アミュレットの脈動《みゃくどう》が光《ひかり》の玉《たま》につきとめられる心配《しんぱい》もあまりない。朝《あさ》になるまでどこかのゴミ箱《ばこ》のかげにでもかくれているか。それしか方法《ほうほう》はない。とにかくへとへとで、もう一度《いちど》空《そら》を飛《と》ぶなんてとうてい無理《むり》だ。

それに考《かんが》える時間《じかん》もほしい。

おなじみの鈍痛《どんつう》もはじまっていた。胸《むね》、胃《い》、骨《ほね》がずきずきする。長《なが》いこと同《おな》じ姿《すがた》になっているのはなんたって体《からだ》に悪《わる》い。人間《にんげん》はよく平気《へいき》でいられるも

んだ。まったく信《しん》じられない（★20）

重《おも》い足取《あしど》りで真《ま》っ暗《くら》な冷《ひ》え冷《び》えした通《とお》りを歩《ある》いた。道《みち》ぞいの家《いえ》の、飾《かざ》りけのない四角《しかく》い窓《まど》に自分《じぶん》の姿《すがた》が映《うつ》った。風《かぜ》に背中《せなか》を丸《まる》め、上着《うわぎ》のポケットに手《て》をつっこみ、スニーカーをコンクリートにこすりつけるように歩《ある》いている。まさに今《いま》のおれの気分《きぶん》そのもの。一歩《いっぽ》ふみ出《だ》すたびにアミュレットが胸《むね》にぶつかる。こんなもの、できれば今《いま》すぐ首《くび》からもぎとって、近《ちか》くのゴミ箱《ばこ》に投《な》げすててやりたい。怒《いか》りあまって、この姿《すがた》でいられなくなることだってありえる。しかし、小僧《こぞう》の命令《めいれい》にはしたがわなきゃならない（★21）。やっぱり、いやでも持《も》っているしかないか。

おれはわき道《みち》を選《えら》んだ。高《たか》いビルが作《つく》る大《おお》きな闇《やみ》が、道《みち》の両側《りょうがわ》からせまってくる。都会《とかい》にいると気分《きぶん》が落《お》ちこむ。地下《ちか》にとじこめられているようだ。ロンドンはとくにひどい。寒《さむ》くてどんよりしていて、いろんなにおいと雨《あめ》で重苦《おもくる》しい。ほんと、南《みなみ》の国《くに》がなつかしい。砂漠《さばく》、つきぬけるような真《ま》っ青《さお》な空《そら》……。

左《ひだり》に折《お》れて別《べつ》の路地《ろじ》に入《はい》ると、ぬれたダンボールと新聞《しんぶん》が道《みち》をふさいでい

★20 いや……人間《にんげん》はずっと同《おな》じ姿《すがた》でいるから、あんなふうなんだろう。

★21 これまで妖霊《ようれい》が命令《めいれい》にそむいた例《れい》もある。なかでも有名《ゆうめい》なのは、不屈者《ふくつしゃ》アスモラルだ。アスモラルは主人《しゅじん》からイアンナというジンをたおせと命《めい》じられたが、イアンナはやっと親《した》しい仲《なか》で、

た。無意識《むいしき》に七つの目《め》で調《しら》べたが、不審《ふしん》なものはなにも映《うつ》らない。よし、ここにしよう。手前《てまえ》の二軒《けん》の戸口《とぐち》はよごれていたのでさけた。三軒目《けんめ》はきれいでかわいていたので、そこにすわった。

ちょうどいい。今夜《こんや》の出来事《できごと》をふり返《かえ》ってみるか……いやはや、今夜《こんや》は目《め》がまわりそうだった。青白《あおじろ》い顔《かお》をした小僧《こぞう》、サイモン・ラブレース、アミュレット、ジャーボウ、フェイキアール……なんだかすべてがひどくこんがらがっている。だが、おれの知《し》ったこっちゃない。夜《よ》が明《あ》けたらアミュレットを小僧《こぞう》にとっととわたして、このさわぎとも永遠《えいえん》におさらばだ。

ただし、小僧《こぞう》との関係《かんけい》は別《べつ》だ。このツケはかならずはらわせてやる。たっぷりな。ウルクで大活躍《だいかつやく》したバーティミアスさまを、こんなウェストエンドの路地裏《ろじうら》に眠《ねむ》らせておいて、そのままですまそうなんて百年早《ねんはや》い。まず小僧《こぞう》の名前《なまえ》をつきとめて、それから……。

ん？　待《ま》てよ……。

足音《あしおと》だ……数人《すうにん》の靴音《くつおと》が近《ちか》づいてくる。

ただの偶然《ぐうぜん》だろう。ロンドンは都会《とかい》だ。人《ひと》が行《ゆ》き来《き》する。路地《ろじ》だって通《とお》

深《ふか》く愛《あい》しあっていた。アスモラルは主人《しゅじん》がきびしい罰《ばつ》をあたえても、決《けっ》して命令《めいれい》にしたがわなかった。だが不幸《ふこう》なことに、妖霊《ようれい》はいやおうなく魔術師《まじゅつし》の命令《めいれい》という引《ひ》き綱《づな》につながれている。やがて最後《さいご》まで抵抗《ていこう》したアスモラルは、文字《もじ》どおりまっぷたつに引《ひ》きさかれた。そのときの爆発《ばくはつ》で、魔術師《まじゅつし》も屋敷《やしき》も、周辺《しゅうへん》のバグダッドの郊外《こうがい》までもが破壊《はかい》された。この悲劇《ひげき》の一件《いっけん》以来《いらい》、魔《ま》

る。たぶん家《いえ》へ帰《かえ》る近道《ちかみち》なんだろう。

おれがかくれているこの路地《ろじ》を近道《ちかみち》するやつだっているさ……。

いや、偶然《ぐうぜん》じゃない。

戸口《とぐち》の下《した》の暗闇《くらやみ》にひっこむと、魔法《まほう》で体《からだ》をかくした。ぴんとはったレース状《じょう》の黒《くろ》い糸《いと》の膜《まく》がまわりをおおい、おれは闇《やみ》にとけこんで、そのままじっとしていた。

足音《あしおと》がどんどん近《ちか》づいてくる。だれだ？　夜間警察《やかんけいさつ》のパトロールか？　サイモン・ラブレースが送《おく》ってきた魔術師《まじゅつし》グループ？　それとも光《ひかり》の玉《たま》がついにおれを見《み》つけたか？

だが、やってきたのは警官《けいかん》でも魔術師《まじゅつし》でもなかった。トラファルガー広場《ひろば》にいたガキどもだ。

少年《しょうねん》が五人《にん》、先頭《せんとう》にあの少女《しょうじょ》がいた。六人《にん》はのんびり歩《ある》くふりをして、さりげなく左右《さゆう》に目《め》をやっている。おれは少《すこ》し気《き》をゆるめた。かくれ方《かた》にぬかりはないし、たとえあったとしたって、やつらを恐《おそ》れる理由《りゆう》はどこにもな

術師《じゅつし》は手下《てした》の妖霊《ようれい》に敵《てき》の妖霊《ようれい》を直接攻撃《ちょくせつこうげき》させることはつつしむようになった（敵《てき》の魔術師《まじゅつし》は別《べつ》だ）。また、おれたちのほうでも、命令《めいれい》にはさからわなくなった。結局《けっきょく》、妖霊同士《ようれいどうし》の絆《きずな》や友情《ゆうじょう》はその場《ば》かぎりのものでしかなくなった。

い。ここなら人目《ひとめ》につく心配《しんぱい》もないし、こてんぱんにしたところで問題《もんだい》ないしな。たしかに少年《しょうねん》たちは見《み》るからに体格《たいかく》がよく乱暴《らんぼう》そうだが、ま、しょせんジーンズに革《かわ》ジャンを着《き》た、ただのガキだ。少女《しょうじょ》のほうは黒《くろ》の革《かわ》ジャンに、ひざ下《した》が広《ひろ》がったラッパ型《がた》のパンツ姿《すがた》だ。あれだけ余分《よぶん》な生地《きじ》があれば、小人《こびと》に新《あたら》しいズボンでも作《つく》ってやれそうだ。六人《にん》は路地《ろじ》の向《む》こうからゴミのあいだをすりぬけるようにしてやってきた。とつぜんおれは、やつらが不自然《ふしぜん》なほど静《しず》かなのに気《き》づいた。

あやしい……もう一度《いちど》ほかの目《め》で調《しら》べた。だが、おかしなところはない。子《こ》どもが六人《にん》いるだけだ。

膜《まく》にかくれて、やつらが通《とお》りすぎるのを待《ま》った。

少女《しょうじょ》がまず、おれの横《よこ》に来《き》た。

おれは膜《まく》のなかであくびをした。

少年《しょうねん》のひとりが少女《しょうじょ》の肩《かた》をつついた。

「ここだ」少年《しょうねん》はいいながら指《ゆび》をさした。

「つかまえて」少女《しょうじょ》がいった。

ち、ちょっと待《ま》て、おい——おどろきから立《た》ち直《なお》る間《ま》もなく、三人《にん》の体格《たいかく》のいい少年《しょうねん》がとびだしてきて、襲《おそ》いかかってきた。やつらの体《からだ》が膜《まく》の一部《いちぶ》にふれたとたん、糸《いと》が切《き》れてすっと消《き》えた。たちまちおれは、よれよれの革《かわ》と安物《やすもの》のアフターシェーブローションのにおいと体臭《たいしゅう》の波《なみ》におそわれ、さらに上体《じょうたい》を起《お》こされて、頭《あたま》をげんこつと平手打《ひらてう》ちでなぐられてから、乱暴《らんぼう》に引《ひ》っぱりあげられた。

おれは自分《じぶん》にいい聞《き》かせた。いいか、おれはバーティミアスだぞ。

路地《ろじ》が一瞬《いっしゅん》、熱《ねつ》と光《ひかり》に包《つつ》まれた。戸口《とぐち》のレンガが網《あみ》で焼《や》かれているみたいに真《ま》っ赤《か》だ。

おどろいたことに、少年《しょうねん》たちはまだおれをつかまえていた。ふたりはおれの手首《てくび》を手錠《てじょう》のようにつかみ、ひとりが両腕《りょううで》をおれの腰《こし》に巻《ま》きつけている。

もう一度《いちど》、さらに力《ちから》を入《い》れてエネルギーを出《だ》した。となりの通《とお》りで車《くるま》のクラクションが鳴《な》りだした。白状《はくじょう》するが、今度《こんど》ばかりは三つの黒《くろ》こげ死体《したい》がおれをつかんだままでいるところを予想《よそう》した（✡22）。

ところが少年《しょうねん》たちはなんともない。息《いき》を切《き》らしながら気味《きみ》の悪《わる》い死《し》に神《がみ》み

✡22 おれが三人《にん》の少年《しょうねん》を

たいにおれをつかんでいる。

ぜったいにおかしい。

「しっかりつかまえてて」少女《しょうじょ》がいった。

少女《しょうじょ》に目《め》をやると、少女《しょうじょ》も見返《みかえ》した。今《いま》のおれの姿《すがた》よりちょっと背《せ》が高《たか》い。黒《くろ》い目《め》に黒《くろ》のロングヘア。ふたりの少年《しょうねん》が少女《しょうじょ》をはさむように立《た》っている。ニキビ面《づら》の衛兵《えいへい》みたいだ。おれはもう、がまんの限界《げんかい》だった。

「おまえら、なにが目的《もくてき》だ？」

「あんた、首《くび》になにかかけてるでしょ」少女《しょうじょ》は子《こ》どものくせに落《お》ちつきはらって、エラそうにいった。十二、三歳《さい》ぐらいだろうか。

「だれに聞《き》いた？」

「バカね、この二分《ふん》ほど丸見《まるみ》えだったわよ。そのTシャツから飛《と》び出《だ》してたもの。さっきあがいてたときに」

「なるほど」

「それ、ちょうだい」

「ダメだ」


黒《くろ》こげにしようとしたことに関《かん》するご意《い》見《けん》はともかく、おれたち妖霊《ようれい》の多《おお》くは、ふつうの人間《にんげん》を傷《きず》つける趣味《しゅみ》はない。もちろん例外《れいがい》もいる。ジャーボウはそのひとり。しかし、おれのような温和《おんわ》なジンでも、がまんの限《げん》界《かい》ってのがある。

少女《しょうじょ》は肩《かた》をすくめた。「なら、力《ちから》づくでもらうだけよ。どうなったって知《し》らないから」

「おれがだれだか知《し》らないらしいな」さりげない口調《くちょう》におどしを軽《かる》くまぜた。「おまえ、魔術師《まじゅつし》じゃないだろう」

「そのとおり」少女《しょうじょ》は吐《は》きすてるようにいった。

「魔術師《まじゅつし》ならおれのような者《もの》をぞんざいにあつかうことはないからな」おびえさせようと、おれはもう一度《いちど》がんばったが、図体《ずうたい》のデカいマヌケ野郎《やろう》が腰《こし》にからみついている状況《じょうきょう》では、かなりやりにくい。

少女《しょうじょ》は冷《ひ》ややかに笑《わら》った。「魔術師《まじゅつし》じゃないと、あんたの悪《わる》ふざけの相手《あいて》はできないってわけ？」

いわれてみりゃ、そのとおりだ。なぜなら第《だい》一に、魔術師《まじゅつし》なら呪文《じゅもん》とペンタクルで完全武装《かんぜんぶそう》しないかぎり、おれの声《こえ》が聞《き》こえる範囲《はんい》には近《ちか》よらない。第《だい》二に、魔術師《まじゅつし》なら魔法《まほう》で身《み》をかくしているおれをさがすのに、インプの助《たす》けがいる。それにおれをたおすには超《ちょう》ヘビー級《きゅう》のジンを召喚《しょうかん》しなきゃならない。もっとも、それができればの話《はなし》だ。ところがこの少女《しょうじょ》とボーイフレンドたちは自力《じりき》でおれを見《み》つけた。しかもとくにさわぎたてる様子《ようす》もない。

ほんとはここで、とっておきの爆発《ばくはつ》でも起《お》こせばよかったんだが、疲《つか》れ果《は》てていたせいで思《おも》いつきもしなかった。カラいばりにたよるありさまだ。

おれは不気味《ぶきみ》な声《こえ》で笑《わら》った。「ほほう！　そうか、なら、遊《あそ》び相手《あいて》になってやろう」

「カッコつけたってムダよ」

戦術《せんじゅつ》を変《か》えることにした。「正直《しょうじき》いって、おまえたちにちょっと興味《きょうみ》をそそられている。おれに近《ちか》づこうなんて勇気《ゆうき》あるじゃないか。それにめんじて、今回《こんかい》は名前《なまえ》と目的《もくてき》をいえばゆるしてやろう。場合《ばあい》によっちゃ手助《てだす》けしてやれるかもしれないぞ。おれにはいろんな力《ちから》があるからな」

だがあてがはずれた。少女《しょうじょ》は両手《りょうて》で耳《みみ》をふさいだ。「そんなでたらめはたくさんよ、悪魔《あくま》！　あたしをそそのかそうったってそうはいかない」

「おれのうらみを買《か》いたくはないだろう」なだめるように続《つづ》けた。「おれと仲良《なかよ》くなるほうがずっといいぞ」

「どっちだってかまやしない」少女《しょうじょ》は耳《みみ》から手《て》をはなした。「あたしはとくにかく、その首《くび》にかかっているものがほしいの」

「そいつはダメだ。ま、お望《のぞ》みならケンカはできるが、おまえたちがケガをするだけじゃなく、おれが出《だ》す信号《しんごう》でまちがいなく夜間警察《やかんけいさつ》がやってくる。地獄《じごく》からあらわれるゴルゴンみたいにな。警察《けいさつ》の注意《ちゅうい》は引《ひ》きたくないだろう？」

少女《しょうじょ》がわずかにひるんだ。よし、ここで形勢逆転《けいせいぎゃくてん》だ。

「バカなことはやめておけ。よく考《かんが》えろ。おまえがうばおうとしているものは、すごい力《ちから》を秘《ひ》めてる。しかも恐《おそ》ろしい魔術師《まじゅつし》の持《も》ち物《もの》だ。これにふれただけで、おまえはその魔術師《まじゅつし》につきとめられて、そいつの家《いえ》のドアにはりつけにされるぞ」

このおどし文句《もんく》、コホン、いや、世間知《せけんし》らずを責《せ》めるひとことに効果《こうか》があったのか、少女《しょうじょ》は口《くち》をとがらせた。

おれは気《き》をよくして、ためしにひじをちょっと動《うご》かした。だが、腕《うで》をつかんでいた少年《しょうねん》がたちまちうなり声《ごえ》をあげ、手《て》に力《ちから》をこめた。

サイレンが少《すこ》しはなれた通《とお》りで鳴《な》っている。少女《しょうじょ》と親衛隊《しんえいたい》はそわそわしながら、路地《ろじ》の先《さき》の暗闇《くらやみ》に目《め》をやった。雨《あめ》がぽつぽつふってきた。

「もうたくさん」少女《しょうじょ》が近《ちか》づいてくる。

「後悔《こうかい》するぞ」おれはいった。

少女《しょうじょ》が手《て》をのばした。おれはゆっくりと、少《すこ》しずつ口《くち》をあけた。少女《しょうじょ》がアミュレットの鎖《くさり》に手《て》をかけようとする。

その瞬間《しゅんかん》、おれはナイルワニに変身《へんしん》し、大《おお》きくあけた口《くち》で少女《しょうじょ》の手《て》にかみつこうとした。少女《しょうじょ》は叫《さけ》び声《ごえ》をあげて、思《おも》ったよりすばやく手《て》を引《ひ》いた。上《じょう》下《げ》の鋭《するど》い歯《は》がひっこめた指先《ゆびさき》をかすめ、大《おお》きな音《おと》をたてて合《あ》わさった。もう一度《いちど》少女《しょうじょ》めがけて口《くち》をあけ、少年《しょうねん》たちにしがみつかまれたまま、体《からだ》を左右《さゆう》にふってかみついた。少女《しょうじょ》は悲鳴《ひめい》をあげて足《あし》をすべらせ、ゴミの山《やま》につっこんだ。横《よこ》にいた少年《しょうねん》のひとりが下敷《したじ》きになった。おれが急《きゅう》に変身《へんしん》したせいで、三人《にん》の少年《しょうねん》はびっくりしている。うろこにおおわれた大《おお》きな体《からだ》にしがみついていたやつはおどろいて手《て》をゆるめたが、ほかのふたりはまだつかまっている。おれが長《なが》くてかたいしっぽを草刈《くさか》り鎌《がま》のように勢《いきお》いよく左右《さゆう》にふると、ふたつのにぶい頭《あたま》に小気味《こきみ》よくあたった。やつらの脳《のう》みそが——まあ、あればの話《はなし》だが――みごとに混乱《こんらん》し、口《くち》がぽかんとあいて、手《て》の力《ちから》もゆるんだ。だが、少女《しょうじょ》につきそっていた護衛《ごえい》のひとりはショックからすぐに立《た》ち直《なお》った。そいつは気《き》をとりなおして上着《うわぎ》に手《て》をつっこむと、光《ひか》るものを取《と》り出《だ》した。

やつがそれを投《な》げた瞬間《しゅんかん》、おれはまた姿《すがた》を変《か》えた。大《おお》きいもの（ワニ）から小《ちい》さいもの（キツネ）へのとっさの変身《へんしん》は、自分《じぶん》でいうのもなんだがみごとな判断《はんだん》だった。大《おお》きなワニに必死《ひっし》にしがみついていた六つの手《て》が、気《き》づくと空《くう》をつかんでいる。小《ちい》さな赤《あか》い毛皮《けがわ》のかたまりと、鋭《するど》い爪《つめ》のついたすばしこい足《あし》が、少年《しょうねん》たちの手《て》をすりぬけて地面《じめん》に落《お》ちた。そのとき、銀色《ぎんいろ》に光《ひか》るナイフがさっきまでワニののどがあった空中《くうちゅう》を通《つう》過《か》して、金属《きんぞく》のドアにつきささった。

おれはキツネの姿《すがた》でつるつるの敷石《しきいし》の道《みち》をすべるようにかけだした。鋭《するど》い笛《ふえ》の音《おと》が行《ゆ》く手《て》にひびき、おれは立《た》ちどまった。懐中電灯《かいちゅうでんとう》の光《ひかり》がドアやレンガを照《て》らしながら、ちらちら動《うご》いている。それを追《お》うように走《はし》ってくる足音《あしおと》が聞《き》こえた。

思《おも》ったとおり、夜間警察《やかんけいさつ》のお出《で》ましだ。

懐中電灯《かいちゅうでんとう》の光《ひかり》がこっちを照《て》らす寸前《すんぜん》、おれは流《なが》れるような身《み》のこなしで、フタのあいたプラスチックのゴミ箱《ばこ》にとびこんだ。頭《あたま》、体《からだ》、しっぽと消《き》えていく。明《あ》かりはゴミ箱《ばこ》を一瞬《いっしゅん》照《て》らしただけで、路地《ろじ》の先《さき》に移《うつ》っていった。

男《おとこ》たちが数人《すうにん》やってきた。叫《さけ》び声《ごえ》をあげ、笛《ふえ》をふきながら少女《しょうじょ》たちがいたあたりに向《む》かって走《はし》っていく。さらにうなり声《ごえ》と強烈《きょうれつ》なにおい……大型犬《おおがたけん》らしきものが一頭《とう》、そのあとを追《お》いかけていった。

騒々《そうぞう》しい音《おと》が遠《とお》ざかっていく。汁《しる》のもれたゴミ袋《ぶくろ》と、すっぱいにおいのする空《あ》きビンの入《はい》った木箱《きばこ》のあいだにキツネの体《からだ》を丸《まる》めて横《よこ》たわりながら、おれは耳《みみ》をそばだてた。叫《さけ》び声《ごえ》と笛《ふえ》の音《おと》は徐々《じょじょ》に遠《とお》ざかってなんの音《おと》かわからなくなり、おれの耳《みみ》にはそのふたつがまじりあい、興奮《こうふん》した遠吠《とおぼ》えのように聞《き》こえた。

やがてその音《おと》も完全《かんぜん》に消《き》え、路地《ろじ》は静《しず》まりかえった。

だれもいない不潔《ふけつ》な場所《ばしょ》で、おれはひとりうずくまった。

8

もらわれてきた子《こ》

アーサー・アンダーウッドは中流《ちゅうりゅう》クラスの魔術師《まじゅつし》で、国家保安省《こっかほあんしょう》の役人《やくにん》だった。あまり人《ひと》づきあいをしない、ちょっと気《き》むずかしい男《おとこ》で、妻《つま》のマーサといっしょにハイゲートにある背《せ》の高《たか》いジョージ王朝風《おうちょうふう》の家《いえ》に住《す》んでいた。

アンダーウッドはこれまで弟子《でし》をもったことはなかったし、もちたいとも思《おも》わなかった。ひとりが性《しょう》に合《あ》っているのだ。しかしいつかは順番《じゅんばん》が来《き》て、ほかの魔術師《まじゅつし》と同《おな》じように子《こ》どもを引《ひ》き受《う》けなくてはならないのはわかっていた。

もちろん、そのときはやってきた。ある日《ひ》、恐《おそ》れていた要請状《ようせいじょう》が雇用省《こようしょう》からとどくと、アンダーウッドは気楽《きらく》な生活《せいかつ》をきっぱりあきらめ、義務《ぎむ》を果《は》たすことにした。アンダーウッドは指定《してい》された日《ひ》の午後《ごご》、名前《なまえ》のない子《こ》を雇用省《こようしょう》に引《ひ》き取《と》りに行《い》った。

左右《さゆう》にみかげ石《いし》の柱《はしら》が立《た》つ大理石《だいりせき》の階段《かいだん》をのぼり、ロビーに入《はい》った。だだっ広《ぴろ》い、これといって特徴《とくちょう》のない場所《ばしょ》で、職員《しょくいん》たちがひかえめな靴音《くつおと》をひびかせながら、木《き》のドアとドアのあいだを行《ゆ》き来《き》している。ロビーの向《む》こうには、過去《かこ》の雇用大臣《こようだいじん》の巨大《きょだい》な彫像《ちょうぞう》二体《たい》にはさまれるように、デスクが置《お》いてあり、上《うえ》には書類《しょるい》が山《やま》と積《つ》まれている。アンダーウッドはデスクの手前《てまえ》まで来《き》てようやく、書類《しょるい》の山《やま》の向《む》こうにいる、にこやかな事務官《じむかん》の顔《かお》に気《き》づいた。

「こんにちは」事務官《じむかん》がいった。

「副大臣《ふくだいじん》のアンダーウッドだ。弟子《でし》を引《ひ》き取《と》りに来《き》たんだが」

「あ、はい。お待《ま》ちしておりました。書類《しょるい》にサインを――」事務官《じむかん》は書類《しょるい》の山《やま》をかきまわした。

「すぐに連《つ》れてかえっていただいて結構《けっこう》です。娯楽室《ごらくしつ》にいますよ」

「男《おとこ》の子《こ》かね？」

「はい。五歳《さい》です。利発《りはつ》な子《こ》ですよ。まあ、試験《しけん》の結果《けっか》しかわかりませんが。今《いま》はちょっと動揺《どうよう》していますけど……」事務官《じむかん》は書類《しょるい》を見《み》つけると、耳《みみ》にはさんでいたペンをとった。「各《かく》ページにイニシャルを、最後《さいご》のページにサインをお願《ねが》いします」

アンダーウッドは大《おお》げさにペンを動《うご》かした。「その子《こ》の両親《りょうしん》は……その……置《お》いていったわけだな？」

「そうです。あっという間《ま》でしたよ。まあ、いつものことですが。お金《かね》を受《う》けとって、文字《もじ》どおりハイサヨナラです。息子《むすこ》へのあいさつもそこそこに」

「規定《きてい》の安全《あんぜん》手続《てつづ》きはとどこおりなく？」

「出生記録《しゅっせいきろく》は削除《さくじょ》しました。生《う》まれたときの名前《なまえ》は忘《わす》れるようきびしくいいつけましたし、だれにもいうなと話《はな》してあります。あの子《こ》は現在《げんざい》、書類上《しょるいじょう》は生《う》まれていないことになっています。ゼロからはじめられますよ」

「どうも」アンダーウッドはため息《いき》をついて、最後《さいご》のページにクモのようなサインをすると、書類《しょるい》を返《かえ》した。「さてと、これで手続《てつづ》きが完了《かんりょう》なら、連《つ》れにいくとしよう」

しんとした長《なが》い廊下《ろうか》を歩《ある》いて、重《おも》い木《き》のドアをぬけ、アンダーウッドは明《あか》るい色《いろ》にぬられた部屋《へや》に入《はい》った。不幸《ふこう》な子《こ》どもたちを楽《たの》しませるおもちゃが、ところせましとならんでいる。揺《ゆ》り木《もく》馬《ば》のしかめっ面《つら》と、魔法使《まほうつか》いの人形《にんぎょう》のおかしなとんがり帽子《ぼうし》のあいだに、青白《あおじろ》い顔《かお》の男《おとこ》の子《こ》がいた。さっきまで泣《な》いていたようだが、運《うん》よく泣《な》きやんでいた。赤《あか》い目《め》でぼんやり見《み》つめられ、アンダーウッドはせきばらいした。

「師匠《ししょう》のアンダーウッドだ。これからおまえの本当《ほんとう》の人生《じんせい》がはじまる。さあ来《く》るんだ」

男《おとこ》の子《こ》は鼻《はな》をすすった。見《み》ると、今《いま》にも泣《な》きだしそうにあごがふるえている。アンダーウッドはめんどうくさそうに男《おとこ》の子《こ》の手《て》をとって立《た》たせると、そのまま手《て》を引《ひ》いて靴音《くつおと》のひびく廊下《ろうか》をぬけ、車《くるま》にもどった。

ハイゲートに向《む》かう途中《とちゅう》、アンダーウッドは男《おとこ》の子《こ》の気分《きぶん》を変《か》えてやろうと、一、二度話《どはな》しかけてみたが、子《こ》どもはおしだまったまま目《め》に涙《なみだ》をためるばかりだった。アンダーウッドはむっとして鼻《はな》から息《いき》を吐《は》くと、あきらめてラジオをつけ、クリケットの試合結果《しあいけっか》をたしかめた。男《おとこ》の子《こ》は後部座席《こうぶざせき》でじっとしたまま、ひざを見《み》つめていた。

アンダーウッド夫人《ふじん》が玄関《げんかん》でふたりを出《で》むかえた。トレイにビスケットとあつあつのチョコレートの入《はい》ったマグカップをのせてきた夫人《ふじん》は、すぐに男《おとこ》の子《こ》を暖《あたた》かいリビングに連《つ》れていった。暖炉《だんろ》の火《ひ》がパチパチとはぜている。

「なんだかわけのわからん子《こ》だよ、マーサ」アンダーウッドは不満《ふまん》そうにいった。「ひとこともしゃべらんのだ」

「しかたありませんよ。かわいそうに、こわがっているんです。わたしにまかせて」真《ま》っ白《しろ》なショートヘアのぽっちゃりした夫人《ふじん》は、男《おとこ》の子《こ》を暖炉《だんろ》のそばのイスにすわらせ、ビスケットをすすめた。男《おとこ》の子《こ》はありがとうさえいわなかった。

三十分《ぷん》がすぎた。夫人《ふじん》は思《おも》いつくまま、ひとり陽気《ようき》にしゃべっていた。男《おとこ》の子《こ》はチョコレートを飲《の》み、ビスケットを少《すこ》しずつかじったが、それ以外《いがい》はじっと暖炉《だんろ》を見《み》つめている。やがて夫人《ふじん》は決心《けっしん》したように男《おとこ》の子《こ》の横《よこ》にすわると、肩《かた》に手《て》をまわした。

「じゃあ、こうしましょう。あなたはだれにも名前《なまえ》を明《あ》かしてはいけないっていわれてるでしょうけど、わたしは別《べつ》よ。ぼうや、としか呼《よ》べなかったら、お友だちになれないわ。そうでしょ？あなたの名前《なまえ》を教《おし》えてくれたら、わたしも名前《なまえ》をいうわ。ほかの人《ひと》にはぜったいに秘密《ひみつ》。どう？今《いま》うなずいた？　いいってことね？　そう、じゃあ、わたしはマーサよ。あなたは……」

小《ちい》さく鼻《はな》をすする音《おと》が聞《き》こえ、さらに小《ちい》さい声《こえ》がした。「……ナサニエル」

「いい名前《なまえ》ね。心配《しんぱい》いらないわ、だれにもいわないから。さあ、少《すこ》しは気分《きぶん》がよくなった？　ナサニエル、ビスケットをもう一枚《まい》食《た》べて。そしたら寝室《しんしつ》へ行《い》きましょ」

アンダーウッド夫人《ふじん》はナサニエルに食事《しょくじ》と入浴《にゅうよく》をさせ、ベッドに入《い》れると、夫《おっと》に報告《ほうこく》した。アンダーウッドは書斎《しょさい》で仕事《しごと》をしていた。

「ようやく眠《ねむ》ったわ。ショックを受《う》けるのは当然《とうぜん》よ。両親《りょうしん》に置《お》き去《ざ》りにされたんですもの。あんな幼《おさな》い子《こ》を家族《かぞく》から引《ひ》きはなしてしまうなんて、あんまりだわ……」

「しかしマーサ、そういう決《き》まりだ。弟子《でし》はどこかから調達《ちょうたつ》してこなくては――」アンダーウッドは本《ほん》に目《め》を落《お》として、いかにも忙《いそが》しそうなふりをした。

妻《つま》はかまわずにいった。「弟子《でし》にだって、家族《かぞく》とすごす時間《じかん》をあげなくちゃ。せめてときどき会《あ》わせてあげるとか――」

アンダーウッドはうんざりして本《ほん》を机《つくえ》に置《お》いた。「それはできん。それくらいわかっているだろう。生《う》まれたときの名前《なまえ》は記憶《きおく》から消《け》されねばならん。でないといずれ敵《てき》がそれを利用《りよう》して攻撃《こうげき》してくる。家族《かぞく》とつきあいを続《つづ》けていては、本名《ほんみょう》を忘《わす》れられん。それに、だれもあの子《こ》の両親《りょうしん》に息子《むすこ》を手放《てばな》せと強要《きょうよう》したわけではない。あの子《こ》はいらない子《こ》だった。それが真実《しんじつ》なんだよ、マーサ。でなければ広告《こうこく》を見《み》たって親《おや》が連絡《れんらく》などしてくるはずがない。じつにかんたんなことだ。両親《りょうしん》はそれ相応《そうおう》の金《かね》を受《う》けとり、あの子《こ》は最高《さいこう》の形《かたち》で国《くに》に奉仕《ほうし》するチャンスをつかむ。そして政府《せいふ》は新《あら》たに弟子《でし》をひとり獲得《かくとく》する。とてもわかりやすい話《はなし》だ。みな得《とく》をして、だれも損《そん》をしない」

「だけど……」

「わしだってそうやって魔術師《まじゅつし》になったんだ。しかし、ひどい目《め》にあったとは思《おも》っていない」アンダーウッドは本《ほん》に手《て》をのばした。

「自分《じぶん》の子《こ》を弟子《でし》にしてもいいことにすれば、だいぶちがうでしょうに」

「そんなことになったら名門同士《めいもんどうし》が争《あらそ》い、派閥《はばつ》ができ……血《ち》で血《ち》を洗《あら》う争《あらそ》いになるのがオチだ、マーサ。イタリアで起《お》きたことを考《かんが》えてみなさい。歴史《れきし》に学《まな》ぶんだ。あの子《こ》のことは心配《しんぱい》しなくていい。まだ小《ちい》さいからすぐに忘《わす》れる。ところで夕食《ゆうしょく》はまだかね？」

魔術師《まじゅつし》アンダーウッドの家《いえ》は、通《とお》りに面《めん》している部分《ぶぶん》は、細長《ほそなが》くすっきりしてりっぱに見《み》えるが、なかに入《はい》ると階段《かいだん》、廊下《ろうか》、少《すこ》しずつ高《たか》さのちがう床《ゆか》がどこまでも複雑《ふくざつ》に入《い》り組《く》んで奥《おく》に続《つづ》いている。地下室《ちかしつ》にはワイン棚《だな》やキノコの箱《はこ》や、ドライフルーツの容器《ようき》がたくさんならんでいる。一階《かい》は客間《きゃくま》、食堂《しょくどう》、キッチン、寝室《しんしつ》、温室《おんしつ》。二階《かい》と三階《かい》は、バスルーム、寝室《しんしつ》、作業部屋《さぎょうべや》などで、一番上《いちばんうえ》の屋根裏部屋《やねうらべや》がナサニエルの寝室《しんしつ》だった。見《み》あげると、傾斜《けいしゃ》のきつい、漆喰《しっくい》をぬった垂木《たるき》の天井《てんじょう》がせまっている。

ナサニエルは毎朝《まいあさ》、屋根《やね》の上《うえ》からひびいてくる笛《ふえ》の音《おと》のようなハトの鳴《な》き声《ごえ》で目《め》をさました。天井《てんじょう》に小《ちい》さな天窓《てんまど》がはめこまれていて、イスの上《うえ》に立《た》つと、天窓《てんまど》ごしに雨《あめ》にぬれた灰色《はいいろ》のロンドンが地平線《ちへいせん》まで見《み》わたせる。家《いえ》は小高《こだか》い丘《おか》に建《た》っているので、ながめは最高《さいこう》だ。晴《は》れた日《ひ》にははるか遠《とお》くの、街《まち》の反対側《はんたいがわ》にあるクリスタルパレスのアンテナが見《み》えた。

寝室《しんしつ》には安《やす》いベニヤでできた洋服《ようふく》ダンスと小《ちい》さな整理《せいり》ダンス、机《つくえ》、イス、それにベッドわきに本棚《ほんだな》がそなえつけてある。毎週《まいしゅう》、アンダーウッド夫人《ふじん》が庭《にわ》の花《はな》を机《つくえ》に飾《かざ》ってくれる。

ナサニエルが青《あお》い顔《かお》でやってきた日《ひ》から、夫人《ふじん》はなににつけナサニエルの世話《せわ》を焼《や》いた。とても親切《しんせつ》で、家《いえ》にいるときはたいてい本名《ほんみょう》で呼《よ》び、夫《おっと》がふきげんな顔《かお》をしてもいっこうにやめようとしなかった。

「わしらはあの子《こ》の名前《なまえ》を知《し》ることさえゆるされておらんのだ」アンダーウッドは妻《つま》にいった。「禁止《きんし》されとる！　危険《きけん》をまねくんだ。十二歳《さい》で成人《せいじん》したら、新《あたら》しい名前《なまえ》をもらう。あの子《こ》は新《あたら》しい名前《なまえ》で、魔術師《まじゅつし》として、一人前《いちにんまえ》の男《おとこ》としてみとめられる。一生《いっしょう》その名《な》で通《とお》すんだ。それまではまちがってでも――」

「だれが気《き》づくっていうの？」夫人《ふじん》はいい返《かえ》した。「だれにもわからないわ。本名《ほんみょう》を呼《よ》んでやれば、あの子《こ》もほっとするんですから」

夫人《ふじん》だけが、男《おとこ》の子《こ》を名前《なまえ》で呼《よ》んだ。家庭教師《かていきょうし》たちは師匠《ししょう》にちなんで男《おとこ》の子《こ》のことも「アンダーウッド」と呼《よ》んでいた。師匠《ししょう》はただ「おい」と呼《よ》んだ。

ナサニエルは夫人《ふじん》の愛情《あいじょう》にこたえて、夫人《ふじん》には心《こころ》をひらいた。夫人《ふじん》の言葉《ことば》にはいつも耳《みみ》をかたむけ、いいつけにはなんでもしたがった。

アンダーウッド家《け》での最初《さいしょ》の一週間《しゅうかん》が終《お》わるころ、夫人《ふじん》は男《おとこ》の子《こ》の部屋《へや》にプレゼントをもってきた。「これ、あなたに。ちょっと古《ふる》くてさびしい感《かん》じだけど、気《き》に入《い》るかなと思《おも》って」

それは入《い》り江《え》を行《い》く小舟《こぶね》の絵《え》で、背景《はいけい》に干潟《ひがた》と低地《ていち》の田園風景《でんえんふうけい》が描《えが》かれていた。かなり古《ふる》く、ニスが黒《くろ》ずんでいるので、細部《さいぶ》はぼやけているが、ナサニエルはひと目《め》で気《き》に入《い》った。夫人《ふじん》が机《つくえ》の正面《しょうめん》の壁《かべ》に飾《かざ》るのを、ナサニエルはじっと見《み》つめていた。

「ナサニエル、あなたは魔術師《まじゅつし》になるのよ。最高《さいこう》に名誉《めいよ》なことだわ。あなたのご両親《りょうしん》はこの気高《けだか》い運命《うんめい》のために犠牲《ぎせい》をはらって、あなたをあきらめたのよ。だから、泣《な》いてはダメ。あなたも強《つよ》い人間《にんげん》になって、いっしょうけんめい努力《どりょく》しなくては。先生《せんせい》たちに教《おそ》わったことはみんなおぼえるの。そうすれば、あなたのご両親《りょうしん》は、あなたを誇《ほこ》りに思《おも》ってくれる。あなた自身《じしん》にとっても名誉《めいよ》なことよ。窓《まど》のそばへ来《き》て、そのイスに立《た》ってごらんなさい。ほら、あの小《ちい》さい塔《とう》が見《み》える？」

「あれ？」

「それはオフィスビル。じゃなくて小《ちい》さい茶色《ちゃいろ》の塔《とう》よ、左側《ひだりがわ》の。そう、あれ。あれが国会議事堂《こっかいぎじどう》よ。優秀《ゆうしゅう》な魔術師《まじゅつし》があそこに集《あつ》まって、グレートブリテン島《とう》とこの帝国《ていこく》を治《おさ》めているの。あなたの師匠《ししょう》はいつもあそこへかよっているのよ。あなたもいっしょうけんめい勉強《べんきょう》して、師匠《ししょう》のいうことを聞《き》いていれば、いつかあそこへ行《い》く日《ひ》が来《く》るでしょう。そうなればわたしもあなたを心《こころ》から誇《ほこ》りに思《おも》うわ」

「はい」男《おとこ》の子《こ》は茶色《ちゃいろ》い塔《とう》を目《め》が痛《いた》くなるほど見《み》つめながら、その場所《ばしょ》を心《こころ》にきざみつけた。国会議事堂《こっかいぎじどう》に行《い》く……いつかかならず。いっしょうけんめい勉強《べんきょう》して、アンダーウッド夫人《ふじん》に喜《よろこ》んでもらうんだ。

夫人《ふじん》の温《あたた》かい心《こころ》づかいもあって、しだいにナサニエルのホームシックはうすれた。両親《りょうしん》の記憶《きおく》もあいまいになり、心《こころ》の傷《きず》もいえて、傷《きず》があったことすらほとんど忘《わす》れかけた。毎日勉強漬《まいにちべんきょうづ》けでくよくよ悩《なや》むひまもないのが、かえってよかった。平日《へいじつ》は夫人《ふじん》が寝室《しんしつ》のドアを二回《かい》たたく音《おと》でベッドから起《お》き出《だ》し、決《き》められた一日《にち》がはじまる。

「階段《かいだん》にお茶《ちゃ》を置《お》いておくわよ。足《あし》じゃなくて、ちゃんと口《くち》で飲《の》んでね」

ナサニエルは以前《いぜん》、下《した》のバスルームに行《い》こうとして、部屋《へや》を出《で》たところでマグカップを思《おも》いきりけとばしてしまったことがあった。熱《あつ》い紅茶《こうちゃ》が高波《たかなみ》のように壁《かべ》にかかった。しみは数年《すうねん》たった今《いま》も残《のこ》っていて、血《ち》の跡《あと》のように見《み》える。ただ運《うん》よく師匠《ししょう》はその失敗《しっぱい》を知《し》らない。決《けっ》して屋根裏《やねうら》部屋《べや》にはあがってこないからだ。

毎朝階下《まいあさかいか》のバスルームで顔《かお》を洗《あら》い、シャツと灰色《はいいろ》のズボンに着《き》がえて、灰色《はいいろ》の長靴下《ながくつした》とぴかぴかの黒《くろ》い靴《くつ》をはく。冬場《ふゆば》、家《いえ》のなかが寒《さむ》いときは、夫人《ふじん》が買《か》ってくれた厚手《あつで》のアラン編《あ》みのセーターを着《き》る。そしてバスルームの背《せ》の高《たか》い鏡《かがみ》の前《まえ》で、ていねいに髪《かみ》をとかし、身《み》なりの整《ととの》った自《じ》分《ぶん》のやせた姿《すがた》に目《め》を走《はし》らせる。青白《あおじろ》い顔《かお》がこちらを見返《みかえ》す。それから勉強道具《べんきょうどうぐ》をかかえ、裏《うら》の階《かい》段《だん》をおりてキッチンへ行《い》く。夫人《ふじん》がコーンフレークとトーストを用意《ようい》してくれるあいだ、前《まえ》の晩《ばん》にし残《のこ》した宿題《しゅくだい》をかたづけにかかる。たいてい夫人《ふじん》が手伝《てつだ》ってくれる。

「アゼルバイジャン共和国《きょうわこく》？　首都《しゅと》はバクーよ」

「バクウ？」

「そうよ。地図《ちず》で調《しら》べてごらんなさい。なんで知《し》りたいの？」

「パーセル先生《せんせい》が今週《こんしゅう》は中東《ちゅうとう》をマスターしなさいって。国《くに》やいろんなことについて」

「そんないやそうな顔《かお》しないの！　トーストが焼《や》けたわよ。そういう基礎《きそ》を勉強《べんきょう》するのが大事《だいじ》なのよ。それから興味《きょうみ》のある問題《もんだい》にとりかかればいいの」

「つまんないいんだもん」

「わかってないわね。わたしはアゼルバイジャンに行《い》ったことがあるわ。バクーはちょっとさびれたところだけど、アフリート研究《けんきゅう》の重要《じゅうよう》な拠点《きょてん》よ」

「アフリートってなに？」

「火《ひ》の悪魔《あくま》。二番目《ばんめ》に強力《きょうりょく》な妖霊《ようれい》よ。火《ひ》はアゼルバイジャンの山々《やまやま》ではとても強《つよ》い元素《げんそ》なの。だからゾロアスター教《きょう》の信仰《しんこう》もあそこではじまったわけ。信者《しんじゃ》たちは、すべての生《い》き物《もの》がもっている神聖《しんせい》な火《ひ》をあがめているの。あ、チョコバターならシリアルのうしろよ」

「そこへ行《い》ったとき、ジンも見《み》た？」

「ジンをさがすのにわざわざバクーへ行《い》く必要《ひつよう》はないのよ、ナサニエル。ほら、食《た》べ物《もの》をほおばったまましゃべらないで。テーブルじゅうにかすが飛《と》んでるわよ。ジンはやってくるの。とくにここロンドンにいればね」

「いつ会《あ》える？　そのフリートに」

「アフリートよ。そう先《さき》のことじゃないわ。いいことと悪《わる》いことの判断《はんだん》がつくようになったらね。さあ早《はや》く食《た》べてしまいなさい。パーセル先生《せんせい》がお待《ま》ちよ」

朝食《ちょうしょく》がすむと、ナサニエルは教科書《きょうかしょ》をかかえて二階《かい》の授業部屋《じゅぎょうべや》に向《む》かう。パーセル先生《せんせい》が来《き》て待《ま》っている。まだ若《わか》いのに、ブロンドの髪《かみ》がうすくなりかかっていて、いつもその部分《ぶぶん》をかくそうと髪《かみ》をなでつけているが、うまくいっていない。だぶついた灰色《はいいろ》のスーツを着《き》て、趣味《しゅみ》の悪《わる》いネクタイをいつもとっかえひっかえしている。名前《なまえ》はウォルター。ひどく神経質《しんけいしつ》で、師匠《ししょう》のアンダーウッドと話《はな》すときは——ときどき話《はなし》をしなくてはならない——やたらと緊張《きんちょう》し、そのストレスをあとでナサニエルにぶつけてくる。ただ、きまじめなたちなので、そうひどいことはしなかった。ナサニエルが優秀《ゆうしゅう》だったせいもある。けれどミスをすると、子犬《こいぬ》がキャンキャン吠《ほ》えるように、うるさくかみついた。

パーセル先生《せんせい》は魔術《まじゅつ》についてはなにも教《おし》えない。魔術《まじゅつ》の知識《ちしき》はまったくないのだ。もっぱら算《さん》数《すう》、外国語《がいこくご》（フランス語《ご》、チェコ語《ご》）、地理《ちり》、歴史《れきし》に力《ちから》を注《そそ》いだ。政治学《せいじがく》も重要《じゅうよう》だった。

「さて、アンダーウッド君《くん》」パーセル先生《せんせい》がいう。「ほまれ高《たか》きわが政府《せいふ》のおもな目的《もくてき》はなんだね？」ナサニエルはぽかんとしている。「ほら、考《かんが》えて！」

「支配《しはい》することです」

「いや、守《まも》ることだ。わが国《くに》が戦争中《せんそうちゅう》であることを忘《わす》れてはいけない。プラハが今《いま》でもボヘミアから東《ひがし》の平原《へいげん》を勢力下《せいりょくか》においている。わが国《くに》はプラハの軍隊《ぐんたい》をイタリアに近《ちか》づけまいと必死《ひっし》だ。危険《きけん》な状況《じょうきょう》なんだ。煽動家《せんどうか》やスパイがロンドンで動《うご》きまわっている。大帝国《だいていこく》を無傷《むきず》で存続《そんぞく》させるためには、力《ちから》のある政府《せいふ》が必要《ひつよう》だ。力《ちから》とはもちろん、魔法《まほう》の力《ちから》のことだ。魔術師《まじゅつし》のいないこの国《くに》など想像《そうぞう》もできない！　一般人《いっぱんじん》が政権《せいけん》をにぎるようなことになったら、わが国《くに》は大混乱《だいこんらん》におちいって、すぐに敵《てき》に侵入《しんにゅう》されてしまう。無政府状態《むせいふじょうたい》からわれわれを守《まも》ってくれるのは指導者《しどうしゃ》だ。それこそきみが目《め》ざすべきものだ。政府《せいふ》の一員《いちいん》になって、りっぱな仕事《しごと》をするように。いいね？」

「はい、先生《せんせい》」

「魔術師《まじゅつし》にとっては名誉《めいよ》がなによりも大事《だいじ》だ」パーセル先生《せんせい》は続《つづ》けた。「魔術師《まじゅつし》は大《おお》きな力《ちから》をもっているが、それを慎重《しんちょう》にあつかわねばならない。過去《かこ》に、悪《わる》い魔術師《まじゅつし》たちが政府《せいふ》をたおそうとしたことがあるが、みな失敗《しっぱい》した。なぜか？　真《しん》の魔術師《まじゅつし》たちが徳《とく》と義《ぎ》をもって戦《たたか》っているからだ」

「先生《せんせい》は魔術師《まじゅつし》なんですか？」

パーセル先生《せんせい》は髪《かみ》をかきあげてため息《いき》をついた。「いいや、アンダーウッド君《くん》。わたしは……選《えら》ばれなかったんだ。しかし今《いま》でもせいいっぱい国《くに》につくしている。さあ――」

「じゃあ、一般人《いっぱんじん》なんですか？」

パーセル先生《せんせい》は平手《ひらて》でテーブルを強《つよ》くたたいた。「いいかげんにしなさい！　質問《しつもん》しているのはわたしのほうだぞ！　分度器《ぶんどき》を出《だ》して。次《つぎ》は幾何《きか》だ」

ナサニエルが八歳《さい》になると、科目《かもく》がふえた。化学《かがく》、物理《ぶつり》、宗教史《しゅうきょうし》。外国語《がいこくご》の授業《じゅぎょう》もふえた。ラテン語《ご》、アラム語《ご》、ヘブライ語《ご》などだ。

朝《あさ》九時《じ》から午後《ごご》一時《じ》までのパーセル先生《せんせい》の授業《じゅぎょう》が終《お》わると、そこで昼食《ちゅうしょく》。ナサニエルはキッチンへ来《き》て、夫人《ふじん》がラップに包《つつ》んでおいてくれるサンドイッチをひとりで黙々《もくもく》と食《た》べる。

午後《ごご》は日《ひ》によって時間割《じかんわり》がちがう。週二日《しゅうふつか》は引《ひ》き続《つづ》きパーセル先生《せんせい》の授業《じゅぎょう》。ほかの二日《ふつか》は公営《こうえい》の屋内《おくない》プールに連《つ》れていかれる。プールでは、車《くるま》の泥《どろ》よけみたいな口《くち》ひげを生《は》やした体格《たいかく》のいい男《おとこ》の監督《かんとく》のもとで、体力《たいりょく》づくりのきついメニューをこなす。たくさんの子《こ》どもたちにまじって、ナサニエルも次々《つぎつぎ》に泳《およ》ぎ方《かた》を変《か》えて、ひたすら運動《うんどう》させられた。ひっこみじあんで、いつもへとへとだったので、ほかの子《こ》にあまり話《はな》しかけず、ほかの子《こ》たちも近《ちか》づいてはこなかった。ナサニエルはいつもひとりぼっちだった。

木曜日《もくようび》は音楽《おんがく》、土曜日《どようび》はデッサンの授業《じゅぎょう》。ナサニエルは水泳以上《すいえいいじょう》に音楽《おんがく》がきらいだった。担当《たんとう》のシンドラ先生《せんせい》は、太《ふと》った短気《たんき》な男《おとこ》で、いつもあごをふるわせている。ナサニエルは先生《せんせい》のあごから目《め》をはなさないようにしていた。ふるえが大《おお》きくなるのは、先生《せんせい》のカミナリが落《お》ちる前《まえ》ぶれで、カミナリはうんざりするほど規則的《きそくてき》に落《お》ちた。シンドラ先生《せんせい》は、ナサニエルが発声練習《はっせいれんしゅう》を急《いそ》いですまそうとしたり、音符《おんぷ》を読《よ》みちがえたり、初見演奏《しょけんえんそう》でまちがったりすると、すぐに怒《おこ》った。しかもナサニエルはしょっちゅう失敗《しっぱい》していた。

「そんなひき方《かた》でどうやってラミアーを召喚《しょうかん》するつもりだ！　え？　まったく信《しん》じられん！　かしてみたまえ！」シンドラ先生《せんせい》はそういって竪琴《たてごと》をナサニエルの手《て》からひったくると、肉《にく》づきのいい自分《じぶん》の胸元《むなもと》におしあてた。それからうっとりと目《め》をとじてひきはじめる。甘《あま》い音色《ねいろ》が部屋《へや》に満《み》ちていく。シンドラ先生《せんせい》のぷよぷよした短《みじか》い指《ゆび》が、踊《おど》るソーセージのように弦《げん》の上《うえ》で動《うご》く。窓《まど》の外《そと》では小鳥《ことり》たちが木《き》にとまって、竪琴《たてごと》の音色《ねいろ》に耳《みみ》をかたむけている。ナサニエルの目《め》に涙《なみだ》があふれた。遠《とお》い過去《かこ》の記憶《きおく》が亡霊《ぼうれい》のようによみがえってくる……。

「さあ、やってみたまえ！」急《きゅう》に耳《みみ》ざわりな大声《おおごえ》で音《おと》がとぎれ、竪琴《たてごと》がつっかえされた。ナサニエルがひきはじめる。指《ゆび》がもつれ、音《おと》がとぎれる。窓《まど》の外《そと》では小鳥《ことり》たちがショックのあまり木《き》から落《お》っこちている。シンドラ先生《せんせい》のたるんだあごが、冷《つめ》たいタピオカのようにプルプルふるえはじめた。

「バカ者《もの》！　やめろ！　ラミアーに食《く》われたいのか？　ラミアーの気《き》をひくんだ。怒《いか》らせるような音《おと》を出《だ》してどうする！　竪琴《たてごと》はもういい。管楽器《かんがっき》をやってみよう」

だが、管楽器《かんがっき》を吹《ふ》こうが竪琴《たてごと》をひこうが、がらがらに似《に》た打楽器《だがっき》シストルムをふろうが合唱曲《がっしょうきょく》を歌《うた》おうがいっしょだった。ナサニエルのたどたどしい演奏《えんそう》はかならず、怒《いか》りと絶望《ぜつぼう》のうめき声《ごえ》でおしまいになった。

しかし、デッサンの授業《じゅぎょう》は大《おお》ちがいだった。女《おんな》のラッチェンズ先生《せんせい》のもと、授業《じゅぎょう》はおだやかに順調《じゅんちょう》に進《すす》んだ。すらりとしてやさしいラッチェンズ先生《せんせい》は、ナサニエルが心《こころ》おきなく話《はなし》ができるただひとりの先生《せんせい》だった。アンダーウッド夫人《ふじん》と同様《どうよう》、ナサニエルはラッチェンズ先生《せんせい》に対《たい》しても名《な》なしの身分《みぶん》をすぐにすてた。ふたりでいるとき、先生《せんせい》に名前《なまえ》を教《おし》えてほしいといわれ、なんのためらいもなく教《おし》えた。

ある春《はる》の午後《ごご》、デッサンの授業中《じゅぎょうちゅう》、あけ放《はな》たれた窓《まど》から、気持《きも》ちのいいそよ風《かぜ》が流《なが》れてきた。ナサニエルはラッチェンズ先生《せんせい》にたずねた。「この模様《もよう》をずっと写《うつ》してなきゃダメですか？　むずかしいし、つまんないし……それより庭《にわ》とか、この部屋《へや》とか、ラッチェンズ先生《せんせい》を描《えが》きたいです」

先生《せんせい》は笑《わら》って答《こた》えた。「ナサニエル、芸術家《げいじゅつか》や、暇《ひま》をもてあました裕福《ゆうふく》な若《わか》い女性《じょせい》ならスケッチをするのもけっこうだけれど、あなたは芸術家《げいじゅつか》や裕福《ゆうふく》な若《わか》い女性《じょせい》になるわけじゃないでしょう？　あなたが鉛筆《えんぴつ》をもつ目的《もくてき》はまったくちがうのよ。こうしてデッサンを勉強《べんきょう》するのは、製図《せいず》のプロになるため。どんな模様《もよう》も手《て》ばやく自信《じしん》をもって、正確《せいかく》に描《か》けるようにならなきゃ」

ナサニエルはうんざりしたように目《め》の前《まえ》の紙《かみ》を見《み》つめた。枝葉《えだは》や花《はな》や、重《かさ》なり合《あ》う葉《は》っぱのあいだに、抽象的《ちゅうしょうてき》な模様《もよう》をきれいにあしらった複雑《ふくざつ》な図案《ずあん》だ。その図案《ずあん》を手元《てもと》のスケッチブックに写《うつ》す作業《さぎょう》を、ナサニエルは二時間《じかん》ぶっ続《つづ》けでやっていた。それでも半分描《はんぶんか》けたかどうかというところだ。

「こんなことしててもむだな気《き》がするんですけど」ナサニエルはつぶやいた。

「そんなことないわ」ラッチェンズ先生《せんせい》はいった。「どれ見《み》せて。うん、まあまあね。悪《わる》くはないけど、でも見《み》て……このドーム模様《もよう》、ちょっと大《おお》きすぎない？　ほら。それにこの茎《くき》、穴《あな》があいている。これはいただけないわね」

「ちょっと失敗《しっぱい》しちゃって。ほかはだいじょうぶでしょう？」

「だめだめ。ペンタクルにすきまがあったらどうなると思《おも》う？　悪魔《あくま》に命《いのち》をとられるのよ、ナサニエル。死《し》にたくはないでしょう？」

「はい」

「それならミスをしないこと。でないとやられてしまうわよ」先生《せんせい》はイスに深《ふか》くすわりなおした。「本当《ほんとう》なら、もう一度《いちど》はじめから描《えが》きなおさせるところだけど」

「先生《せんせい》！」

「アンダーウッド氏《し》も同《おな》じ意見《いけん》だと思《おも》うわ」ラッチェンズ先生《せんせい》は考《かんが》えながら、ちょっと言葉《ことば》を切《き》った。「でもその痛《いた》ましい声《こえ》を聞《き》いたら、二回目《かいめ》に期待《きたい》してもムリって気《き》がするわ。今日《きょう》はここまでにしましょう。庭《にわ》に出《で》てみない？　新鮮《しんせん》な空気《くうき》を吸《す》いたいって顔《かお》に書《か》いてあるわよ」

ナサニエルにとってアンダーウッド家《け》の庭《にわ》は、つかのまひとりになれる場所《ばしょ》だ。そこには授業《じゅぎょう》のいやな思《おも》い出《で》もない。庭《にわ》は細長《ほそなが》く、赤《あか》レンガの高《たか》い塀《へい》にかこまれている。夏《なつ》にはツルバラが塀《へい》をつたい、六本《ぽん》のリンゴの木《き》から白《しろ》い花《はな》びらが、はらはらと芝生《しばふ》に落《お》ちてくる。庭《にわ》の真《ま》ん中《なか》にはツツジの茂《しげ》みが広《ひろ》がり、その向《む》こうにちょっとしたかくれ場所《ばしょ》を作《つく》っていた。そこにいれば庭《にわ》に向《む》かってあいている窓《まど》からもほとんど見《み》えない。その一画《いっかく》は草《くさ》がのび、地面《じめん》が湿《しめ》っていて、となりの庭《にわ》からマロニエの枝《えだ》がのびている。コケにおおわれた石《いし》のベンチが塀《へい》によりそうように置《お》かれ、その横《よこ》に、手《て》で稲妻《いなずま》をつかんでいる男《おとこ》の大理石像《だいりせきぞう》があった。像《ぞう》の男《おとこ》はヴィクトリア朝風《ちょうふう》の上《うわ》着《ぎ》を着《き》て、もじゃもじゃのもみあげがクワガタのハサミのようにほおからつきでている。像《ぞう》は風《ふう》雨《う》にさらされ、うっすらとコケにおおわれているが、それでも強《つよ》い情熱《じょうねつ》と力《ちから》が感《かん》じられる。ナサニエルはその像《ぞう》にひどく興味《きょうみ》をそそられ、アンダーウッド夫人《ふじん》にだれの像《ぞう》かとたずねたほどだったが、夫人《ふじん》はにっこりほほえんだだけだった。

「師匠《ししょう》にきいてごらんなさい。もの知《し》りだから」

しかし師匠《ししょう》にたずねる勇気《ゆうき》はなかった。

石《いし》のベンチと見知《みし》らぬ男《おとこ》の像《ぞう》のある庭《にわ》はナサニエルにとって、冷《つめ》たく近《ちか》よりがたい師匠《ししょう》の授業《じゅぎょう》を受《う》ける前《まえ》に、ひとりになって気持《きも》ちを静《しず》めるための場所《ばしょ》だった。

9 修行時代《しゅぎょうじだい》

六歳《さい》から八歳《さい》までのあいだ、ナサニエルが師匠《ししょう》に会《あ》いに行《い》くのは週《しゅう》に一度《いちど》だけだった。金曜《きんよう》の午後《ごご》、大事《だいじ》な儀式《ぎしき》について学《まな》ぶためだ。昼食《ちゅうしょく》のあと、ナサニエルはいったん三階《かい》へ行《い》って手《て》を洗《あら》い、シャツを着《き》がえ、きっかり二時半《じはん》に二階《かい》にある師匠《ししょう》の読書室《どくしょしつ》の前《まえ》に立《た》つ。ドアを三回《かい》たたくと、入《はい》りなさいと声《こえ》がする。

師匠《ししょう》は窓《まど》のそばにある籐《とう》イスに深《ふか》く腰《こし》かけて、通《とお》りをながめている。顔《かお》はいつもかげになっていてよく見《み》えない。その姿《すがた》は窓《まど》からさしこむ日《ひ》ざしにぼんやり包《つつ》まれている。ナサニエルが部屋《へや》に入《はい》ると、やせた手《て》がクッションのほうを指《さ》ししめす。向《む》かいの壁《かべ》の前《まえ》には東洋風《とうようふう》のソファが置《お》かれ、その上《うえ》にクッションがつみあげてあった。ナサニエルはいつもクッションをひとつ床《ゆか》に置《お》いてその上《うえ》にすわり、師匠《ししょう》の微妙《びみょう》な声《こえ》の変化《へんか》を聞《き》きとろうと緊張《きんちょう》して耳《みみ》をそばだてた。ひとことも聞《き》きもらすまいと必死《ひっし》だった。

最初《さいしょ》のころ、師匠《ししょう》はナサニエルが勉強《べんきょう》している学科《がっか》についてたずねるだけだった。ベクトル、代数《だいすう》、確率《かくりつ》の法則《ほうそく》についてこまかく説明《せつめい》させたり、プラハの歴史《れきし》をかんたんに述《の》べさせたり、フランス語《ご》で十字軍《じゅうじぐん》のおもな事件《じけん》をあげさせたりといったぐあいだ。そして、返《かえ》ってくる答《こた》えはほとんどいつも満足《まんぞく》するものだった。ナサニエルはひじょうに記憶力《きおくりょく》にすぐれた生徒《せいと》だった。

たまに答《こた》えているナサニエルを師匠《ししょう》がとめ、魔術《まじゅつ》の目的《もくてき》と限界《げんかい》について語《かた》って聞《き》かせることもあった。

「魔術師《まじゅつし》は、力《ちから》の使《つか》い手《て》だ。強《つよ》い意志《いし》で変化《へんか》をもたらす。自分勝手《じぶんかって》な動機《どうき》であれ、人《ひと》のためであれ、意志《いし》があれば力《ちから》を行使《こうし》できる。結果《けっか》はいいときも悪《わる》いときもある。だが出来《でき》の悪《わる》い魔術師《まじゅつし》はそれさえできない不適格者《ふてきかくしゃ》だ。不適格《ふてきかく》の定義《ていぎ》はなんだ？」

ナサニエルはクッションをつかんだ。「支配力《しはいりょく》に欠《か》けていることです」

「そうだ。魔術師《まじゅつし》が使《つか》いはじめた力《ちから》を支配《しはい》し続《つづ》けるのに必要《ひつよう》なものは？」

ナサニエルは体《からだ》を前後《ぜんご》にゆらした。「えっと……」

「三《みっ》つのSだ。三《みっ》つのS。頭《あたま》を使《つか》え」

「安全《safe》、秘密《secret》、力《strong》です」

「そのとおり。偉大《いだい》な秘密《ひみつ》とは？」

「妖霊《ようれい》のことです」

「悪魔《あくま》だ。ありのまま呼《よ》べばいい。決《けっ》して忘《わす》れてならんことは？」

「悪魔《あくま》はひじょうに意地《いじ》が悪《わる》く、すきあらば攻撃《こうげき》してきます」ナサニエルの声《こえ》がふるえた。

「そうだ。いいぞ。すばらしい記憶力《きおくりょく》だ。発音《はつおん》に気《き》をつけなさい。舌《した》がもつれとる。大事《だいじ》なときに発音《はつおん》をまちがえると、悪魔《あくま》にすきをつかれる」

「はい」

「そう、悪魔《あくま》こそ偉大《いだい》な秘密《ひみつ》だ。一般人《いっぱんじん》は悪魔《あくま》がいることも、魔術師《まじゅつし》がやつらとつきあえることも知《し》っておる。だからこそ、人々《ひとびと》はわれらをひどく恐《おそ》れるんだ！　だがくわしくは知《し》らん。つまりわれらの力《ちから》は悪魔《あくま》から得《え》ているということは知《し》られておらん。やつらの助《たす》けなしでは、われらは安《やす》っぽい奇術師《きじゅつし》かペテン師《し》でしかない。われらの唯一《ゆいいつ》の偉大《いだい》な能力《のうりょく》は、悪魔《あくま》を召喚《しょうかん》してしたがわせることだ。それが正確《せいかく》にできれば、やつらをしたがわせられる。だが少《すこ》しでもミスをしたら、そのとたんにおそわれてずたずたに引《ひ》きさかれてしまう。魔術師《まじゅつし》はそういうあぶない橋《はし》をわたっておるのだ。ところで、いくつになった？」

「八歳《さい》です。来週《らいしゅう》で九歳《さい》になります」

「九歳《さい》？　よし。では来週《らいしゅう》からじっさいに魔術《まじゅつ》の勉強《べんきょう》をはじめよう。今《いま》、パーセル先生《せんせい》がおまえに魔術《まじゅつ》の初歩《しょほ》を学《まな》ぶためのじゅうぶんな基礎学力《きそがくりょく》をつけてくれておる。今後《こんご》はわしが週《しゅう》に二度《ど》授《じゅ》業《ぎょう》をして、魔術師《まじゅつし》の命令《めいれい》の中心的教義《ちゅうしんてききょうぎ》を教《おし》えていくことにしよう。今日《きょう》のところはヘブライ語《ご》のアルファベットと十二までの数《かず》の暗誦《あんしょう》をして終《お》わりだ。では、はじめて」

師匠《ししょう》と家庭教師《かていきょうし》のもと、ナサニエルの教育《きょういく》はスムーズに進《すす》んだ。ナサニエルはアンダーウッド夫人《ふじん》に毎日《まいにち》の成果《せいか》をうれしそうに報告《ほうこく》し、夫人《ふじん》はさかんにほめそやした。日《ひ》が暮《く》れるとナサニエルは窓《まど》から、遠《とお》い国会議事堂《こっかいぎじどう》の塔《とう》の黄色《きいろ》い明《あ》かりを見《み》つめ、自分《じぶん》が魔術師《まじゅつし》として、そしてりっぱな政府《せいふ》の閣僚《かくりょう》のひとりとして、そこへ行《い》く日《ひ》を夢《ゆめ》みた。

九歳《さい》になって二日目《ふつかめ》、朝食《ちょうしょく》をとっていると、師匠《ししょう》がキッチンにやってきた。

「食事《しょくじ》をやめてちょっと来《き》なさい」

ナサニエルはあとについて図書室《としょしつ》へ行《い》った。師匠《ししょう》が立《た》ちどまると、そのそばに大《おお》きな本箱《ほんばこ》が置《お》いてあった。大《おお》きさも色《いろ》もさまざまな本《ほん》がつめこまれている。重《おも》い革表紙《かわびょうし》のかなり古《ふる》い辞書《じしょ》もあれば、背表紙《せびょうし》に魔術記号《まじゅつきごう》がなぐり書《が》きされたぼろぼろのペーパーバックまでいろいろだ。

「これが今後《こんご》三年間《ねんかん》におまえが読《よ》むべきものだ」師匠《ししょう》がいいながら箱《はこ》のはしを軽《かる》くたたいた。「十二歳《さい》になるまでに、ここに書《か》かれておることをぜんぶ頭《あたま》に入《い》れるのだ。ほとんどが中世《ちゅうせい》の英語《えいご》、ラテン語《ご》、チェコ語《ご》、ヘブライ語《ご》で書《か》かれておる。ほかに古代《こだい》エジプトの埋葬式《まいそうしき》についてのコプト語《ご》の本《ほん》もある。コプト語《ご》の辞書《じしょ》もあるぞ。これをすべて読破《どくは》できるかどうかはおまえ次第《しだい》。わしはそこまでめんどうをみるよゆうはない。本《ほん》を読《よ》むのに必要《ひつよう》な語学力《ごがくりょく》は、パーセル先生《せんせい》がしっかりつけてくれるだろう。わかったか？」

「はい。あの、師匠《ししょう》」

「なんだ？」

「これをぜんぶ読《よ》めば、必要《ひつよう》なことがみんなわかりますか？　その、つまり魔術師《まじゅつし》になるために。だってこんなにいっぱいあるから」

師匠《ししょう》は鼻《はな》で笑《わら》った。ふたつのまゆがぐっとあがった。「うしろを見《み》ろ」

ナサニエルはふり返《かえ》った。壁一面《かべいちめん》が本棚《ほんだな》になっていて、無数《むすう》の本《ほん》であふれている。どの本《ほん》も同《おな》じように厚《あつ》くてほこりっぽい。各《かく》ページが上下段《じょうげだん》に分《わ》かれていて、こまかな筆記体《ひっきたい》で印刷《いんさつ》されていることが、ひらかなくてもわかる。ナサニエルは小《ちい》さく息《いき》をのんだ。

「あれをひととおり読《よ》めば」師匠《ししょう》は冷《ひ》ややかにいった。「まずまずのところまでいけるだろう。重要《じゅうよう》な悪魔《あくま》を召喚《しょうかん》するのに必要《ひつよう》な儀式《ぎしき》や呪文《じゅもん》について書《か》かれておる。だがどのみち十三歳《さい》になるまではじっさいに使《つか》うことはないだろうから、気《き》にせんでいい。この箱《はこ》の本《ほん》を読《よ》めば……」師匠《ししょう》はまた木箱《きばこ》をたたいた。「予備知識《よびちしき》は身《み》につく。しばらくはこれでじゅうぶんすぎるぐらいだ。

さてと、ついてきなさい」

ふたりは作業部屋《さぎょうべや》に行《い》った。ナサニエルは初《はじ》めて入《はい》る部屋《へや》だった。しみのあるよごれた棚《たな》に、広口《ひろくち》や細口《ほそぐち》のガラスビンがひしめいている。どの容器《ようき》にもさまざまな色《いろ》の液体《えきたい》が入《はい》っていた。なにか浮《う》かんでいるビンもある。どれもひどくゆがんだ奇妙《きみょう》な形《かたち》に見《み》えるのは、厚《あつ》くてカーブしているガラスのせいだけなのか、ナサニエルにはわからなかった。

師匠《ししょう》は簡素《かんそ》な木《き》の作業台《さぎょうだい》の前《まえ》に腰《こし》かけると、ナサニエルをそばにすわらせ、目《め》の前《まえ》に細長《ほそなが》い箱《はこ》を置《お》いた。なかに小《ちい》さなメガネが入《はい》っていた。六歳《さい》のあの日《ひ》のことがよみがえり、ナサニエルはとたんにふるえだした。

「それをとりなさい。かみつきはせん。そうだ。さあ、こっちを見《み》ろ。わしの目《め》を見《み》るんだ。なにが見《み》える？」

ナサニエルはしぶしぶ目《め》をあげた。師匠《ししょう》のぎらぎらした茶色《ちゃいろ》い目《め》に気《き》おくれし、頭《あたま》が真《ま》っ白《しろ》になっているせいか、なにも見《み》えない。

「どうだ？」

「あの、えっと……すみません、なにも……」

「瞳《ひとみ》のまわりを見《み》るんだ。なにか見《み》えんか？」

「えーと……」

「バカ者《もの》！」師匠《ししょう》はいらついた声《こえ》を出《だ》すと、下《した》まぶたをさげて、目《め》の下《した》の赤《あか》い部分《ぶぶん》をさらした。「見《み》えないか？　レンズだ、コンタクトレンズ！　目《め》の真《ま》ん中《なか》についとるだろう！　見《み》えたか？」

ナサニエルは必死《ひっし》になって師匠《ししょう》の目《め》をもう一度《いちど》見《み》た。今度《こんど》はたしかに瞳《ひとみ》のまわりに、なにか丸《まる》いものが見《み》えた。えんぴつで引《ひ》いたうすい線《せん》のようなレンズのふちだ。

「あっ、見《み》えました」ナサニエルは力強《ちからづよ》くいった。

「ようやくわかったか。よろしい」師匠《ししょう》は腰《こし》かけに深《ふか》くすわりなおした。「十二歳《さい》になったら、重要《じゅうよう》なものをふたつもらえる。ひとつは新《あたら》しい名前《なまえ》だ。それを自分《じぶん》の名前《なまえ》として受《う》けなければならん。なぜだ？」

「悪魔《あくま》に生《う》まれたときの名《な》を知《し》られたら、おそわれてしまうからです」

「そうだ。敵《てき》の魔術師《まじゅつし》に知《し》られるのも、悪魔《あくま》に知《し》られるのと同《おな》じくらい危険《きけん》だ。十二歳《さい》になると、もうひとつ、初《はじ》めてレンズをもらえる。ずっとつけていられるものだ。それがあれば、悪魔《あくま》のちょっとしたトリックが見《み》ぬける。それまではこのメガネを使《つか》え。ただし、使《つか》っていいといわれたときだけだ。なにがあろうとこの部屋《へや》から持《も》ち出《だ》してはいかん。わかったか？」

「はい。このメガネはなんの役《やく》に立《た》つんですか？」

「悪魔《あくま》はわれらの前《まえ》にいろんな姿《すがた》であらわれる。ふつうの目《め》だけでなく、ほかの目《め》にもいつわりの姿《すがた》で映《うつ》る。ほかの目《め》についてはいずれ教《おし》えるから、今《いま》は質問《しつもん》するな。レベルの高《たか》い悪魔《あくま》のなかには、こちらには姿《すがた》を見《み》せないやつもいる。やつらのだましの手《て》は数《かぞ》えきれん。そんなとき、レンズやメガネ——メガネはやや見《み》える範囲《はんい》がせまいが——を使《つか》えば、一度《いちど》にいくつもの目《め》の機能《きのう》をカバーすることができ、やつらのまやかしを見《み》ぬける場合《ばあい》がある。見《み》ておれ……」

師匠《ししょう》は背後《はいご》にあるビンのならんだ棚《たな》に手《て》をのばすと、コルクとロウで口《くち》をふさいだ大《おお》きなガラスビンを選《えら》んだ。なかみは緑《みどり》の塩水《しおみず》とネズミの死骸《しがい》だ。ネズミは茶色《ちゃいろ》い毛《に》におおわれ、ところどころ毛《け》の下《した》に白《しろ》い皮膚《ひふ》が見《み》える。ナサニエルはまゆをよせた。師匠《ししょう》がじっとこっちを見《み》ている。

「なんだと思《おも》う？」師匠《ししょう》がたずねた。

「ネズミです」

「どんな？」

「茶色《ちゃいろ》のネズミです。ヨウシュドブネズミ。学名《がくめい》はラトゥス・ノルベギクスです」

「よろしい。ラテン語《ご》のラベルもよく読《よ》めた。しかし、不正解《ふせいかい》だ。これはネズミではない。メガネをかけてもう一度《いちど》見《み》てみろ」

ナサニエルはいわれたとおりにした。ひんやりしたメガネが鼻《はな》にずしりと重《おも》い。うすいレンズながら度《ど》の強《つよ》いメガネをのぞいて、ピントが合《あ》うのを待《ま》った。ビンが見《み》えてくるとナサニエルは息《いき》をのんだ。ネズミが消《き》えて、かわりに黒《くろ》と赤《あか》の小《ちい》さな生《い》き物《もの》がいる。スポンジのような顔《かお》にカブトムシのような羽《はね》。体《からだ》の内側《うちがわ》の皮膚《ひふ》がアコーディオンのようなひだになっている。目《め》を大《おお》きくあけて、苦《くる》しそうな表情《ひょうじょう》だ。ナサニエルはメガネをはずし、もう一度《いちど》ビンのなかを見《み》た。溶液《ようえき》のなかに茶色《ちゃいろ》のネズミが浮《う》いている。

「すごい！」

師匠《ししょう》がつぶやくようにいった。「〈赤《あか》き災《わざわ》い〉だ。法曹学院《ほうそうがくいん》の医学研究所《いがくけんきゅうしょ》で発見《はっけん》されて、ビンづめされた。二流《にりゅう》のインプだが疫病《えきびょう》の広《ひろ》め役《やく》として有名《ゆうめい》だ。こいつは肉眼《にくがん》だとネズミにしか見《み》えんが、ほかの目《め》には本当《ほんとう》の姿《すがた》をさらけ出《だ》す」

「死《し》んでるんですか？」

「おそらく。でなければ、相当腹《そうとうはら》を立《た》てておるだろう。なにしろこのビンに少《すく》なくとも五十年《ねん》はおるからな。わしはこれを師匠《ししょう》からゆずり受《う》けた」

師匠《ししょう》はビンを棚《たな》にもどした。「いいか、どんなに弱《よわ》い悪魔《あくま》も性悪《しょうわる》で危険《きけん》だし、抜《ぬ》け目《め》がない。一瞬《いっしゅん》でも気《き》をぬくことはできんぞ。見《み》なさい」

師匠《ししょう》は実験用《じっけんよう》ガスバーナーの向《む》こうから、長方形《ちょうほうけい》のガラス箱《ばこ》を出《だ》した。どこにも開《あ》け口《ぐち》はなさそうだった。なかで六つの粒《つぶ》のような生き物《いもの》がブンブンうなりながら、ひっきりなしに壁《かべ》に頭《あたま》をぶつけている。遠《とお》くからでは虫《むし》のようだが、ナサニエルが近《ちか》づいて見《み》ると、虫《むし》にしては足《あし》の数《かず》が多《おお》い。

「この小《ちい》さいやつらはマイトといって、いちばんランクの低《ひく》い悪魔《あくま》だ。知性《ちせい》のかけらもない。本当《ほんとう》の姿《すがた》を見《み》るのにメガネもいらん。だが、こいつらでさえ正《ただ》しくあつかわんと危険《きけん》だ。しっぽの下《した》にオレンジ色《いろ》の針《はり》があるのが見《み》えるか？　あれで刺《さ》されると腫《は》れてひどく痛《いた》む。ミツバチやスズメバチの比《ひ》じゃない。他人《たにん》をこらしめるのにうってつけだ。やっかいなライバルとか……いうことを聞《き》かん生徒《せいと》とかな」

ナサニエルはガラスに頭《あたま》をぶつけているさわがしい悪魔《あくま》たちを見《み》つめ、強《つよ》くうなずいた。「はい、師匠《ししょう》」

「たちの悪《わる》いやつらだ」師匠《ししょう》はそういって箱《はこ》を押《お》しのけた。「だが、正《ただ》しい言葉《ことば》で命令《めいれい》さえすれば、どんな指示《しじ》にもしたがう。やつらはこうして小《ちい》さいなりに、われらの魔術《まじゅつ》の原則《げんそく》を実証《じっしょう》しておる。われら魔術師《まじゅつし》は危険《きけん》な道具《どうぐ》をあつかうわけだ。さて、まずは防御法《ぼうぎょほう》を勉強《べんきょう》しよう」

ナサニエルはすぐに気《き》づいた。そうした魔術道具《まじゅつどうぐ》を自由《じゆう》に使《つか》わせてもらえるのはまだ先《さき》のことだ。作業部屋《さぎょうべや》での師匠《ししょう》の授業《じゅぎょう》は週《しゅう》二回《かい》だったし、しばらくはノートをとるぐらいしかすることがなかった。その後《あと》、ペンタクルの原理《げんり》とルーン文字《もじ》の技法《ぎほう》を学《まな》び、魔術師《まじゅつし》が召喚《しょうかん》の前《まえ》におこなう正《ただ》しい〈浄《きよ》めの儀式《ぎしき》〉を習《なら》った。乳鉢《にゅうばち》と乳棒《にゅうぼう》を使《つか》って、香料《こうりょう》をまぜあわせてすりつぶす。これで必要《ひつよう》な悪魔《あくま》をそそのかしたり、不要《ふよう》な悪魔《あくま》を近《ちか》づけないようにしたりするのだ。また、ロウソクをいろいろな大《おお》きさに切《き》って、いろいろな形《かたち》にならべた。だが師匠《ししょう》が召喚《しょうかん》を行《おこな》うことはただの一度《いちど》もなかった。

なかなか授業《じゅぎょう》が進《すす》まないのにじりじりしながら、ナサニエルはひまを見《み》つけては図書室《としょしつ》の本《ほん》をむさぼるように読《よ》んだ。あらゆる知識《ちしき》を貪欲《どんよく》に吸収《きゅうしゅう》しようとするナサニエルを見《み》て、パーセル先生《せんせい》は感心《かんしん》した。ナサニエルはラッチェンズ先生《せんせい》のデッサンの授業《じゅぎょう》にも熱心《ねっしん》に取《と》り組《く》み、師匠《ししょう》の鋭《するど》い目《め》に見守《みまも》られてペンタクルを描《えが》くとき、成果《せいか》を発揮《はっき》した。そのあいだ、メガネは作業部屋《さぎょうべや》でほこりをかぶり続《つづ》けた。

ナサニエルはラッチェンズ先生《せんせい》にだけは不満《ふまん》をもらした。

「がまんよ」先生《せんせい》はいった。「がまんがいちばん大切《たいせつ》。あせると失敗《しっぱい》するわ。失敗《しっぱい》の痛手《いたで》は大《おお》きいものよ。いつも冷静《れいせい》に、目《め》の前《まえ》の勉強《べんきょう》に集中《しゅうちゅう》しなくちゃ。さあ、準備《じゅんび》ができたらもう一度最初《いちどさいしょ》から。今度《こんど》は目《め》かくしして」

六か月《げつ》の訓練《くんれん》ののち、いよいよ初《はじ》めての召喚《しょうかん》がおこなわれた。だが、ナサニエルは大事《だいじ》な役《やく》をやらせてもらえず、ひどく不満《ふまん》だった。師匠《ししょう》が召喚用《しょうかんよう》のペンタクルも、ナサニエルが立《た》つペンタクルも描《えが》いてしまったのだ。ナサニエルはロウソクに火《ひ》をつけさせてもらえないばかりか、メガネもしまっておくようにいわれた。

「メガネなしでどうやって見《み》たらいいんですか？」師匠《ししょう》に対《たい》していつになくすねた口調《くちょう》になった。しかし、まゆをよせてこっちをにらむ師匠《ししょう》の目《め》に、ナサニエルはすぐに口《くち》をつぐんだ。

がっかりしていると、召喚《しょうかん》がはじまった。ナサニエルは呪文《じゅもん》をとなえた。よし、ちゃんと頭《あたま》に入《はい》っている、とナサニエルは思《おも》った。だが、なにも起《お》きた気配《けはい》はない。そよ風《かぜ》が部屋《へや》を通《とお》りぬけていく。ほかはなにひとつ動《うご》かない。空《から》っぽのペンタクルは空《から》っぽのまま。師匠《ししょう》はそばに立《た》って目《め》をとじている。眠《ねむ》っているように見《み》える。ナサニエルはうんざりしていた。足《あし》もジンジンしている。どう見《み》ても今回《こんかい》の悪魔《あくま》は来《く》る気《き》がないらしい。だがそのときとつぜん、部屋《へや》のすみにあった数本《すうほん》のロウソクがひっくり返《かえ》っているのに気《き》づいて、ナサニエルはぎょっとした。紙《かみ》の山《やま》に火《ひ》がつき、広《ひろ》がっていく。ナサニエルは叫《さけ》び声《ごえ》をあげて逃《に》げようとした。

「動《うご》くな！」

恐怖《きょうふ》で心臓《しんぞう》がひきつった。ナサニエルは片足《かたあし》をあげたまま固《かた》まった。師匠《ししょう》は目《め》をあけ、怒《いか》りに燃《も》える目《め》でこっちを見《み》つめている。それからとどろくような声《こえ》で、〈退去《たいきょ》〉を告《つ》げる七つの言葉《ことば》をとなえた。部屋《へや》のすみの火《ひ》が消《き》え、紙《かみ》の山《やま》も消《き》えた。ロウソクは立《た》ったまま静《しず》かに燃《も》えている。ナサニエルの心臓《しんぞう》は縮《ちぢ》みあがっていた。

「ペンタクルから出《で》ろ」師匠《ししょう》はいつになく冷《つめ》たい声《こえ》でいった。「目《め》に見《み》えないものがおるといったはずだ。やつらにとって幻《まぼろし》を作《つく》るのはお手《て》のものだ。人《ひと》の気《き》をそらし、誘《さそ》いこむ方法《ほうほう》を無数《むすう》に知《し》っておる。あと一歩《いっぽ》動《うご》いていたら、おまえ自身《じしん》が燃《も》えていたぞ。今夜《こんや》は食事《しょくじ》ぬきで反省《はんせい》しろ。部屋《へや》へもどるんだ！」

それからの召喚練習《しょうかんれんしゅう》は、最初《さいしょ》ほどの失敗《しっぱい》はなかった。ナサニエルは肉眼《にくがん》で、悪魔《あくま》がいろいろな姿《すがた》でまどわしてくるのを観察《かんさつ》した。よく知《し》っている動物《どうぶつ》が出《で》てくることもある。のどを鳴《な》らすネコ。つぶらな瞳《ひとみ》の犬《いぬ》。よたよた歩《ある》くいじらしいハムスターを見《み》たときには、ついつかまえたくなった。かわいらしい小鳥《ことり》がはねながらペンタクルのへりをくちばしでつつくこともある。一《いち》度《ど》、空中《くうちゅう》からリンゴの花《はな》びらが雨《あめ》のようにふってきて、甘《あま》い香《かお》りが部屋《へや》じゅうを満《み》たしたときには、うとうとしてしまった。

ナサニエルは、いろいろな誘惑《ゆうわく》に対《たい》する抵抗力《ていこうりょく》を身《み》につけていった。目《め》に見《み》えない妖霊《ようれい》が、吐《は》きたくなるほどひどい悪臭《あくしゅう》をまきちらして攻《せ》めてくるかと思《おも》えば、ラッチェンズ先生《せんせい》やアンダーウッド夫人《ふじん》を思《おも》わせるいいにおいで、誘惑《ゆうわく》してくることもあった。ぞっとするような音《おと》でおどしてくることもあった。のみこまれそうな大《おお》きな音《おと》、ささやき声《ごえ》、わけのわからない叫《さけ》び声《ごえ》。ときには奇妙《きみょう》な声《こえ》がせがむように呼《よ》びかけてきたこともあった。最初《さいしょ》はかん高《だか》く、次第《しだい》に低《ひく》く重苦《おもくる》しくなって、最後《さいご》には葬式《そうしき》の鐘《かね》のようにひびきわたる。それでもナサニエルは心《こころ》にすきを作《つく》らず、円《えん》の外《そと》へ出《で》ることはなかった。

一年後《ねんご》、ナサニエルは召喚《しょうかん》のときにメガネをかけることをゆるされた。ようやく悪魔《あくま》たちの本当《ほんとう》の姿《すがた》が見《み》えるようになったが、力《ちから》の強《つよ》い悪魔《あくま》は、メガネのレンズをとおしても、ニセの姿《すがた》のまというこどもあった。こういうまどわしにも、ナサニエルはあせらずに慣《な》れていった。授業《じゅぎょう》は順調《じゅんちょう》に進《すす》み、それにしたがってナサニエルも冷静《れいせい》さを身《み》につけた。徐々《じょじょ》にたくましく、立《た》ち直《なお》りも速《はや》くなり、新米魔術師《しんまいまじゅつし》としては確実《かくじつ》な進歩《しんぽ》を見《み》せた。空《あ》き時間《じかん》には、まだ読《よ》んでない書物《しょもつ》を手《て》にとり、次々《つぎつぎ》に知識《ちしき》を吸収《きゅうしゅう》していった。

師匠《ししょう》は弟子《でし》の進歩《しんぽ》に満足《まんぞく》し、ナサニエルはのんびりした授業《じゅぎょう》に不満《ふまん》をもちながらも、勉強《べんきょう》を大《おお》いに楽《たの》しんだ。ふたりは親《した》しくはなかったがそれなりにうまくやっていて、そのまま行《い》けば、いい関係《かんけい》がずっと続《つづ》くはずだった。だが、ナサニエルが十一歳《さい》になる前《まえ》の夏《なつ》、恐《おそ》ろしい出来事《できごと》が起《お》こった。

10

アデルブランド・ペンタクル

ようやく夜《よる》が明《あ》けた。

最初《さいしょ》の光《ひかり》がためらいがちに東《ひがし》の空《そら》にまたたき、光《ひかり》の輪《わ》がゆっくりと港湾地《こうわんち》区《く》の水平線《すいへいせん》にあらわれた。おれは心《こころ》のなかでお日《ひ》さまに声援《せいえん》を送《おく》ったが、まあ、太陽《たいよう》にしてみれば、そう速《はや》くのぼってこられるもんでもない。

ゆうべは本当《ほんとう》にうんざりした。恥辱《ちじょく》の連続《れんぞく》だった。ものかげにかくれ、街《まち》をうろつき、追《お》っ手《て》から逃《に》げる。そのくり返《かえ》しで、ロンドンの郵便区域《ゆうびんくいき》の大《たい》半《はん》をまわった。それから十二、三歳《さい》の少女《しょうじょ》にひどい目《め》にあわされ、ゴミ箱《ばこ》に逃《に》げこむはめになったあげく、こうしてウェストミンスター寺院《じいん》の屋根《やね》の上《うえ》で、怪物像《ガーゴイル》のふりしてうずくまっている。まったく、これ以上《いじょう》ひどくなりようがない。

ひと筋《すじ》の陽光《ようこう》がアミュレットのふちに反射《はんしゃ》した。アミュレットはおれのコケむした首《くび》にさがり、ガラスみたいにまぶしく輝《かがや》いている。おれは無意識《むいしき》に鉤爪《かぎづめ》のある足《あし》でかくそうとした。どこかで鋭《するど》い目《め》が光《ひか》っているかもしれない。だがまあ、ここならだいじょうぶだろう。

あの路地《ろじ》のゴミ箱《ばこ》に二時間《じかん》いて、おれの成分《せいぶん》はじゅうぶん休《やす》まったが、腐《くさ》った生《なま》ゴミのにおいがすっかり体《からだ》にしみついちまった。石造《いしづく》りのウェストミンスター寺院《じいん》に泊《と》まるという名案《めいあん》を思《おも》いついたのはそのあとだ。この建物《たてもの》のなかにいれば、たくさんの魔術用品《まじゅつようひん》に守《まも》ってもらえる。つまり、アミュレットの脈動《みゃくどう》をかくしてくれるってわけだ（✡23）。この新《あたら》しいかくれ場所《ばしょ》から、遠《とお》くに光《ひかり》の玉《たま》がちらほら見《み》えたが、どれも近《ちか》づいてはこない。ついに夜《よる》が去《さ》り、魔術師《まじゅつし》たちもへとへとになってるんだろう。光《ひかり》の玉《たま》が消《き》えた。どうやら追跡《ついせき》の手《て》をゆるめたらしいな。

太陽《たいよう》がのぼるとともに、おれはお呼《よ》びがかかるのをじりじりしながら待《ま》った。小僧《こぞう》は明《あ》け方《がた》呼ぶといっていたが、やつみたいななまけ者《もの》のヒヨッコはどうせまだ夢《ゆめ》のなかだろう。

そのあいだ、おれは頭《あたま》のなかを整理《せいり》した。ひとつはっきりしているのは、

✡23　十九世紀《せいき》と二十世紀《せいき》の偉大《いだい》な魔術師《まじゅつし》の多《おお》くは、死後《しご》（死《し》ぬちょっと前《まえ》もひとりかふたりいるが）ウェストミンスター寺院《じいん》に埋葬《まいそう》されている。ほとんどの場合《ばあい》、

小僧《こぞう》は大人《おとな》の魔術師《まじゅつし》に使《つか》われてるってことだ。だれかがうしろで小僧《こぞう》をあやつっている。そう考《かんが》えるのが妥当《だとう》だ。あの年《とし》で、それもひとりでおれを召喚《しょうかん》し、こんな大《だい》それたことをするとはまず考《かんが》えられない。おそらくおれの知《し》らない魔術師《まじゅつし》がラブレースに打撃《だげき》をあたえ、アミュレットの力《ちから》を自分《じぶん》のものにしたいと思《おも》ったんだろう。もしそうなら、その魔術師《まじゅつし》も大《たい》そうな危険《きけん》をおかしたもんだ。かろうじてのがれたが、あの追《お》っ手《て》の規模《きぼ》からして、数人《すうにん》の大《おお》物《もの》魔術師《まじゅつし》がこのアミュレット盗難騒動《とうなんそうどう》にふりまわされているとみていい。

サイモン・ラブレースひとりでさえ手《て》ごわいのだ。フェイキアールとジャーボウをやとって――おさえつけて――いるってだけで、それがよくわかる。ラブレースにつかまったときの小僧《こぞう》の運命《うんめい》を考《かんが》えると、へらへら喜《よろこ》ぶ気《き》にもなれない。

それからあの少女《しょうじょ》。魔術師《まじゅつし》でもないのにおれの魔法《まほう》に抵抗《ていこう》し、おれの本当《ほんとう》の姿《すがた》を見《み》ぬいた少年《しょうねん》たち。数世紀前《すうせいきまえ》にも同《おな》じような人間《にんげん》に出会《であ》ったことがあるが、このロンドンでお目《め》にかかるとは。まあ、やつらが自分《じぶん》たちの力《ちから》の意《い》味《み》をちゃんと理解《りかい》しているかどうかは疑《うたが》わしいが。あの少女《しょうじょ》はこのお守《まも》りが

遺体《いたい》といっしょに優《すぐ》れた魔術用品《まじゅつようひん》がひとつはうめられる。そんな慣習《かんしゅう》は富《とみ》や力《ちから》をひけらかす見栄《みえ》でしかない。一級品《いっきゅうひん》がもったいない！　それに後継者《こうけいしゃ》が一級品《いっきゅうひん》をもらえるせっかくの機会《きかい》をうばう、一《いっ》種《しゅ》の意地悪《いじわる》でもある。なんたって、生《い》きている魔術師《まじゅつし》たちは幽《ゆう》霊《れい》の報復《ほうふく》が恐《おそ》ろしいから、埋葬品《まいそうひん》に手《て》を出《だ》す気《き》にはなれないんだから。

どんなものかも知《し》らないようだった。さしずめ、持《も》っていて損《そん》はない一級品《いっきゅうひん》だと思《おも》ったんだろう。あの子《こ》がラブレースとも小僧《こぞう》とも、無関係《むかんけい》なのはたしかだが、どうも妙《みょう》だ……あの少女《しょうじょ》はいったいこの騒動《そうどう》にどうからんでいるんだ？

おっと、そんなのは知《し》ったこっちゃない。日《ひ》ざしが寺院《じいん》の屋根《やね》に照《て》りつけている。おれはほんのしばらく、ゆったりと翼《つばさ》を広《ひろ》げた。

その瞬間《しゅんかん》、召喚《しょうかん》された。

無数《むすう》の釣《つ》り針《ばり》が体《からだ》にささった感《かん》じがした。あらゆる方向《ほうこう》からいっせいに引《ひ》っぱられる。あまり長《なが》く抵抗《ていこう》すると、自分《じぶん》の身《み》がこわれる危険《きけん》があるし、遅刻《ちこく》する気《き》はさらさらなかった。とにかくアミュレットをわたして一刻《いっこく》も早《はや》く解放《かいほう》されたい。

おれはけんめいに祈《いの》りながら、召喚《しょうかん》にしたがい、寺院《じいん》の屋根《やね》から姿《すがた》を消《け》した……

……次《つぎ》の瞬間《しゅんかん》、小僧《こぞう》の部屋《へや》にあらわれた。おれはあたりを見《み》まわした。

「ん？　なんだこりゃ？」

「命令《めいれい》をくだす、バーティミアス。任務《にんむ》をまちがいなく果《は》たしたかどうかを正直《しょうじき》にいい……」

「もちろんしたさ。おれの首《くび》にぶらさがってるものをなんだと思《おも》ってる？　模造品《もぞうひん》か？」おれはガーゴイルの鉤爪《かぎづめ》で、胸《むね》のアミュレットを指《さ》した。アミュレットはゆれて、ふるえるロウソクの明《あ》かりにちらちら輝《かがや》いた。「サマルカンドのアミュレットだ。今《いま》はおまえのもんだが、すぐにまたサイモン・ラブレースのものになるだろう。さあ、これを受《う》けとって、きっちり責任《せきにん》をとってくれ。それよりおれがさっききいたのは、おまえが描《えが》いたペンタクルのことだ。このルーン文字《もじ》はなんだ？　それからこの余分《よぶん》な線《せん》は？」

小僧《こぞう》が得意《とくい》げに胸《むね》をそらした。「アデルブランド・ペンタクルさ」

もしおれに分別《ふんべつ》がなければ、すぐにどなりちらしているところだ。なんだ、そのにやけ顔《がお》は？　ガキのくせにデカい顔《かお》するんじゃない、と。

それにしても、アデルブランド・ペンタクルだとは。これはめんどうなことになった。おれはエラそうな顔《かお》で星《ほし》と円《えん》を描《えが》いた線《せん》を調《しら》べ、わずかなミスやチョークの線《せん》がゆがんでいないかさがしてみた。それからルーン文字《もじ》と記《き》号《ごう》を熱心《ねっしん》に読《よ》んだ。

「おっ！　つづりがまちがってる！　ってことは、どういうことかわかるな……」おれはネコのようにうしろ足《あし》で立《た》つと、とびかかるかまえをした。

小僧《こぞう》の顔《かお》はおもしろいほど白《しろ》と赤《あか》のまだらになった。下《した》くちびるがふるえ、両目《りょうめ》が飛《と》び出《だ》しそうだ。見《み》るからにペンタクルにかけよりたそうだったが、そうはしなかった。つまり、作戦失敗《さくせんしっぱい》ってことだ（✡24）。やつはすばやく床《ゆか》の文字《もじ》に目《め》を走《はし》らせた。

「非道《ひどう》な悪魔《あくま》め！　どこもおかしくないぞ。だからおまえはそこから出《で》られないんだろう！」

「バレたか。今《いま》のはウソだ」おれは小《ちい》さくなって、石《いし》の翼《つばさ》を背中《せなか》のこぶの下《した》におさめた。「アミュレット、いるのかいらないのか？」

「そ、その入《い》れ物《もの》に入《い》れろ」

小《ちい》さな石《いし》の容器《ようき》が、小僧《こぞう》とおれのペンタクルのあいだに置《お》かれていた。おれは内心《ないしん》ほっとしてアミュレットをはずすと、ポイっと投《な》げ入《い》れた。小僧《こぞう》が

✡24　魔術師《まじゅつし》が召喚中《しょうかんちゅう》にペンタクルの外《そと》へ出《で》た場合《ばあい》、妖霊《ようれい》に対《たい》する支配力《しはいりょく》は失《うしな》われる。おれはそれで解放《かいほう》されることを期待《きたい》していた。ちなみに、そうなればおれもペンタクルを出《で》て、やつ

身《み》を乗《の》り出《だ》している。おれは目《め》のすみでやつをじっと見《み》ていた。一歩《いっぽ》でも、いや指《ゆび》一本《ぽん》でも円《えん》の外《そと》へ出《で》たら、カマキリよりすばやくとびかかってやる。

しかし、やつはそんなヘマはしなかった。よごれたコートのポケットから棒《ぼう》を取《と》り出《だ》した。先《さき》っぽに鉤形《かぎがた》の針金《はりがね》がついている。どうやら紙《かみ》クリップをねじってさしこんだらしい。小僧《こぞう》はお手製《てせい》の棒《ぼう》を二度《ど》ほどのばしたり引《ひ》っぱったりして入《い》れ物《もの》のふちにひっかけ、ペンタクルに引《ひ》きこんだ。それからアミュレットの鎖《くさり》を持《も》ちあげると、鼻《はな》にしわをよせた。

「うっ、くさい！」

「知《し》ったこっちゃない。文句《もんく》があるならロザハイズ下水処理場《げすいしょりじょう》にいってくれ。いや、考《かんが》えてみればおまえのせいだ。おれはひと晩《ばん》じゅうおまえのために追《お》っ手《て》をのがれようとがんばったんだ。おれの体《からだ》が下水《げすい》につかってないだけ、まだマシだ」

「追《お》われたの？」

やけにおもしろそうにきくじゃないか。おい、ちがうだろう、小僧《こぞう》。もっとこわがれ。

「ロンドンじゅうの悪魔《あくま》という悪魔《あくま》が総出《そうで》だった」おれは石《いし》の目《め》をクリクリさせて、かたいくちばしをガチガチ鳴《な》らした。「いいか、これはたしかな話《はなし》だ。やつらはここにやってくる。黄色《きいろ》い目《め》をギラつかせてそこらじゅうあらしまわるぞ。おまえをつかまえようと手《て》ぐすね引《ひ》いてな。おまえなどもう手《て》も足《あし》も出《で》ない。やつらの力《ちから》には勝《か》てないんだ。助《たす》かるチャンスはひとつしかない。おれをこの円《えん》から解放《かいほう》しろ。そうすればやつらの手《て》からのがれる手助《てだす》けをしてやる（✵25）」

「ぼくをバカだと思《おも》ってない？」

「おまえがバカだってことは、そのアミュレットをほしがった時点《じてん》でわかってる。ま、それはどうでもいい。おれは命令《めいれい》を果《は》たした。任務《にんむ》はすんだんだ。おまえの残《のこ》り少《すく》ない短《みじか》い人生《じんせい》に幸《さち》あれ！」体《からだ》がゆらめいて、おれの姿《すがた》がうすれはじめた。煙《けむり》が帯《おび》のようにゆらゆらと床《ゆか》から立《た》ちのぼる。おれをのみこんで、消《け》し去《さ》るかのように。だがアデルブランド・ペンタクルがあるかぎり、そううまくはいきそうにない。

「まだダメだ！　そなたにはまだ仕事《しごと》がある」

✵25
手助《てだす》けってのはもちろん、追《お》っ手《て》が来《く》る前《まえ》におれが小僧《こぞう》を殺《ころ》すってことだ。

そなた？　なんだ、そりゃ！　おれにとっちゃ、ここでまたとらわれの身《み》になることより、小僧《こぞう》の口《くち》からときどき出《で》てくる古《ふる》めかしい言葉《ことば》のほうが神《しん》経《けい》を逆《さか》なでする。「そなた」とか「非道《ひどう》な悪魔《あくま》」とか。今《いま》どきそんな言葉《ことば》を使《つか》うやつがいるか？　もう二百年《ねん》も使《つか》われてない言葉《ことば》だぞ！　どうやらこいつはずいぶん古《ふる》い本《ほん》でかけ引《ひ》きの方法《ほうほう》を勉強《べんきょう》したとみえる。

だが「そなた」がずれた表現《ひょうげん》かどうかはともかく、やつの言《い》い分《ぶん》は正《ただ》しい。ふつうのペンタクルはたいてい、妖霊《ようれい》に一回分《かいぶん》の仕事《しごと》しかさせられない。ひとつの任務《にんむ》を果《は》たせば、おれたちはいつでもサヨナラできる。魔術師《まじゅつし》がもう一度《いちど》なにかたのみたい場合《ばあい》は、精《せい》も魂《こん》もつき果《は》てるようなしちめんどくさい召喚《しょうかん》を、もう一度《いちど》最初《さいしょ》からくり返《かえ》さなきゃならない。だがアデルブランド・ペンタクルならその必要《ひつよう》はない。追加《ついか》した線《せん》と呪文《じゅもん》で、相手《あいて》をしっかりとじこめたまま、次《つぎ》の命令《めいれい》を出《だ》せるのだ。ただし、これはかなり高度《こうど》なやり方《かた》で、大人《おとな》の体力《たいりょく》と集中力《しゅうちゅうりょく》がいるし、何度《なんど》も命令《めいれい》された妖霊《ようれい》の腹立《はらだ》ちは何《なん》倍《ばい》にもなるから、そいつに攻撃《こうげき》されたら、ただじゃすまない。

おれは煙《けむり》の量《りょう》をおさえた。「で、やつはどこなんだ？」

小僧《こぞう》は青白《あおじろ》い手《て》のなかで、アミュレットを何度《なんど》もひっくり返《かえ》していたが、ぽかんとした顔《かお》でこっちを見《み》た。「だれのこと?」

「主人《しゅじん》さ。おまえの師匠《ししょう》。黒幕《くろまく》、かげの大物《おおもの》。おまえをそそのかして、この盗《ぬす》みを指示《しじ》したやつだ。呪文《じゅもん》はこういえ、ペンタクルはこう描《か》けって教《おし》えたやつだよ。おまえがラブレースのジンに体《からだ》をずたずたに引《ひ》きさかれ、ロンドンのあちこちの屋根《やね》に投《な》げすてられてるとき、かくれてピンピンしてるやつさ。そいつは遊《あそ》んでるんだ。おまえの知《し》らない遊《あそ》びだ。おまえの無知《むち》と若《わか》さゆえのうぬぼれにつけこんでな」

その言葉《ことば》がやつを刺激《しげき》した。小僧《こぞう》のくちびるがわずかにゆがんだ。

「なんてふきこまれたんだ、え?」おれは恩《おん》きせがましい声《こえ》でいった。「こんな感《かん》じか? ――よくできたぞ、小僧《こぞう》。長《なが》いこと見《み》てきたが、おまえが若手《わかて》のなかでいちばん出来《でき》がいい。なあ、強《つよ》いジンを呼《よ》びたくはないか? 呼《よ》びたい? よし、それならやってみればいい! だれかにイタズラすることもできるぞ。アミュレットを盗《ぬす》んで……」

小僧《こぞう》が声《こえ》をあげて笑《わら》った。ん? 猛烈《もうれつ》に怒《おこ》りだすか、不安《ふあん》な顔《かお》になると思《おも》っていたのに、笑《わら》いやがった。

小僧《こぞう》は最後《さいご》にもう一度《いちど》アミュレットをひっくり返《かえ》すと、かがんで入《い》れ物《もの》にもどした。これも意外《いがい》。やつは鉤《かぎ》つきの棒《ぼう》を使《つか》って、容器《ようき》を元《もと》の場所《ばしょ》におしもどした。

「なにしてる？」

「もどしてるんだ」

「おれはいらんぞ」

「とれよ」

十二歳《さい》のガキとめめしいののしりあいをする気《き》はなかった。とくに自分《じぶん》の意志《いし》をおしつけてくる力《ちから》のあるやつとは。おれは円《えん》の外《そと》へくちばしをのばして、アミュレットを持《も》ちあげた。

「今度《こんど》はなんだ？　サイモン・ラブレースがここへ来《き》たら、おれはこいつをすぐにやつに返《かえ》して、にっこり笑《わら》って手《て》をふるからな。おまえがふるえながらかくれているカーテンを指《ゆび》さして」

「待《ま》て」

小僧《こぞう》がだぶだぶのコートの内《うち》ポケットから光《ひか》るものを取《と》り出《だ》した。やつの着《き》ているコートはゆうに三サイズはデカそうだ。見《み》るからに、むかしそそっかしい魔術師《まじゅつし》のものでしたって感《かん》じで、あちこちつぎはぎされてはいるが、こげ跡《あと》や血《ち》のしみや鉤爪《かぎづめ》の跡《あと》はかくしようもない。小僧《こぞう》も同《おな》じ運命《うんめい》をたどってくれるとバンバンザイだが……。

やつの左手《ひだりて》に、みがきあげられた青銅《せいどう》の占《うらな》い盤《ばん》があった。やつは盤《ばん》の上《うえ》に右手《みぎて》をかざすようにして動《うご》かすと、その面《めん》をいっしんに見《み》つめた。盤《ばん》にとじこめられたインプがすぐに反応《はんのう》した。ぼんやりした映像《えいぞう》が映《うつ》っている。小僧《こぞう》はそれをじっくり観察《かんさつ》した。おれのところからは遠《とお》すぎて見《み》えない。やつが盤《ばん》に気《き》をとられているあいだ、おれはおれで必要《ひつよう》な観察《かんさつ》をはじめた。

小僧《こぞう》の部屋《へや》……なにかやつの正体《しょうたい》がわかるヒントはないか？　やつ宛《あて》の手《て》紙《がみ》とか、コートの名札《なふだ》とか。おれはむかし、それで魔術師《まじゅつし》の名前《なまえ》を見《み》つけたことがある。ま、もちろん、生《う》まれたときの名前《なまえ》をさがしているわけじゃない。それはまず望《のぞ》めないだろうからな。公式名《こうしきめい》でもわかれば、さしあたりじゅうぶんだ（✡26）。だが、期待《きたい》はうらぎられた。この部屋《へや》でいちばんやつ

✡26　魔術師《まじゅつし》は全員《ぜんいん》ふたつの名《な》を持《も》っている。公式名《こうしきめい》と生《う》まれたときの名前《なまえ》だ。本当《ほんとう》の親《おや》につけられた出生《しゅっせい》時《じ》の名前《なまえ》は、その魔《ま》術師《じゅつし》の本質《ほんしつ》や天性《てんせい》と深《ふか》くむすびついている。だから大《おお》きな力《ちから》も生《う》み出《だ》すし、弱点《じゃくてん》にもなる。魔術師《まじゅつし》はだれに対《たい》しても本名《ほんみょう》をひたかくしにする。もし敵《てき》に本名《ほんみょう》を知《し》られたら、それを利用《りよう》して意《い》のままにされちまうからだ。同《おな》じ

のことがわかる場所《ばしょ》、つまり机《つくえ》には用心深《ようじんぶか》く厚手《あつで》の黒《くろ》い布《ぬの》がかかっている。すみにある洋服《ようふく》ダンスはしまっているし、整理《せいり》ダンスも同《おな》じ。散《ち》らかしたままのロウソクのあいだに、ひびの入《はい》ったガラスの花《か》びんがあって、花《はな》が生《い》けられていた。これも変《か》わった趣味《しゅみ》だ。やつが自分《じぶん》で置《お》いたわけじゃないだろう。てことは、やつを気《き》に入《い》ってる人物《じんぶつ》がいるわけか。

小僧《こぞう》が占《うらな》い盤《ばん》の上《うえ》で手《て》を動《うご》かすと、表面《ひょうめん》がくもった。やつは盤《ばん》をポケットにしまうと、とつぜんこっちを見《み》た。さてと、おいでなすった。

「バーティミアス。命令《めいれい》をくだす。サマルカンドのアミュレットを魔術師《まじゅつし》アーサー・アンダーウッドの魔術用品《まじゅつようひん》が置《お》いてある場所《ばしょ》にかくしてこい。本人《ほんにん》にも気《き》づかれないようにこっそりやるんだ。人間《にんげん》だろうと妖霊《ようれい》だろうと、ふつうの目《め》だろうとほかの目《め》があろうと、だれにもどんなものにも見《み》つからずに出入《でい》りすること。それがすんだら、すぐにもどってこい。音《おと》をたてずにだれにも見《み》つからずに。それから次《つぎ》の指示《しじ》を待《ま》て」

小僧《こぞう》は青《あお》い顔《かお》をしながら、一気《いっき》にしゃべった（✡27）。

おれは石《いし》の目《め》でにらみつけた。「いいだろう。それで、その不幸《ふこう》な魔術師《まじゅつし》

ように、魔術師《まじゅつし》がジンを召喚《しょうかん》できるのは、そのジンの本名《ほんみょう》を知《し》ってる場合《ばあい》だけ。魔術師《まじゅつし》は用心深《ようじんぶか》く本《ほん》名《みょう》をかくし、そのかわり成人《せいじん》になると公《こう》式名《しきめい》を持《も》つ。やつらの公式名《こうしきめい》もそりゃあ知《し》っていれば有利《ゆうり》だが、かくしている本《ほん》名《みょう》のほうがおれたちにははるかに役《やく》に立《た》つ。

✡27　小僧《こぞう》が一気《いっき》にしゃ

はどこに住《す》んでる？」

小僧《こぞう》はうす笑《わら》いを浮《う》かべた。「下《した》の階《かい》さ」

べったのは、じつにかしこいやり方《かた》だ。とくにおれのような頭《あたま》のキレる知的《ちてき》な大《おお》物《もの》を相手《あいて》にするときはな。途中《とちゅう》で息《いき》をつぐと、そこで意味《いみ》が切《き》れると解釈《かいしゃく》されて、命令《めいれい》が変《か》わったり、わけのわからない内《ない》容《よう》になったりする可《か》能性《のうせい》がじゅうぶんある。もちろん、おれはなんでも自分《じぶん》に都《つ》合《ごう》よく解釈《かいしゃく》させてもらう。当然《とうぜん》だろ！

II かくし場所《ばしょ》

下《した》の階《かい》……こりゃおどろいた。

「おまえ、師匠《ししょう》に濡《ぬ》れ衣《ぎぬ》を着《き》せる気《き》か？　ひどいやつだな」

「ちがうよ。ただ、安全《あんぜん》なところにかくしておきたいんだ。この家《いえ》のいちばん安全《あんぜん》な場所《ばしょ》に。あそこならだれにも見《み》つからない」小僧《こぞう》が言葉《ことば》を切《き》った。

「それにもし見《み》つかっても……」

「おまえに疑《うたが》いはかからないってわけか。いかにも魔術師《まじゅつし》の使《つか》いそうな手《て》だ。おまえ、おぼえが速《はや》いな」

「だれにも見《み》つからないさ」

「そうか？　まあ、そのうちわかる」

そうはいっても、こんなところで一日《にち》じゅうムダ話《ばなし》もしていられない。おれはアミュレットを呪文《じゅもん》で包《つつ》むと、小《ちい》さなクモの巣《す》に変《か》えた。それから自分《じぶん》の姿《すがた》を蒸気《じょうき》に変《か》えて、厚《あつ》い床板《ゆかいた》のいちばん近《ちか》くの節穴《ふしあな》をぬけ、がらんとした床《ゆか》の下《した》をこっそり移動《いどう》すると、今度《こんど》はクモの姿《すがた》になって、用心《ようじん》しながらすきまをすりぬけ、下《した》の部屋《へや》の天井《てんじょう》へはい出《で》た。

そこはバスルームだった。空《から》っぽでドアがあいている。おれは八本《ぽん》の足《あし》をすばやく動《うご》かしながら、天井《てんじょう》を伝《つた》ってドアに向《む》かった。小僧《こぞう》の厚《あつ》かましさにやれやれと頭《あたま》をふりながら。

もっとも、ほかの魔術師《まじゅつし》に濡《ぬ》れ衣《ぎぬ》を着《き》せるのはそうめずらしいことじゃない。魔術師稼業《まじゅつしかぎょう》にはつきものだ（✡28）。だが、自分《じぶん》の師匠《ししょう》をはめるってのはあまり聞《き》いたことがない。正直《しょうじき》いって、十二歳《さい》の魔術師《まじゅつし》としちゃかなりまれな例《れい》だ。もちろん、大人《おとな》の魔術師《まじゅつし》なら、ほかの魔術師《まじゅつし》とケンカばかりしていたっておかしくはないが、ヒヨッコでは考《かんが》えにくい。なんたってまだ規則《きそく》を習《なら》っている段階《だんかい》なんだから。

問題《もんだい》の魔術師《まじゅつし》がやつの師匠《ししょう》だってどうしてわかるかって？　それは、古《ふる》くからの慣習《かんしゅう》が消《き》えて、新米《しんまい》たちがみんなバスで寄宿学校《きしゅくがっこう》にかよってるんじゃないかぎり――そんなことはまずありえない――ほかに考《かんが》えようがないから

✡28
魔術師《まじゅつし》はこの世《よ》でいちばんの陰謀家《いんぼうか》で、嫉妬深《しっとぶか》く、ウソつきばかりだ。弁護士《べんごし》や学者《がくしゃ》よりひどい。権《けん》力《りょく》や権力者《けんりょくしゃ》をあがめ、すきさえあればライバルをけ落《お》とそうとする。大《おお》ざっぱな見《み》方《かた》だが、全召喚《ぜんしょうかん》の八《はち》割《わり》が魔術師仲間《まじゅつしなかま》への陰謀《いんぼう》か、相手《あいて》からの陰謀《いんぼう》をくいとめるためにおこなわれている。ちなみに妖霊同《ようれいどう》士《し》は個人的《こじんてき》な理由《りゆう》で争《あらそ》うことはない。呼《よ》

だ。魔術師《まじゅつし》ってのは、得《え》た知識《ちしき》を自分《じぶん》のしなびたせまい心《こころ》から決《けっ》してはなさず、けちんぼうが金塊《きんかい》をほしがるように力《ちから》をほしがり、それを用心深《ようじんぶか》く次《つぎ》の世代《せだい》にわたしていく。古代《こだい》メディアのゾロアスター教祭司《きょうさいし》マギのころから、見習《みなら》いたちは家族《かぞく》とはなれて師《し》の家《いえ》で暮《く》らすと決《き》まっている。ひとりの師《し》に弟子《でし》はひとり。一対《たい》一でこっそり伝授《でんじゅ》する。古代《こだい》メソポタミアのジッグラトからピラミッド、ゼウスの聖木《せいぼく》オークから超高層《ちょうこうそう》ビルまで、もう四千年《ねん》もたったってのに、ものごとは大《たい》して変《か》わっちゃいない。

要《よう》するに、自分《じぶん》の身《み》がかわいいあの恥知《はじし》らずな小僧《こぞう》は、強力《きょうりょく》な魔術師《まじゅつし》の怒《いか》りを、ずうずうしくも、なんにも知《し》らない師匠《ししょう》に向《む》けさせようとしてるってことか。こりゃ、たまげた。たとえ大人《おとな》と共謀《きょうぼう》してたとしたって――たぶん師匠《ししょう》の敵《てき》だろうが――ガキにしちゃ、かなりひねくれた計画《けいかく》だ。

おれは八本《ぽん》の足《あし》をそろそろと動《うご》かしてドアを出《で》た。そのとき、小僧《こぞう》の師匠《ししょう》とやらが目《め》に入《はい》った。

アーサー・アンダーウッド。そんな名前《なまえ》は聞《き》いたことがない。てことは二《に》流《りゅう》の魔術師《まじゅつし》か？　わけのわからない、でたらめの呪文《じゅもん》をとなえる素人魔術師《しろうとまじゅつし》

び出《だ》されただけで自《じ》分《ぶん》の意志《いし》でここにいるわけじゃないからな。たとえば、おれはフェイキアールのことがとくにきらいではない。ま、正直《しょうじき》いうとそりゃウソで、本当《ほんとう》は大《だい》っきらいだが、べつに今《いま》にはじまったことじゃない。やつとのいがみあいは数百年《すうひゃくねん》から数千年《すうせんねん》という年月《ねんげつ》続《つづ》いてきたんだから。ほんと、魔術師《まじゅつし》たちのつまらない争《あらそ》いごっこのせいで、こっちはせっせと仕事《しごと》をしなきゃ

で、おれみたいな高級《こうきゅう》な妖霊《ようれい》をわずらわす能力《のうりょく》がないってことだろう。たしかにおれの下《した》をとおってバスルームに入《はい》る様子《ようす》を見《み》るかぎり――おれはすれちがいに部屋《へや》を出《で》たんだが――いかにも二流《にりゅう》だ。その証拠《しょうこ》にアンダーウッドは、自分《じぶん》が偉大《いだい》で力《ちから》のある魔術師《まじゅつし》だとふつうの人間《にんげん》に印象《いんしょう》づけるような、むかしながらの外見《がいけん》をしている。タバコの灰《はい》の色《いろ》をした、動物《どうぶつ》のたてがみみたいなぼさぼさの髪《かみ》、船《ふね》のへさきのようにつき出《で》た長《なが》く白《しろ》いあごひげ、逆立《さかだ》ったまゆ（✡29）。やつがロンドンの通《とお》りを、黒《くろ》いベルベットのスーツを着《き》て、いかにも魔術師《まじゅつし》だぞといわんばかりに髪《かみ》をうしろになびかせながら歩《ある》く姿《すがた》がありありと目《め》に浮《う》かぶ。きっと先《さき》っぽに金《きん》のキャップをかぶせた杖《つえ》をふりまわし、気取《きど》ったマントをまとってるんだろう。たしかに、やつはどこから見《み》てもエラそうに見《み》えるにちがいない。だが、今《いま》の姿《すがた》はそれとは大《おお》ちがい。パジャマのズボンをはいたままよろよろ歩《ある》き、折《お》りたたんだ新聞《しんぶん》をわきの下《した》にはさんで、口《くち》に出《だ》せないような場所《ばしょ》をボリボリかいている。

「マーサ！」魔術師《まじゅつし》はバスルームのドアをしめる直前《ちょくぜん》に大声《おおごえ》で呼《よ》んだ。

小柄《こがら》で丸《まる》っこい女《おんな》が寝室《しんしつ》から出《で》てきた。ちゃんと服《ふく》を着《き》ている。ふう、よ

ならない。ハア。

✡29 二流《にりゅう》の魔術師《まじゅつし》たちは、アーサー・アンダーウッドと同《おな》じで、伝統的《でんとうてき》な魔法使《まほうつか》いの姿《すがた》にこだわる。ところが本当《ほんとう》に力《ちから》のある魔術師《まじゅつし》は、ビジネスマンみたいなかっこうをして楽《たの》しんでいる。

かった。「なあに、あなた?」

「たしか女中《じょちゅう》がきのう、そうじをしたといってなかったか?」

「ええ、そうよ。どうして?」

「きたないクモの巣《す》が、天井《てんじょう》の真《ま》ん中《なか》からぶらさがっておる。しかも気味悪《きみわる》いクモがなかでゴソゴソ動《うご》いておるぞ。ああ、ぞっとする。あの女《おんな》はクビだ」

「あら、ほんと。まあいやだ。だいじょうぶよ、わたしから話《はなし》をするわ。すぐに巣《す》をはらうものをもってくるから」

見《み》かけだおしの魔術師殿《まじゅつしどの》はフンと鼻《はな》を鳴《な》らすとドアをしめた。女《おんな》はやれやれという感《かん》じで首《くび》をふると、陽気《ようき》に鼻歌《はなうた》を歌《うた》いながら階下《かいか》へ消《き》えていった。

ぞっとするとか気味悪《きみわる》いとかいわれたおれは、前足《まえあし》を二本《ほん》つき立《た》て、バスルームのドアに向《む》かってブーイングサインを送《おく》ってから、糸《いと》をうしろになびかせて、天井《てんじょう》を歩《ある》きだした。

しばらく急《いそ》ぎ足《あし》で進《すす》むと、短《みじか》い階段《かいだん》をおりたところに書斎《しょさい》の入《い》り口《ぐち》を見《み》つけた。ドアには侵入者《しんにゅうしゃ》を防《ふせ》ぐため、呪文《じゅもん》のかけられた五線星《ごせんぼし》が描《えが》かれていた。単純《たんじゅん》なしかけだ。星《ほし》が描《えが》かれた線《せん》は、はがれかかった赤《あか》ペンキのように見《み》えるが、罠《わな》がしかけられていて、不注意《ふちゅうい》な侵入者《しんにゅうしゃ》がドアをあけると、火《ひ》がふき出《で》るようになっている。

そう聞《き》くとすごい代物《しろもの》みたいだが、まったくの基本《きほん》アイテムだ。好奇心旺盛《こうきしんおうせい》な家政婦《かせいふ》なら、しかけにひっかかってずたずたにされるかもしれないが、このバーティミアスさまはちがう。おれは自分《じぶん》の体《からだ》を魔法《まほう》で守《まも》ると、小《ちい》さな足《あし》でドアの下《した》にふれ、すぐに一メートルうしろへとびのいた。

オレンジ色《いろ》の細《ほそ》い筋《すじ》が五線星《ごせんぼし》の赤《あか》い線《せん》の内側《うちがわ》にあらわれたかと思《おも》うと、一瞬《いっしゅん》、液体《えきたい》のように星《ほし》のなかをぐるっとまわった。すると星《ほし》のいちばん上《うえ》の点《てん》から炎《ほのお》がふき出《だ》し、天井《てんじょう》にはね返《かえ》ってすごい勢《いきお》いでこっちに向《む》かってきた。

炎《ほのお》が防御膜《ぼうぎょまく》にぶつかる衝撃《しょうげき》を覚悟《かくご》したが、なにも起《お》こらなかった。炎《ほのお》はおれをよけて、うしろのクモの巣《す》に向《む》かっていった。するとクモの巣《す》はそれを一気《いっき》にのみこんだ。星《ほし》からふき出《だ》した火《ひ》をストローでジュースを飲《の》むみたいに吸《す》いこんじまったのだ。あっという間《ま》の出来事《できごと》だった。炎《ほのお》はもうどこにもない。クモの巣《す》のなかで冷《つめ》たくなっている。

☆30 アミュレットは防御《ぼうぎょ》のお守《まも》りだ。持《も》ち主《ぬし》以外《いがい》の悪魔《あくま》をよせつけない。受身《うけみ》のアイおどろいてまわりを見《み》まわすと、書斎《しょさい》のドア板《いた》に星型《ほしがた》の黒《くろ》いこげ跡《あと》が残《のこ》っている。それが目《め》の前《まえ》で少《すこ》しずつ赤《あか》くなった。五線星《ごせんぼし》がもとの状態《じょうたい》にもどって、次《つぎ》の侵入者《しんにゅうしゃ》に向《む》けて準備《じゅんび》しはじめたらしい。

そうか！　これはまちがいない。サマルカンドのアミュレットがお守《まも》りとしての役目《やくめ》を果《は》たしたんだ！　つまり、身《み》につけている者《もの》の命《いのち》を守《まも》ったというわけだ（✡30）。おれはかすり傷《きず》ひとつ負《お》ってない。アミュレットがドアにかかった魔法《まほう》を軽《かる》くのみこんじまった。こりゃあ便利《べんり》だ。おれは自分《じぶん》にかけていた防御膜《ぼうぎょまく》をはずすと、身《み》をよじらせてドアの下《した》をくぐってアンダーウッドの書斎《しょさい》に入《はい》った。

部屋《へや》のなかには、内側《うちがわ》の目《め》で見《み》てもそれ以上《いじょう》の罠《わな》はなかった。こういうところでも、あの魔術師《まじゅつし》のランクの低《ひく》さがわかるってもんだ。おれは何重《なんじゅう》にもはりめぐらされたサイモン・ラブレースの家《いえ》の防御膜《ぼうぎょまく》と、それにでっかい穴《あな》をあけたことを思《おも》い出《だ》した。もしあの小僧《こぞう》がアミュレットを「師匠《ししょう》の家《いえ》の安《あん》全《ぜん》な場所《ばしょ》」にかくしておけばだいじょうぶだと軽《かる》く考《かんが》えているんだったら、それこそひどい思《おも》いちがいだ。部屋《へや》はほこりっぽいが、きちんとかたづいて

テムで、ありとあらゆる危険《きけん》な魔法《まほう》をのみこんだり、攻撃《こうげき》をそらしたりすることはできるが、持《も》ち主《ぬし》の思《おも》いどおりには働《はたら》いてくれない。その意味《いみ》でタリスマンとは正反対《せいはんたい》。タリスマンの魔力《まりょく》は持《も》ち主《ぬし》が好《す》きなように使《つか》える。たとえば、蹄鉄《ていてつ》は原《げん》始的《してき》なアミュレットで、セブンリーグブーツ（一歩《いっぽ》で数《すう》キロ進《すす》む魔法《まほう》の靴《くつ》）はタリスマンの一種《いっしゅ》だ。

いた。なかにカギがかかった戸棚《とだな》があって、アンダーウッドの宝物《たからもの》がおさめられているらしい。おれはクモの巣《す》を引《ひ》っぱりながら、カギ穴《あな》から入《はい》った。

戸棚《とだな》のなかに入《はい》ると、魔法《まほう》で小《ちい》さな明《あ》かりを出《だ》した。みじめったらしい安《やす》物《もの》の魔術用品《まじゅつようひん》の数々《かずかず》が、三つのガラス棚《だな》に大切《たいせつ》にならべられていた。なかには、コインを消《け》す秘密《ひみつ》のポケットがついた〈錠前屋《じょうまえや》のさいふ〉のような、はっきりいって魔術用品《まじゅつようひん》でないものもある。どうやら二流《にりゅう》というのも過大評《かだいひょう》価《か》だったらしい。ほんとに哀《あわ》れなインチキ魔術師《まじゅつし》だ。どうかアンダーウッドのためにも、サイモン・ラブレースがたずねてきませんように。

戸棚《とだな》の奥《おく》にジャワ島《とう》の鳥《とり》のトーテムがあった。くちばしや羽根飾《はねかざ》りがほこりでうすよごれている。アンダーウッドが一度《いちど》もさわってないのはあきらかだ。おれは〈錠前屋《じょうまえや》のさいふ〉と、エドワード七世時代《せいじだい》にはやった幸運《こううん》のお守《まも》り〈ウサギの左《ひだり》うしろ足《あし》〉のあいだにクモの巣《す》を引《ひ》っぱりこむと、トーテムのうしろにおしこんだ。よし。ここならだれにも見《み》つからないだろう。本《ほん》気《き》でこのあたりをさがしまわらないかぎり。最後《さいご》にアミュレットにかけていた呪文《じゅもん》をといて、もとの状態《じょうたい》にもどした。

さてと、任務《にんむ》は完了《かんりょう》だ。あとは小僧《こぞう》のところへ帰《かえ》るだけ。おれはなんの問《もん》題《だい》もなく戸棚《とだな》を出《で》て、さらに書斎《しょさい》を出《で》ると、上《うえ》の階《かい》へもどった。

そのとき、おもしろいことが起《お》きた。

おれは屋根裏部屋《やねうらべや》に帰《かえ》ろうと、階段《かいだん》の上《うえ》にななめに続《つづ》いている天井《てんじょう》をはっていた。すると意外《いがい》にも、小僧《こぞう》がおれの下《した》を通《とお》りすぎていくじゃないか。魔《ま》術師《じゅつし》のかみさんのあとをのろのろついていく。見《み》るからにうんざりした顔《かお》で。どうやら部屋《へや》にいるところを呼《よ》ばれたばかりらしい。

おれはがぜん元気《げんき》づいた。ウッホー。これはなんたってやつにはマズい状《じょう》況《きょう》だ。本人《ほんにん》もそれに気《き》づいているのが顔《かお》を見《み》ればわかる。やつは今《いま》おれが野《の》放《ばな》し状態《じょうたい》で、どこか近《ちか》くにいるのを知《し》ってるし、やつの部屋《へや》へもどることもわかっているはずだ。なにしろおれの任務《にんむ》は、「音《おと》をたてず、だれにも見《み》つからずにすぐにやつのところへもどり、次《つぎ》の指示《しじ》を待《ま》つこと」なんだから。おそらく、おれがあとをつけてるかもしれないと考《かんが》えているだろう。耳《みみ》をすまし、じっと見《み》つめながら、あれこれさぐっているかもしれないと。だが小《こ》僧《ぞう》はなにもできない。自分《じぶん》の部屋《へや》にもどってペンタクルのなかに立《た》たないかぎり。

要《よう》するに、やつは状況《じょうきょう》を支配《しはい》できなくなったってことだ。これはどんな魔《ま》術師《じゅつし》にとっても危険《きけん》な事態《じたい》だ。しめしめ。

おれはその場《ば》でUターンすると、はりきってふたりのあとを追《お》いかけた。命令《めいれい》どおりだれにも見《み》られず、聞《き》かれずに、こっそりあとをつける。

魔術師《まじゅつし》のかみさんが小僧《こぞう》をしたがえ、一階《かい》の部屋《へや》にやってきた。「師匠《ししょう》はなかよ」

「はい」小僧《こぞう》の声《こえ》は行儀《ぎょうぎ》よく、ひどく元気《げんき》がない。いいねえ、その声《こえ》。

魔術師《まじゅつし》のかみさんが先《さき》に入《はい》り、小僧《こぞう》があとにしたがった。ドアがすぐにしまりかけたので、おれはあわててクモの糸《いと》を二連射《れんしゃ》して、サーカスの空中《くうちゅう》ブランコよろしくドアのすきまからなかに飛《と》びこんだ。みごとなスタントだった。いやあ、だれかに見《み》てほしかった。だがもちろん、だれも見《み》ていなかった。「音《おと》をたてず、だれにも見《み》られず」それがおれだ。

そこはうす暗《ぐら》い食堂《しょくどう》だった。アーサー・アンダーウッドが黒光《くろびか》りするダイニングテーブルの上席《じょうせき》にひとりですわっていた。そばにコーヒーカップと銀《ぎん》のコーヒーポットが置《お》かれている。アンダーウッドはまだ新聞《しんぶん》を読《よ》んでいた。半分《はんぶん》に折《お》ったままテーブルに置《お》いてある。ふたりが部屋《へや》に入《はい》ると、新聞《しんぶん》をつまみあげて広《ひろ》げ、ページをさっとめくってピシャッとたたくと、また半《はん》分《ぶん》に折《お》った。目《め》は新聞《しんぶん》に向《む》いたままだ。

アンダーウッドのかみさんがテーブルのそばに近《ちか》づいた。

「アーサー、ナサニエルが来《き》ましたよ」

おれはそのとき、ドアの上《うえ》のすみの暗《くら》がりにひっこんでいた。その言葉《ことば》を聞《き》きながら、ふつうのクモのようにじっとしていたが、とびあがって小《こ》おどりしたい気分《きぶん》だった。

ナサニエルか！　よし、とっかかりができたぞ。

おれは満足《まんぞく》して小僧《こぞう》があわてるのをながめた。やつは目《め》をきょろきょろさせ、あきらかにおれがいないかと心配《しんぱい》している。

アンダーウッドのほうは知《し》らん顔《かお》で、新聞《しんぶん》に目《め》を落《お》としたままだ。かみさんがマントルピースの上《うえ》の、シケた感《かん》じのドライフラワーを整《ととの》えだした。なるほど。小僧《こぞう》の部屋《へや》の花《か》びんをだれが管理《かんり》してるか、これでわかった。亭主《ていしゅ》には枯《か》れた花《はな》を、小僧《こぞう》にはつみたての花《はな》をってことか。こりゃ愉快《ゆかい》だ。

アンダーウッドがまた新聞《しんぶん》を広《ひろ》げ、ページをめくってピシャリとたたき、別《べつ》の紙面《しめん》を読《よ》みはじめた。小僧《こぞう》はだまったまま立《た》って待《ま》っている。ペンタクルから解放《かいほう》されてるおれは、やつの支配《しはい》を受《う》ける心配《しんぱい》もないので、とくと観《かん》察《さつ》することにした。やつはもちろん、ぼろコートをぬいで、灰色《はいいろ》のズボンとセーターという地味《じみ》なかっこうをしていた。髪《かみ》はぬらしてうしろになでつけ、書類《しょるい》をひと束《たば》かかえている。従順《じゅうじゅん》な弟子《でし》を絵《え》に描《か》いたみたいだ。

小僧《こぞう》にはひと目《め》でわかるような特徴《とくちょう》がない。ホクロもおかしなクセも傷跡《きずあと》もない。まっすぐな黒《くろ》い髪《かみ》に、やつれた顔《かお》。ひどく青《あお》っちろい肌《はだ》。ちらりと見《み》たかぎりじゃあ、目立《めだ》たない少年《しょうねん》といった感《かん》じだ。だがおれのもっと鋭《するど》い、意地《いじ》の悪《わる》い目《め》で見《み》ると、ほかにも気《き》づく点《てん》がある。抜《ぬ》け目《め》のない冷静《れいせい》な目《め》。かかえている書類《しょるい》を落《お》ちつきなくたたく指《ゆび》。そして一番《いちばん》は、相手《あいて》の期待《きたい》に合《あ》わせて微妙《びみょう》に表情《ひょうじょう》を変《か》える用心深《ようじんぶか》い顔《かお》。今《いま》はひたすらおとなしくして、エラそうな師匠《ししょう》にこびる目《め》を向《む》けている。その一方《いっぽう》で、目《め》をきょろきょろさせて、おれをさがしていた。

そこでおれは、小僧《こぞう》を楽《らく》にしてやることにした。やつがこっちのほうに目《め》を移《うつ》したとき、壁《かべ》を二度《ど》ほどぎこちなく走《はし》り、うれしそうに前足《まえあし》をふって腹《はら》をくねらせて見《み》せたのだ。やつはすぐにおれを見《み》つけ、今《いま》まで以上《いじょう》に青《あお》ざめ、くちびるをかんだ。へへへ。小僧《こぞう》はもうおれにまったく手出《てだ》しできない。そんなことしたら、秘密《ひみつ》がバレちまうからな。

おれが八足《そく》のダンスを披露《ひろう》している最中《さいちゅう》に、アンダーウッドがとつぜん、バカにしたような声《こえ》でぶつぶついいながら、手《て》の甲《こう》で新聞《しんぶん》をたたいた。「この記事《きじ》を見《み》てみろ、マーサ。メイクピースがまた、東洋《とうよう》のくだらん話《はなし》で劇場《げきじょう》を満員《まんいん》にしておるらしいぞ。『アラブの白鳥《はくちょう》』だと……まったく。こんな感《かん》傷的《しょうてき》な題名《だいめい》を聞《き》いたことがあるか？　しかも一月《がつ》の末《すえ》まで席《せき》がすべて売《う》り切《き》れだとは！　世《よ》の中《なか》どうかしとる」

「売《う》り切《き》れですって？　まあアーサー、行《い》きたかったのに……」

「なんだこの文章《ぶんしょう》は……『チズウィック出身《しゅっしん》の見目《みめ》うるわしき敬虔《けいけん》な娘《むすめ》が、褐色《かっしょく》のジンと恋《こい》に落《お》ち……』歯《は》の浮《う》くような大《おお》げさな表現《ひょうげん》も問題《もんだい》だが、かなり危険《きけん》だぞ、これは。あやまった情報《じょうほう》を世間《せけん》にふりまいておる」

「まあ、アーサー」

「きみもジンを見《み》たことがあるだろう、マーサ。『黒《くろ》い瞳《ひとみ》であなたの心《こころ》をとろかす』なんてジンを見《み》たことがあるか？　ジンがとかすのは顔《かお》だぞ」

「そうね、アーサー」

「メイクピースはもっと分別《ふんべつ》をわきまえるべきだ。けしからん。ひとこといってやらなきゃならんが、あいつは首相《しゅしょう》とかなり親《した》しいからな」

「そうね。コーヒーをもう一杯《いっぱい》めしあがる？」

「いや。首相《しゅしょう》がもっと国家保安省《こっかほあんしょう》の仕事《しごと》を手伝《てつだ》ってくれたらと思《おも》うよ。人《ひと》づきあいばかりだからな、首相《しゅしょう》は。また四件《けん》も盗難事件《とうなんじけん》があったんだ。先週《せんしゅう》だけでだぞ。盗《ぬす》まれたのは高価《こうか》なものばかり。まったくぶっそうな世《よ》の中《なか》だ」

そういいながらアンダーウッドは片手《かたて》で口《くち》ひげをつまみ、手《て》ぎわよくカップを口《くち》にすべりこませると、ズーズー音《おん》をたててゆっくり飲《の》んだ。「マーサ、コーヒーが冷《ひ》えとるぞ。もう一杯《いっぱい》くれ」

アンダーウッドのかみさんはいそいそとコーヒーをとりにいった。かみさんが出《で》ていくと、アンダーウッドは新聞《しんぶん》をわきに放《ほう》り投《な》げ、ようやく小僧《こぞう》のほうを向《む》いた。

「来《き》たか」アンダーウッドがぼそっといった。

ほんとは不安《ふあん》なくせに、小僧《こぞう》の声《こえ》は落《お》ちついていた。「はい。お呼《よ》びですか？」

「いかにも。家庭教師《かていきょうし》たちと話《はな》したんだが、シンドラ先生《せんせい》をのぞいてあとはみんな、おまえの成績《せいせき》は申《もう》し分《ぶん》ないといっておった」小僧《こぞう》がすぐにはきはきした声《こえ》で礼《れい》をいうのを、アンダーウッドは手《て》でとめた。「だが、去年《きょねん》おまえがしたことを考《かんが》えると、まだじゅうぶんとはいえん。それに短所《たんしょ》もある。その点《てん》については何度《なんど》も注意《ちゅうい》してきた。まあしかし、魔術《まじゅつ》の中心教義《ちゅうしんきょうぎ》についてはある程度上達《ていどじょうたつ》した。そこでだ」アンダーウッドは大《おお》げさに間《ま》をとった。

「そろそろおまえにも召喚《しょうかん》させてみようかと思《おも》う」

アンダーウッドは最後《さいご》のほうの言葉《ことば》を、声《こえ》をひびかせてゆっくりといった。小僧《こぞう》を感動《かんどう》させようとしているのがみえみえだ。しかしナサニエルは——愛情《あいじょう》こめて、そう呼《よ》ばせてもらうよ、ナサニエル君《くん》——うわの空《そら》だった。やつの頭《あたま》は近《ちか》くにいるクモのことでいっぱいらしい。

小僧《こぞう》の落《お》ちつきのなさを師匠《ししょう》は見《み》のがさなかった。アンダーウッドはテーブルをたたいて、弟子《でし》の注意《ちゅうい》を引《ひ》きつけた。

「話《はなし》を聞《き》け、話《はなし》を！　召喚《しょうかん》が不安《ふあん》になるようでは魔術師《まじゅつし》にはなれんぞ。じゅうぶんに準備《じゅんび》ができている魔術師《まじゅつし》は、なにも恐《おそ》れない。わかったか？」

小僧《こぞう》は気《き》をとりなおして、師匠《ししょう》に気持《きも》ちを集中《しゅうちゅう》した。「はい、もちろんです」

「それに召喚《しょうかん》のあいだはわしがずっとつきそっておる。となりの円《えん》のなかでな。わしが十あまりの〈防御《ぼうぎょ》の呪文《じゅもん》〉を使《つか》い、粉末《ふんまつ》のローズマリーをじゅうぶん用意《ようい》する。最初《さいしょ》は低《ひく》いランクの悪魔《あくま》からだ。ナタージャック・インプ（✡31）からにしよう。それがうまくいったら、次《つぎ》はモウラーだ（✡32）」

アンダーウッドってのはかなりにぶい男《おとこ》だな。小僧《こぞう》の目《め》にちらつく軽蔑《けいべつ》の炎《ほのお》にまったく気《き》づいちゃいない。ただ、弟子《でし》のおだやかで熱心《ねっしん》な声《こえ》を聞《き》いて満足《まんぞく》している。

「はい。楽《たの》しみにしています」

「よろしい。レンズは？」

✡31
ナタージャック・インプは冒険心《ぼうけんしん》のかけらもなく、のっそりしたヒキガエルの姿《すがた》と習性《しゅうせい》をもつ。

「はい。先週《せんしゅう》とどきました」

「そうか。するとあと準備《じゅんび》するものは……」

「今《いま》ドアの音《おと》がしませんでしたか、師匠《ししょう》？」

「途中《とちゅう》で口《くち》をはさむな。まったくどういうつもりだ、え？　もう一度《いちど》無礼《ぶれい》なことをしたら、とりやめだぞ。もうひとつは、おまえの公式名《こうしきめい》を選《えら》ぶことだ。今日《きょう》の午後《ごご》考《かんが》えよう。昼食《ちゅうしょく》がすんだら、図書室《としょしつ》に『ロウズ任命年鑑《にんめいねんかん》』を持《も》ってきなさい。いっしょに選《えら》ぶとしよう」

「はい」

小僧《こぞう》の肩《かた》ががっくり落《お》ちた。声《こえ》はかろうじて聞《き》きとれるかどうかだ。やつはもう、クモの巣《す》の上《うえ》ではねまわっているおれを見《み》るまでもない。

ナサニエルは公式名《こうしきめい》でもない！　本名《ほんみょう》か！　このまぬけな小僧《こぞう》は、生《う》まれたときの名前《なまえ》を葬《ほうむ》り去《さ》る前《まえ》に、おれを召喚《しょうかん》したというわけだ。よし、でかしたぞ！　これでやつの本名《ほんみょう》がわかった！

アンダーウッドはイスにすわりなおした。「なにをぐずぐずしておる？　さぼってる場合《ばあい》じゃないぞ。昼食《ちゅうしょく》まで勉強《べんきょう》する時間《じかん》がたっぷりある。行《い》きな

✵32 モウラーは、ナタージャック・インプよりさらにおもしろみがない生《い》き物《もの》。

さい」

「はい。ありがとうございました」

小僧《こぞう》は重《おも》い足取《あしど》りでドアに向《む》かった。おれはうきうきしてあごをかみ鳴《な》らし、八本《ぽん》の足《あし》を一気《いっき》にけって、とびっきりの宙返《ちゅうがえ》りをしながらやつのあとについていった。

とうとうやつをおそうチャンスがめぐってきた。形勢《けいせい》は今《いま》のところ互角以《ごかくい》上《じょう》だ。やつはおれの名《な》を知《し》り、おれもやつの名《な》を知《し》っている。向《む》こうは経験《けいけん》六年《ねん》、こっちは五千十年《ねん》。勝負《しょうぶ》に出《で》ない手《て》はない。

おれは階段《かいだん》をのぼる小僧《こぞう》についていった。やつはのろのろと足《あし》を引《ひ》きずるようにしてのぼっていく。

ほら、早《はや》く行《い》け！　ペンタクルにもどるんだ。おれは一刻《いっこく》も早《はや》く勝負《しょうぶ》をはじめたくて、小僧《こぞう》を追《お》いこして部屋《へや》に向《む》かった。

なんたって形勢《けいせい》はだんぜんこっちが有利《ゆうり》なんだ。はりきっていくぜ！

12

屈辱《くつじょく》

ナサニエルは十歳《さい》のある夏《なつ》の日《ひ》、家庭教師《かていきょうし》といっしょに庭《にわ》の石《いし》のベンチに腰《こし》かけて、塀《へい》の向《む》こうに見《み》えるマロニエの木《き》をスケッチしていた。陽光《ようこう》が赤《あか》レンガに照《て》りつけている。灰色《はいいろ》と白《しろ》のぶちのネコが塀《へい》の上《うえ》にだらりとねそべって、のんびりしっぽをふっている。やさしいそよ風《かぜ》がマロニエの葉《は》をゆらし、ツツジの茂《しげ》みからほのかないい香《かお》りを運《はこ》んでくる。稲妻《いなずま》をつかむ男《おとこ》の像《ぞう》をおおうコケが、日《ひ》ざしにあざやかにきらめき、虫《むし》が羽音《はおと》をひびかせていた。

いつもと変《か》わりなくすごしていたその日《ひ》、ナサニエルの人生《じんせい》のすべてが変《か》わった。

「がまんよ、ナサニエル」

「そればっかりくり返《かえ》すんですね、ラッチェンズ先生《せんせい》」

「これからだっていうわ。あなたはあせりすぎよ。それが最大《さいだい》の欠点《けってん》ね」

ナサニエルはいらいらしながら、スケッチに網目状《あみめじょう》のぼかしを入《い》れていた。

「だけどもうこんなのうんざりです」ナサニエルは声《こえ》をあらげた。「師匠《ししょう》はなんにもさせてくれない！　ロウソクをならべたり香《こう》をたいたり、そんなことばっかり。眠《ねむ》ってたってかんたんにできるのに！　召喚《しょうかん》した妖霊《ようれい》と話《はな》すことさえダメだっていうんです」

「当然《とうぜん》でしょう」ラッチェンズ先生《せんせい》は声《こえ》に力《ちから》をこめた。「ねえ、わたしが描《か》いてほしいのはこまかい陰影《いんえい》よ。強《つよ》い線《せん》じゃないわ」

「ほんとにくだらないことばかり」ナサニエルは顔《かお》をしかめた。「師匠《ししょう》はぼくになにができるかわかってないんです。ぼくは師匠《ししょう》の本《ほん》をぜんぶ読《よ》んだし……」

「本当《ほんとう》にぜんぶ？」

「小《ちい》さい本箱《ほんばこ》のはぜんぶ読《よ》みました。師匠《ししょう》は十二歳《さい》までに読《よ》めばいいっていったんです。ぼくはまだ十一歳《さい》にもなってないけど、もう〈命令《めいれい》と支配《しはい》の言葉《ことば》〉を頭《あたま》に入《い》れてます。ほとんど暗記《あんき》しちゃったんです。師匠《ししょう》が召喚《しょうかん》してくれたら、ぼくだってジンに命令《めいれい》を出《だ》せる。でも、やらせてくれない」

「自慢話《じまんばなし》もグチもあまりいいものじゃないわ、ナサニエル。手《て》に入《はい》らないものをくよくよ考《かんが》えるより、今《いま》あるものを楽《たの》しみなさい。たとえばこの庭《にわ》。あなたが今日《きょう》、ここで授業《じゅぎょう》をしようと思《おも》い立《た》ってくれてすごくうれしいわ」

「来《こ》られるときはいつも来《き》てるんです。考《かん》えごとができるし」

「わかるわ。ここは静《しず》かだし、ひとりになれるし……こんなところはロンドンではめったにお目《め》にかかれないわね。感謝《かんしゃ》しなくちゃ」

「あの人《ひと》もいるし」ナサニエルは彫像《ちょうぞう》を指《ゆび》さした。「ぼく、好《す》きなんです。だれかも知《し》らないけど」

「あの人《ひと》？」ラッチェンズ先生《せんせい》はスケッチブックから目《め》をあげたが、手《て》はとめなかった。「あら、だれでも知《し》ってるわ。グラッドストーンよ」

「だれ？」

「グラッドストーン。知《し》ってるでしょう？　パーセル先生《せんせい》に近代史《きんだいし》を教《おそ》わってない？」

「現代政治学《げんだいせいじがく》はやったけど」

「それは新《あたら》しすぎるわ。グラッドストーンは百数《すう》十年前《ねんまえ》の人《ひと》よ。当時《とうじ》の英雄《えいゆう》。彼《かれ》の彫像《ちょうぞう》なら無数《むすう》にあるでしょうね。この国《くに》のいたるところに立《た》ってるわ。まあでも、あなたが好《す》きだというのも当然《とうぜん》ね。あなたはグラッドストーンにかなり恩恵《おんけい》をこうむっているもの」

ナサニエルはけげんな顔《かお》をした。「どうしてですか？」

「彼《かれ》はこれまでに首相《しゅしょう》になった魔術師《まじゅつし》のなかで最強《さいきょう》の人《ひと》よ。ヴィクトリア時代《じだい》を三十年《ねん》にわたって支配《しはい》し、派閥争《はばつあらそ》いをしていた魔術師《まじゅつし》たちを政府《せいふ》の支配下《しはいか》におさめたの。ディズレイリとの決闘《けっとう》の話《はなし》は聞《き》いたことがあるはずよ、ウェストミンスター緑地《りょくち》での。ない？　なら、行《い》ってみるといいわ。焼《や》けこげの跡《あと》が今《いま》でも公開《こうかい》されているから。グラッドストーンはだれよりも前向《まえむ》きで、いざとなれば相手《あいて》に情《なさ》け容赦《ようしゃ》なく戦《たたか》いをいどんでいくことで有名《ゆうめい》だった。決《けっ》して理想《りそう》をあきらめなかったの。たとえどんなに不利《ふり》なときでも」

「すごい」ナサニエルはコケの下《した》から見《み》つめているいかめしい顔《かお》をじっくりながめた。自信《じしん》たっぷりに石《いし》の手《て》で稲妻《いなずま》をつかみ、今《いま》にも投《な》げようとしている。

「なぜ決闘《けっとう》をしたんですか？」

「ディズレイリがグラッドストーンの女友《おんなとも》だちの悪口《わるくち》をいったからよ。それが大《おお》きなまちがいだったの。グラッドストーンはだれであっても、自分《じぶん》や自分《じぶん》の友だちの名誉《めいよ》を傷《きず》つけることをゆるさなかった。彼《かれ》はとても力《ちから》があったし、自分《じぶん》や友人《ゆうじん》を不当《ふとう》にあつかう相手《あいて》にはいつでも戦《たたか》いをいどんだのよ」ラッチェンズ先生《せんせい》はスケッチにふっと息《いき》をふきかけて、木炭《もくたん》のかすをとりのぞくと、日《ひ》にかざして出来《でき》を調《しら》べた。

「グラッドストーンは、ロンドンを魔術《まじゅつ》の中心地《ちゅうしんち》にするのに人一倍《ひといちばい》つくしたの。当時《とうじ》はまだプラハが世界《せかい》でいちばん強《つよ》い都市《とし》ではあったけど、最盛期《さいせいき》はとっくにすぎていて、衰退《すいたい》した古《ふる》い街《まち》になっていたわ。魔術師《まじゅつし》たちがスラム街《がい》でケンカをしていたほどよ。グラッドストーンは新《あたら》しい理《り》想《そう》と計画《けいかく》をかかげ、特別《とくべつ》な遺物《いぶつ》を手《て》に入《い》れることで、たくさんの他国《たこく》の魔術師《まじゅつし》たちをロンドンにひきつけたの。ロンドンは魔術《まじゅつ》にふさわしい場所《ばしょ》になった。今《いま》もそうね。善《よ》かれ悪《あ》しかれ。だから何度《なんど》もいうように、あなたは感謝《かんしゃ》しなくちゃ」

ナサニエルは先生《せんせい》のほうを見《み》た。「善《よ》かれ悪《あ》しかれってどういうことですか？　なにが悪《わる》いんですか？」

ラッチェンズ先生《せんせい》は口《くち》をすぼめた。「現在《げんざい》の社会制度《しゃかいせいど》は魔術師《まじゅつし》とそのまわりに集《あつ》まるひとにぎりの幸運《こううん》な人《ひと》たちのためのものよ。それ以外《いがい》の人《ひと》にはあまり利益《りえき》はないわ。さてと、どれだけ描《か》けたか見《み》せて」

ラッチェンズ先生《せんせい》のちょっとトゲのある口調《くちょう》にナサニエルはむっとした。頭《あたま》のなかにパーセル先生《せんせい》との授業《じゅぎょう》が次々《つぎつぎ》によみがえった。「政府《せいふ》のことをそんなふうにいうべきじゃないと思《おも》います。魔術師《まじゅつし》がいなければ、この国《くに》は敵国《てきこく》に侵入《しんにゅう》されてしまう！　一般人《いっぱんじん》が政権《せいけん》をにぎったら、国《くに》はバラバラになっちゃいます。魔術師《まじゅつし》は命《いのち》をかけて国《くに》の安全《あんぜん》を守《まも》ってるんです！　それを忘《わす》れないで、ラッチェンズ先生《せんせい》」ナサニエルの声《こえ》は、自分《じぶん》の耳《みみ》にもやけに大《おお》きくひびいた。

「あなたは大《おお》きくなったら、きっとおどろくほど多《おお》くの犠牲《ぎせい》をはらうんでしょうね、ナサニエル」先生《せんせい》の声《こえ》はいつになくきびしかった。「でもじっさいのところ、すべての国《くに》に魔術師《まじゅつし》がいるわけではないわ。魔術師《まじゅつし》がいなくても、みんなとてもうまくいっている」

「先生《せんせい》はもの知《し》りなんですね」

「ただの絵《え》の先生《せんせい》のわりにはってこと？　おどろいているような口《くち》ぶりだけど」

「だって、先生《せんせい》は一般人《いっぱんじん》だし……」ナサニエルはそこで言葉《ことば》をのみこむと、赤《あか》くなった。「ごめんなさい、そんなつもりでいったんじゃ……」

「いいえ、そのとおりよ」ラッチェンズ先生《せんせい》はそっけなくいった。「わたしは一般人《いっぱんじん》だわ。でも魔術師《まじゅつし》だけが知識《ちしき》をひとりじめしてるわけじゃない。ひとりじめにはほど遠《とお》いわ。それに、知識《ちしき》と知性《ちせい》はぜんぜん別《べつ》のものよ。あなたにもいずれわかるでしょうけど」

ふたりはしばらくだまって、それぞれのスケッチにはげんだ。塀《へい》にいるネコがだらりとたらしていた足《あし》をさっと動《うご》かして、まわりを飛《と》んでいたハチを追《お》いはらった。ようやくナサニエルがまた口《くち》をひらいた。

「先生《せんせい》は魔術師《まじゅつし》になりたいとは思《おも》わなかったんですか？」小声《こごえ》できいた。

ラッチェンズ先生《せんせい》はそっけなく笑《わら》った。「そういう機会《きかい》にはめぐまれなかったわ。でも、なりたいとも思《おも》わなかった。わたしはただの絵《え》の先生《せんせい》で満足《まんぞく》よ」

ナサニエルはもう一度《いちど》たずねた。「ここにいないときってなにしてるんですか？　つまり、ぼくといないとき」

「もちろん、ほかの生徒《せいと》といっしょよ。わたしが家《いえ》に帰《かえ》ってぶらぶらしてるとでも思《おも》った？　残《ざん》念《ねん》ながら、アンダーウッドさんにそれほどの給料《きゅうりょう》はもらってないわ。だから働《はたら》かないと」

「そうですか……」ナサニエルはこれまで、ラッチェンズ先生《せんせい》にほかの生徒《せいと》がいることなど考《かんが》えたこともなかった。それを知《し》ってなぜか、みぞおちのあたりが少《すこ》し引《ひ》きつるような感《かん》じがした。

たぶん先生《せんせい》もそれに気《き》づいたのだろう。ひと呼吸《こきゅう》おいてから少《すこ》しやわらいだ口調《くちょう》でいった。

「でも、ここでの授業《じゅぎょう》はいつも楽《たの》しみよ。一週間《しゅうかん》の仕事《しごと》のなかで、いちばん大事《だいじ》な時間《じかん》だわ。あなたといると楽《たの》しいし。あなたはちょっとせっかちで、自分《じぶん》はなんでも知《し》ってると思《おも》うところがあるけれどね。さあ、木《き》がどんなふうに描《か》けたか見《み》せて」

そのあと絵《え》について、おだやかに意見《いけん》をかわしてからは、自然《しぜん》にいつもの会話《かいわ》にもどったが、それからほどなく授業《じゅぎょう》が中断《ちゅうだん》された。とつぜんアンダーウッド夫人《ふじん》があわてた様子《ようす》であらわれた。

「ナサニエル！」夫人《ふじん》が呼《よ》びかけた。「ここにいたの？」

ラッチェンズ先生《せんせい》とナサニエルはうやうやしく立《た》ちあがった。「ずいぶんさがしたのよ」夫人《ふじん》は息《いき》を切《き》らしている。「てっきり授業部屋《じゅぎょうべや》かと……」

「申《もう》しわけありません、アンダーウッドさん」ラッチェンズ先生《せんせい》がいった。「天気《てんき》がとてもよかったので……」

「いいのよ。だいじょうぶ。ただ主人《しゅじん》がすぐにナサニエルを呼《よ》べというものだから。お客《きゃく》さまがいらっしゃっているので紹介《しょうかい》したいと」

「そういうことでしたらどうぞ」先生《せんせい》がおだやかに答《こた》えて、三人《にん》は急《いそ》いで家《いえ》へもどった。「あなたの師匠《ししょう》は、決《けっ》してあなたのことを軽《かろ》んじているわけじゃないわ。今《いま》だって、きっとあなたをほかの魔術師《まじゅつし》に紹介《しょうかい》できるのをすごく喜《よろこ》んでいるわよ。見《み》せびらかしてやろうって！」

ナサニエルは力《ちから》なくほほえんだだけで、なにもいわなかった。ほかの魔術師《まじゅつし》に会《あ》うと思《おも》うと、ひどく不安《ふあん》だった。この家《いえ》に来《き》てから、一度《いちど》も師匠《ししょう》の同僚《どうりょう》に会《あ》わせてもらったことはなかった。これまで、めずらしく同僚《どうりょう》が来《き》たときは、ナサニエルはいつも自分《じぶん》の寝室《しんしつ》に追《お》いはらわれるか、家庭教師《かていきょうし》といっしょに上《うえ》の階《かい》ですごしていた。だから紹介《しょうかい》してもらえるのはうれしいおどろきだった。たとえ少々《しょうしょう》こわくても。ナサニエルの頭《あたま》に、長身《ちょうしん》の陰気《いんき》な権力者《けんりょくしゃ》たちが部屋《へや》にひしめき合《あ》い、かたいあごひげとマントのような服《ふく》をまとって、いっせいに自分《じぶん》をにらみつけているところが浮《う》かんだ。不安《ふあん》でひざがふるえた。

「みんな客間《きゃくま》にいるわ」夫人《ふじん》がキッチンに入《はい》るといった。「ちょっと顔《かお》を見《み》せて……」夫人《ふじん》は指《ゆび》をぬらしてナサニエルのこめかみについていたえんぴつの跡《あと》をさっとふきとった。「さあ、これでだいじょうぶ。行《い》ってらっしゃい」

部屋《へや》には人《ひと》がいっぱいいいた。思《おも》ったとおりだ。人《ひと》いきれと紅茶《こうちゃ》のにおいと、あたりさわりのない会話《かいわ》をしようという空気《くうき》に満《み》ちている。ドアをしめ、人《ひと》のあいだをすりぬけるようにして、ようやくサイドボードのかげにすきまを見《み》つけたナサニエルは、思《おも》わず自分《じぶん》の目《め》を疑《うたが》った。りっぱな男《おとこ》たちがずらっとならんでいると思《おも》ったのに大《おお》ちがいだったのだ。

マントなどだれも着《き》ていないし、人目《ひとめ》をひくようなあごひげもほとんどなく、師匠《ししょう》のようないかにも魔術師然《まじゅつしぜん》とした人《ひと》はあまりいない。大半《たいはん》がくすんだ色《いろ》のスーツに、さらにくすんだ色《いろ》のネクタイをしめ、灰色《はいいろ》のベストや胸《むね》ポケットからちょっとのぞくハンカチに、多少《たしょう》ちがいがある程《てい》度《ど》だ。そして全員《ぜんいん》がピカピカの黒《くろ》い靴《くつ》をはいている。まるで葬儀屋《そうぎや》のパーティにでも迷《まよ》いこんだ気分《きぶん》だ。庭《にわ》のグラッドストーン像《ぞう》みたいな人《ひと》はどこにもいない。見《み》た目《め》も態度《たいど》もふつうの人《ひと》のようだ。背《せ》が低《ひく》い人《ひと》もいれば、気《き》むずかしそうな老人《ろうじん》もいる。ずんぐりした人《ひと》もかなりいる。みんなしきりに小声《こごえ》で話《はなし》をし、紅茶《こうちゃ》に口《くち》をつけ、ぱさついたビスケットをかじっている。場《ば》にそぐわない声《こえ》を出《だ》している人《ひと》はひとりもいなかった。

ナサニエルはなんだかひどくがっかりして、ポケットに手《て》をつっこむと、深《ふか》いため息《いき》をついた。

師匠《ししょう》は客《きゃく》たちのあいだを少《すこ》しずつ歩《ある》きながら握手《あくしゅ》をし、相手《あいて》がなにかいうたびに、わざとらしく短《みじか》い奇妙《きみょう》な笑《わら》い声《ごえ》をあげている。師匠《ししょう》が気《き》づいて手《て》まねきしたので、ナサニエルはティーカップとひとりの男《おとこ》のつき出《で》た腹《はら》のあいだをすりぬけて、近《ちか》づいていった。

「弟子《でし》です」師匠《ししょう》はぶっきらぼうにいいながら、ナサニエルの肩《かた》をぎこちなくたたいた。三人《にん》の男《おとこ》がこっちを見《み》た。ひとりは年《とし》をとった白髪頭《しらがあたま》の男《おとこ》で、干《ほ》しトマトのような赤《あか》ら顔《がお》に小《こ》じわがたくさんあった。もうひとりは白《しろ》いむくんだ顔《かお》の、目《め》のうるんだ中年男《ちゅうねんおとこ》で、冷《つめ》たくてじっとりした感《かん》じの肌《はだ》は、まな板《いた》にのった魚《さかな》のようだ。最後《さいご》のひとりはほかのふたりよりずっと若《わか》くてハンサムだった。髪《かみ》をうしろになでつけ、丸《まる》メガネをかけて、木琴《もっきん》みたいに大《おお》きい、輝《かがや》くような白《しろ》い歯《は》をのぞかせている。ナサニエルはだまってそれを見《み》つめた。

「魔術師《まじゅつし》らしくないな」むくんだ顔《かお》の男《おとこ》はバカにしたようにいって、なにかをのみこんだ。

「おぼえがおそくて」師匠《ししょう》がいいながら、またナサニエルの肩《かた》をわけもなくたたいた。そわそわしているのがわかる。

「おそい？」年《とし》をとった男《おとこ》がいった。なまりがひどくて、ナサニエルには聞《き》きとるのがひと苦労《くろう》だった。「そうか、男《おとこ》の子《こ》にはときどきいる。しっかりはげましてやらんと」

「体罰《たいばつ》は？」むくんだ顔《かお》の男《おとこ》がいった。

「いや、めったに」

「そりゃあダメだ。体罰《たいばつ》は記憶力《きおくりょく》を刺激《しげき》する」

「きみ、年《とし》は？」若《わか》い男《おとこ》がたずねた。

「十歳《さい》です」ナサニエルは礼儀正《れいぎただ》しく答《こた》えた。「十一月《がつ》には十一歳《さい》――」

「まだ二年《ねん》はかかりますね、役《やく》に立《た》つまでには」若《わか》い男《おとこ》はナサニエルの返事《へんじ》をさえぎった。「アンダーウッドさん、お金《かね》がかかるでしょう？」

「は？　部屋《へや》と食事《しょくじ》に？　ああもちろん」

「フェレット並《な》みにがつがつしているでしょうね」

「食《く》いしんぼうなのかね？」年《とし》をとった男《おとこ》がそういって、こまったことだといいたげにうなずいた。「そうか、男《おとこ》の子《こ》にはときどきいる」

ナサニエルはかっとなったが、気持《きも》ちをおさえて「ぼくは食《く》いしんぼうではありません」とかしこまった声《こえ》でいった。年《とし》をとった男《おとこ》がナサニエルをちらっと見《み》たが、なにも聞《き》こえなかったかのようにすぐに視線《しせん》をはずした。だが、肩《かた》に置《お》かれた師匠《ししょう》の手《て》に力《ちから》が入《はい》った。

「さあ、勉強《べんきょう》にもどりなさい。早《はや》く」

ナサニエルはすぐにでも出《で》ていきたかったが、ドアに向《む》かって歩《ある》きだすと、若《わか》いメガネの男《おとこ》が手《て》をあげて呼《よ》びとめた。

「きみはどうやらちゃんとしゃべれるらしいな。年上《としうえ》をこわがらない」

ナサニエルはだまっていた。

「わたしたちのことを目上《めうえ》だと思《おも》ってないんだろう？」

男《おとこ》はさらりといったが、声《こえ》にトゲがあった。ナサニエルはすぐにピンときた。この男《おとこ》は自分《じぶん》を非難《ひなん》しているというより、師匠《ししょう》にイヤミをいっているのだ。返事《へんじ》をしたほうがいい気《き》はするが、頭《あたま》が混乱《こんらん》して、はいと答《こた》えるべきか、いいえと答《こた》えるべきかわからない。

だまっていると、若《わか》い男《おとこ》は勝手《かって》に解釈《かいしゃく》したらしかった。「この子《こ》は優秀《ゆうしゅう》すぎてわたしたちとは口《くち》がきけないらしい！」そうまわりにいって、にやっと笑《わら》った。

むくんだ顔《かお》の男《おとこ》が口《くち》をおさえていやらしい忍《しの》び笑《わら》いをしている。年《とし》をとった赤《あか》ら顔《がお》の男《おとこ》は首《くび》をふっていった。「まったく」

「早《はや》く行《い》きなさい」師匠《ししょう》がまたいった。

「待《ま》ってください、アンダーウッドさん」若《わか》い男《おとこ》がそういって、露骨《ろこつ》に笑《わら》って見《み》せた。「その小《こ》生意気《なまいき》な子《こ》がどれだけあなたから教《おそ》わっているか、ためしてみましょう。これはおもしろそうだ。きみ、こっちへ来《き》たまえ」

ナサニエルは師匠《ししょう》を見《み》たが、師匠《ししょう》は目《め》を合《あ》わせない。ナサニエルはしぶしぶ男《おとこ》たちのほうへ近《ちか》づいた。若《わか》い男《おとこ》はこれみよがしに指《ゆび》を鳴《な》らして、早口《はやくち》でまくしたてた。

「妖霊《ようれい》に分類《ぶんるい》されるものは何種類《なんしゅるい》ある？」

ナサニエルはすぐに答《こた》えた。「一万三千四十六種類《しゅるい》です」

「未分類《みぶんるい》のものは？」

「ペトロニアスの説《せつ》では四万五千、ザバッティーニの説《せつ》では四万八千です」

「カルタゴ人小《じんしょう》グループのよく使《つか》う手《て》は？」

「泣《な》いている赤《あか》んぼうか、相手《あいて》の魔術師《まじゅつし》の子《こ》ども時代《じだい》の生《い》き霊《りょう》になってあらわれることです」

「やつらをこらしめる方法《ほうほう》は？」

「大《おお》だる一杯分《ぱいぶん》のロバのミルクを飲《の》ませることです」

「うむ。鳥《とり》の頭《あたま》にヘビの体《からだ》を持《も》つコカトリスを召喚《しょうかん》する準備《じゅんび》は？」

「表面《ひょうめん》が鏡《かがみ》のメガネをかけ、ペンタクルの両側《りょうがわ》を鏡《かがみ》でかこって、コカトリスの目《め》を鏡《かがみ》のないほうに向《む》けるようにして、その前《まえ》に命令《めいれい》を書《か》いておきます」

ナサニエルは自信《じしん》をとりもどしていった。こういうかんたんな内容《ないよう》なら、ずいぶん前《まえ》に暗記《あんき》している。自分《じぶん》の完璧《かんぺき》な答《こた》えに若《わか》い男《おとこ》がいらだっているのに気《き》づいて、ナサニエルはうれしかった。むくんだ顔《かお》の男《おとこ》も忍《しの》び笑《わら》いをやめ、年《とし》をとった魔術師《まじゅつし》も首《くび》をかしげながら、一、二度《ど》しぶしぶうなずいた。気《き》づくと、師匠《ししょう》がいやにとりすました笑《え》みを浮《う》かべていた。あんたのおかげじゃない。ナサニエルは得意《とくい》な気分《きぶん》がなえるのを感《かん》じながら、心《こころ》のなかでいった。ぜんぶ自分《じぶん》で読《よ》んだんだ。あんたからはほとんどなにも教《おそ》わっちゃいない。

やっと若《わか》い男《おとこ》の矢《や》つぎばやの質問《しつもん》がとぎれた。なにか考《かんが》えているようだ。「よし」男《おとこ》はようやくそういうと、今度《こんど》ははるかにゆっくりと、となえるような口調《くちょう》で話《はな》しはじめた。「命令《めいれい》の六つの言葉《ことば》はなにか？　どの国《くに》の言葉《ことば》でいってもかまわない」

アーサー・アンダーウッドがおどろいてさえぎった。「行《い》きすぎだ、サイモン！　この子《こ》はまだ習《なら》っておらん！」しかしナサニエルはもう口《くち》をあけていた。師匠《ししょう》の大《おお》きな書棚《しょだな》にあった本《ほん》に書《か》いてあった決《き》まり文句《もんく》だ。もう目《め》をとおしてある。

「アペア、メーン、オースカルタ、シ・ディーデ、ペア、レーディ。登場《とうじょう》、拘束《こうそく》、傾聴《けいちょう》、服従《ふくじゅう》、遵守《じゅんしゅ》、返還《へんかん》」ナサニエルはいい終《お》えると、勝《か》ちほこった気分《きぶん》で若《わか》い男《おとこ》の目《め》を見《み》すえた。

聞《き》いていた男《おとこ》たちは口々《くちぐち》にほめ言葉《ことば》をつぶやいている。師匠《ししょう》はあからさまににっこりし、むくんだ顔《かお》の男《おとこ》はまゆをあげ、年《とし》をとった男《おとこ》は顔《かお》をゆがめて、声《こえ》に出《だ》さずに「ブラボー」と口《くち》を動《うご》かした。だが質問《しつもん》した若《わか》い男《おとこ》は、くだらない、といわんばかりに冷《つめ》たく肩《かた》をすくめただけだった。男《おとこ》のあまりにも人《ひと》をバカにした態度《たいど》に、それまで誇《ほこ》らしさでいっぱいだったナサニエルの心《こころ》は、一転《いってん》してはげしい怒《いか》りで破裂《はれつ》しそうになった。

「教育水準《きょういくすいじゅん》も落《お》ちたものだな」いいながら若《わか》い男《おとこ》はポケットからハンカチを出《だ》すと、そでのよごれをはらう仕草《しぐさ》をした。「ものおぼえのおそい見習《みなら》いは、わたしたちが赤《あか》んぼうのころにおぼえたようなことでも、答《こた》えればほめてもらえる」

「負《ま》けをみとめたくないんですね」ナサニエルがいった。

一瞬《いっしゅん》あたりが静《しず》まりかえった。それから若《わか》い男《おとこ》のどなり声《ごえ》が聞《き》こえたかと思《おも》うと、ナサニエルは小《ちい》さくてかたいものが肩《かた》にドスンと落《お》ちるのを感《かん》じた。目《め》に見《み》えない手《て》がナサニエルの髪《かみ》をわしづかみにして、思《おも》いきりうしろへ引《ひ》っぱった。ナサニエルは顔《かお》を天井《てんじょう》に向《む》けたまま、苦痛《くつう》にうめいた。腕《うで》を動《うご》かそうとしたが、気《き》づくと恐《おそ》ろしくがんじょうなコイルで両手《りょうて》をしばられている。巨大《きょだい》な舌《した》のようなものに体《からだ》をぐるぐる巻《ま》きにされているのだ。天井《てんじょう》以外《いがい》はなにも見《み》えなかった。細《ほそ》い指《ゆび》がナサニエルの首《くび》をいやらしくくすぐる。ナサニエルはぞっとして、恐怖《きょうふ》のあまり大《おお》声《ごえ》で師匠《ししょう》の名《な》を呼《よ》んだ。

だれかが近《ちか》づいてきた。師匠《ししょう》ではなかった。あの若《わか》い男《おとこ》だ。

「思《おも》いあがった浮浪児《ふろうじ》め」若《わか》い男《おとこ》は低《ひく》い声《こえ》でいった。「さあ、どうする？　逃《に》げられるか？　ダメらしいな。これはおどろいた。手《て》も足《あし》も出《で》ないのか。ものは多少《たしょう》知《し》っているかもしれないが、なにもできないということか！　弱《よわ》くてまともに戦《たたか》えないうちから、おごった心《こころ》をもつとどれだけ危険《きけん》かこれでわかったろう。さあ、出《で》ていけ」

耳元《みみもと》でなにかが忍《しの》び笑《わら》いをし、それからナサニエルを思《おも》いきりけって、肩《かた》からはなれた。腕《うで》が自由《じゆう》になった。ナサニエルはうなだれた。涙《なみだ》がこみあげてくる。髪《かみ》の毛《け》を引《ひ》っぱられた痛《いた》みのせいだったが、ナサニエルは弱虫《よわむし》だと思《おも》われたくなくて、涙《なみだ》をすばやくそででぬぐった。

部屋《へや》は静《しず》まりかえっていた。魔術師《まじゅつし》たちは全員話《ぜんいんはなし》をやめてナサニエルたちを見《み》つめている。ナサニエルは師匠《ししょう》を見《み》て、無言《むごん》で助《たす》けを求《もと》めたが、アーサー・アンダーウッドの目《め》は怒《いか》りに燃《も》えていた。怒《いか》りはどうやらナサニエルに向《む》けられているらしい。ナサニエルは師匠《ししょう》をぼんやり見返《みかえ》すと、出口《でぐち》のほうに向《む》きなおり、自分《じぶん》のためにあけられた通路《つうろ》をぬけてドアを出《で》た。

うしろ手《で》でそっとドアをしめる。

表情《ひょうじょう》のない青《あお》い顔《かお》で、階段《かいだん》をのぼった。

途中《とちゅう》で夫人《ふじん》がおりてきた。

「どうだった？　注目《ちゅうもく》された？　なにかあったの？」

ナサニエルはくやしさと恥《は》ずかしさで夫人《ふじん》の顔《かお》をまともに見《み》られず、だまって横《よこ》を通《とお》りすぎようとしたが、ぎりぎりのところで立《た》ちどまった。「ううん、なにも。ねえ、小《ちい》さいメガネをかけた、大《おお》きな白《しろ》い歯《は》の魔術師《まじゅつし》はだれ？」

夫人《ふじん》はまゆをよせた。「サイモン・ラブレースじゃないかしら。貿易省《ぼうえきしょう》の副大臣《ふくだいじん》よ。あの人《ひと》、たしかに歯《は》ぎしりが似《に》あいそうな歯《は》をしてるわね。どんどん出世《しゅっせ》している花形官僚《はながたかんりょう》らしいわ。彼《かれ》に会《あ》ったの？」

「うん」

(なにもできないということか！)

「本当《ほんとう》にだいじょうぶ？　顔《かお》が真《ま》っ青《さお》よ」

「だいじょうぶだよ。もう上《うえ》に行《い》くね」

「ラッチェンズ先生《せんせい》が授業部屋《じゅぎょうべや》でお待《ま》ちよ」

(手《て》も足《あし》も出《で》ないのか)

「すぐに行《い》く」

しかしナサニエルは授業部屋《じゅぎょうべや》には行《い》かなかった。ゆっくりと落《お》ちついた足取《あしど》りで、師匠《ししょう》の作業《さぎょう》かにもナサニエルの身長に近づいた、といった様子である。ナサニエルが自分の部屋に向かった。よごれたビンについたほこりが日《ひ》ざしでまぶしく、なかになにが入《はい》っているのかわからない。

ナサニエルは穴《あな》ぼこだらけの作業《さぎょう》テーブルに近《ちか》づいた。前《まえ》の日《ひ》にやっていた図形《ずけい》の紙《かみ》がちらばっている。

(弱《よわ》くてまともに戦《たたか》えないうちから)

ナサニエルは立《た》ちどまると、小《ちい》さなガラス箱《ばこ》に手《て》をのばした。なかで六つの物体《ぶったい》が羽音《はおと》をさせて飛《と》んでいる。

見《み》てろよ……。

ナサニエルはゆっくりと落《お》ちついた足取《あしど》りで、今度《こんど》は作《つく》りつけの戸棚《とだな》に行《い》った。引《ひ》き出《だ》しをあけようとしたが、ゆがんでいるせいで途中《とちゅう》でひっかかって動《うご》かない。ナサニエルはガラス箱《ばこ》を慎《しん》重《ちょう》に作業台《さぎょうだい》におくと、二、三度《ど》強《つよ》く引《ひ》っぱって引《ひ》き出《だ》しをあけた。そのなかに、ほかのたくさんの道具《どうぐ》にまじって、小《ちい》さな金《かな》づちがあった。ナサニエルはそれを取《と》り出《だ》すと、もう一度《いちど》箱《はこ》をかかえ、引《ひ》き出《だ》しをそのままにして日当《ひあ》たりのいい作業部屋《さぎょうべや》を出《で》た。

階段上《かいだんうえ》のひんやりしたものかげで、だまって〈命令《めいれい》と支配《しはい》の言葉《ことば》〉を頭《あたま》のなかでくり返《かえ》した。ガラス箱《ばこ》のなかでは、六匹《ぴき》のマイトがうれしそうに飛《と》びまわっている。箱《はこ》が手《て》のなかでふるえた。

（なにもできないということか！）

客《きゃく》たちが帰《かえ》ろうとしていた。ドアがあき、魔術師《まじゅつし》たちがぽつぽつあらわれた。師匠《ししょう》が玄関《げんかん》まで案内《あんない》していく。形《かたち》ばかりのあいさつが聞《き》こえる。だれも青《あお》い顔《かお》の少年《しょうねん》が階段《かいだん》の上《うえ》から見《み》つめていることに気《き》づかない。

最初《さいしょ》の三つの言葉《ことば》のあと、最後《さいご》の言葉《ことば》の前《まえ》に名前《なまえ》をとなえる。そうむずかしくはない。あせって発音《はつおん》をしくじりさえしなければだいじょうぶだ。ナサニエルはもう一度《いちど》頭《あたま》のなかでいうべき言《こと》葉《ば》をくり返《かえ》した。よし、きっとうまくいく。

魔術師《まじゅつし》たちが次々《つぎつぎ》に帰《かえ》っていく。ナサニエルの手《て》は冷《つめ》たくなっていた。箱《はこ》をつかむ指《ゆび》に冷《ひ》や汗《あせ》がにじんで、箱《はこ》とのあいだにうすい膜《まく》ができている。

若《わか》い男《おとこ》がさっきのふたりといっしょに、話《はなし》をしながら客間《きゃくま》から出《で》てきた。むくんだ顔《かお》の男《おとこ》の話《はなし》にクスクス笑《わら》っている。三人《にん》は急《いそ》ぐ様子《ようす》もなく、出口《でぐち》で待《ま》っている師匠《ししょう》のほうへ向《む》かった。

ナサニエルが金《かな》づちをぎゅっとにぎりなおした。胸元《むなもと》にかかえていたガラス箱《ばこ》を前《まえ》に出《だ》す。箱《はこ》がふるえている。

年《とし》をとった男《おとこ》が師匠《ししょう》と握手《あくしゅ》をかわしている。若《わか》い男《おとこ》はそのうしろに立《た》って、早《はや》く帰《かえ》りたそうに通《とお》りを見《み》ている。

ナサニエルは大声《おおごえ》で最初《さいしょ》の三つの言葉《ことば》をいい、サイモン・ラブレースの名《な》を口《くち》にすると、続《つづ》けて最後《さいご》の言葉《ことば》をいった。

そして箱《はこ》を金《かな》づちでなぐりつけた。

ガラスがくだけちる音《おと》と、ひどく興奮《こうふん》した羽音《はおと》が聞《き》こえた。ガラスの破片《はへん》がじゅうたんの上《うえ》にちっていく。六匹《ぴき》のマイトは箱《はこ》から飛《と》び出《だ》すと、階段《かいだん》を急降下《きゅうこうか》しながら、鋭《するど》い針《はり》を前《まえ》につき出《だ》した。

魔術師《まじゅつし》たちが気《き》づいたときには、マイトが目《め》の前《まえ》に来《き》ていた。三匹《びき》はサイモン・ラブレースの顔《かお》に突進《とっしん》した。だがラブレースが片手《かたて》ですばやくなにかに合図《あいず》すると、一瞬《いっしゅん》にして三匹《びき》は火《ひ》の玉《たま》になり、壁《かべ》に激突《げきとつ》して爆発《ばくはつ》した。ほかの三匹《びき》は命令《めいれい》にしたがわず、二匹《ひき》はむくんだ顔《かお》の魔術師《まじゅつし》におそいかかった。男《おとこ》はヒッと叫《さけ》んでよろよろとあとずさると、敷居《しきい》につまずいて庭《にわ》へ続《つづ》く道《みち》に転《ころ》がり出《で》た。マイトは小《こ》きざみに動《うご》きながら男《おとこ》にとびつき、服《ふく》にかくれていない肌《はだ》をさがした。男《おとこ》は顔《かお》の前《まえ》で必死《ひっし》に手《て》をふりまわしたが、むだだった。みごとな針《はり》の攻撃《こうげき》がくり返《かえ》され、そのたびに苦痛《くつう》の叫《さけ》び声《ごえ》があがった。最後《さいご》の一匹《ぴき》は、年《とし》をとった男《おとこ》に向《む》かった。男《おとこ》はただ立《た》っているだけのように見《み》えたが、男《おとこ》の顔《かお》の真《ま》ん前《まえ》まで飛《と》んできたマイトはピタッととまって、はねとばされた。そのあとくるったように宙《ちゅう》で回転《かいてん》しながら、じゅうたんに落《お》ちたところを、そばにいたサイモン・ラブレースがふみつぶした。

アーサー・アンダーウッドはその様子《ようす》を肝《きも》を冷《ひ》やしながら見《み》つめていたが、やがて落《お》ちつきをとりもどすと、ドアをとび出《だ》して花壇《かだん》のなかでもだえ苦《くる》しむ客《きゃく》にかけより、両手《りょうて》をパンッとうち鳴《な》らした。二匹《ひき》のしつこいマイトは、気絶《きぜつ》したように地面《じめん》にポトリと落《お》ちた。

それを見《み》て、ナサニエルは引《ひ》きあげたほうがいいと考《かんが》えた。

こっそり授業部屋《じゅぎょうべや》へ行《い》くと、ラッチェンズ先生《せんせい》がテーブルのそばにすわって雑誌《ざっし》を読《よ》んでいた。ナサニエルが入《はい》っていくと、先生《せんせい》は笑顔《えがお》になった。

「どうだった？　なんだか昼間《ひるま》からさわがしいわね。ガラスのわれる音《おと》が聞《き》こえたわ」

ナサニエルはだまっていた。頭《あたま》のなかに、三匹《びき》のマイトがあっけなく火《ひ》の玉《たま》になり、壁《かべ》にあたって爆発《ばくはつ》する光景《こうけい》が浮《う》かび、体《からだ》がふるえだした。恐怖《きょうふ》のせいなのか、失敗《しっぱい》したことに対《たい》するいらだちのせいなのかはわからなかった。

ラッチェンズ先生《せんせい》はすぐに立《た》ちあがった。「ナサニエル、どうしたの？　いらっしゃい、具合《ぐあい》が悪《わる》そうよ。ふるえているじゃないの」いいながら、ナサニエルに腕《うで》をまわして、頭《あたま》をやさしく引《ひ》きよせた。ナサニエルは目《め》をとじた。顔《かお》がかっとなって、寒《さむ》さと暑《あつ》さを同時《どうじ》に感《かん》じる。先生《せんせい》は話《はな》し続《つづ》けていたが、もうなにも聞《き》こえなかった……。

そのとき、授業部屋《じゅぎょうべや》のドアが勢《いきお》いよくあいた。

サイモン・ラブレースが立《た》っていた。窓《まど》からさしこむ日《ひ》ざしにメガネがキラッと光《ひか》った。ラブレースが命令《めいれい》を出《だ》すと、ナサニエルの体《からだ》はラッチェンズ先生《せんせい》の腕《うで》から引《ひ》きはがされて、空中《くうちゅう》をただよった。宙《ちゅう》をさまようナサニエルの目《め》に、ラブレースのうしろにいるふたりの魔術師《まじゅつし》がちらりと見《み》えた。そのかげにかくれるように師匠《ししょう》の姿《すがた》も見《み》える。

ラッチェンズ先生《せんせい》が大声《おおごえ》で叫《さけ》んでいるが、逆《さか》さまにされたナサニエルの耳《みみ》には、血《ち》がどくどく脈打《みゃくう》つ音《おと》しか聞《き》こえない。

ナサニエルは尻《しり》をつき出《だ》す形《かたち》で宙《ちゅう》づりにされていた。頭《あたま》と手足《てあし》はだらんとしている。見《み》えない手《て》か、見《み》えない杖《つえ》に尻《しり》をたたかれた。ナサニエルは叫《さけ》び声《ごえ》をあげ、身《み》もだえし、がむしゃらに足《あし》を動《うご》かした。見《み》えない手《て》はますます強《つよ》く尻《しり》をうった。くり返《かえ》し、くり返《かえ》し……。

疲《つか》れを知《し》らない手《て》は、いっこうにやめる気配《けはい》を見《み》せなかった。ナサニエルはもう足《あし》を動《うご》かすのをやめていた。宙《ちゅう》づりにされたまま、尻《しり》のひりひりした痛《いた》みと罰《ばつ》を受《う》ける恥《は》ずかしさをいやというほど感《かん》じた。ラッチェンズ先生《せんせい》に見《み》られていることが、よけいに苦痛《くつう》をたえられないものにしていた。ナサニエルはけんめいに死《し》を願《ねが》った。そして、ついに目《め》の前《まえ》に暗闇《くらやみ》が広《ひろ》がり、自分《じぶん》を連《つ》れ去《さ》ってくれるのを感《かん》じると、心《こころ》からよろこんだ。
見《み》えない手《て》がナサニエルを放《はな》し、床《ゆか》に落《お》ちたときにはもう意識《いしき》はなかった。

ナサニエルはそれから一か月《げつ》、部屋《へや》から出《で》ることを禁止《きんし》され、ほかにも数《かぞ》えきれないほどの罰《ばつ》を受《う》け、ほとんどなにをすることもゆるされなかった。それがすんでも、師匠《ししょう》はナサニエルと口《くち》をきこうとせず、ほかの人《ひと》と会《あ》うことも禁止《きんし》した——アンダーウッド夫人《ふじん》だけはナサニエルに食《しょく》事《じ》を運《はこ》び、携帯《けいたい》トイレの処理《しょり》をしたが——。ナサニエルは授業《じゅぎょう》も受《う》けられず、本《ほん》も読《よ》ませてもらえなかった。夜明《よあ》けからたそがれまでずっと、部屋《へや》のなかからロンドンの街《まち》をながめ、建《た》ちならぶ屋根《やね》の向《む》こうに見《み》える遠《とお》い国会議事堂《こっかいぎじどう》をながめた。
そんな状態《じょうたい》がいつまでも続《つづ》いていたら、おかしくなっていたかもしれない。しかしナサニエルはあるとき、ベッドの下《した》にボールペンが転《ころ》がっているのを見《み》つけた。ボールペンとわずかな古《ふる》い紙《かみ》で、窓《まど》の外《そと》に広《ひろ》がる景色《けしき》をスケッチして時間《じかん》をつぶした。それにあきると、スケッチの裏《うら》にこまごまとしたリストやメモをたくさん書《か》いて、それを整理《せいり》することに熱中《ねっちゅう》した。そして階段《かいだん》に足《あし》音《おと》が聞《き》こえると、それをあわててマットレスの下《した》にかくした。このメモには復讐《ふくしゅう》の第《だい》一段階《だんかい》が書《か》かれていた。

ナサニエルにとってなにより悲《かな》しかったのは、アンダーウッド夫人《ふじん》と話《はな》すのを禁《きん》じられたことだった。夫人《ふじん》が同情《どうじょう》しているのは態度《たいど》でわかるが、口《くち》をきいてくれないので大《たい》したなぐさめにはならなかった。ナサニエルは殻《から》にとじこもり、夫人《ふじん》が入《はい》ってきてもまったく話《はな》しかけなくなった。

こうして一か月《げつ》の孤独《こどく》な日々《ひび》が終《お》わりを告《つ》げ、授業《じゅぎょう》が再開《さいかい》されたとき、ナサニエルはラッチェンズ先生《せんせい》が解雇《かいこ》されていたことを知《し》った。

13 復讐《ふくしゅう》

じめじめした長《なが》い秋《あき》のあいだ、ナサニエルはひまを見《み》つけては庭《にわ》に逃《に》げ出《だ》した。天気《てんき》のいい日《ひ》は、師匠《ししょう》の書棚《しょだな》から本《ほん》を持《も》ち出《だ》し、庭《にわ》であきることなくむさぼり読《よ》んだ。そんなとき、木《こ》の葉《は》が石《いし》のベンチや芝生《しばふ》に舞《ま》い落《お》ちてきた。小雨《こさめ》の日《ひ》にはベンチで雨《あめ》のしたたる低木《ていぼく》をながめながら、思《おも》いはいつも苦《にが》い記憶《きおく》と復讐《ふくしゅう》のあいだを行《い》ったり来《き》たりしていた。

勉強《べんきょう》のほうはめざましい進歩《しんぽ》を見《み》せていた。憎《にく》しみが心《こころ》に火《ひ》をつけたのだ。召喚《しょうかん》の儀式《ぎしき》、攻撃《こうげき》を防《ふせ》ぐために自分《じぶん》にかける呪文《じゅもん》、命令《めいれい》にしたがわない悪魔《あくま》に罰《ばつ》をあたえたり、すぐに退去《たいきょ》させたりするためのあらゆる〈力《ちから》の言葉《ことば》〉、そういった知識《ちしき》のすべてをかたっぱしから読《よ》んで暗記《あんき》していった。むずかしい一節《いっせつ》にぶつかると——たいていサマリア語《ご》やコプト語《ご》で書《か》かれているか、解《かい》読《どく》しにくいルーン文字《もじ》の暗号《あんごう》にかくされていたりした——気持《きも》ちがくじけそうになったが、そんなときはグラッドストーンの灰色《はいいろ》と緑《みどり》の彫像《ちょうぞう》をながめ、復讐《ふくしゅう》の炎《ほのお》をかきたてた。

グラッドストーンは自分《じぶん》を軽《かろ》んじた相手《あいて》に復讐《ふくしゅう》し、みずからの名誉《めいよ》を守《まも》ったことで、人々《ひとびと》からたたえられている。ナサニエルも同《おな》じことをしようと考《かんが》えていた。ただし、二度《にど》と短気《たんき》にふりまわされてはダメだ。それからというもの、ナサニエルはせっかちな性格《せいかく》を勉強《べんきょう》だけに利用《りよう》した。あの事件《じけん》から学《まな》んだものがあるとしたら、それは「本当《ほんとう》に準備《じゅんび》ができるまで行動《こうどう》を起《お》こしてはならない」ということだ。数《すう》か月《げつ》のあいだ、ナサニエルはひとり、しんぼう強《づよ》く準備《じゅんび》を進《すす》めた。最《さい》初《しょ》の目標《もくひょう》はサイモン・ラブレースをはずかしめることだ。

ナサニエルが勉強《べんきょう》している歴史書《れきししょ》には、ライバル同士《どうし》の決闘《けっとう》について数《かず》かぎりないエピソードがのっていた。力《ちから》のある魔術師《まじゅつし》が勝《か》つこともあるが、そういう魔術師《まじゅつし》でも、背後《はいご》からの攻撃《こうげき》や策《さく》略《りゃく》しだいで負《ま》けることも少《すく》なくない。ナサニエルは強力《きょうりょく》な相手《あいて》に真正面《ましょうめん》からいどむ気《き》はなかった。少《すく》なくとも力《ちから》がついていないうちはダメだ。そうなるとほかの方法《ほうほう》でたおすしかない。

授業《じゅぎょう》は今《いま》では退屈《たいくつ》な時間《じかん》つぶしでしかなかった。授業《じゅぎょう》が再開《さいかい》されるとすぐに、ナサニエルは心《こころ》から後悔《こうかい》しているおとなしい弟子《でし》のふりをし、あのときのいたずらは自分《じぶん》にとっていちばんの恥《はじ》だと反省《はんせい》している印象《いんしょう》を師匠《ししょう》にあたえた。この仮面《かめん》は、作業部屋《さぎょうべや》でうんざりするほどつまらない仕事《しごと》をさせられても、はがれることはなかった。ささいなミスで師匠《ししょう》に長々《ながなが》と説教《せっきょう》されても、少《すこ》しも不満《ふまん》を顔《かお》に出《だ》さなかった。ただ頭《あたま》をたれ、すぐにまちがいを正《ただ》した。ナサニエルはどこから見《み》ても完璧《かんぺき》な新米魔術師《しんまいまじゅつし》だった。どんなことでも師匠《ししょう》にしたがい、勉強《べんきょう》が大《たい》して進《すす》まなくても、文句《もんく》をいうことは決《けっ》してなかった。

これはしかし、ナサニエルがもうアーサー・アンダーウッドを本当《ほんとう》の師匠《ししょう》と思《おも》っていないからだった。ナサニエルにとって本当《ほんとう》の師匠《ししょう》は、むかしの魔術師《まじゅつし》たちだった。彼《かれ》らは本《ほん》を通《とお》して語《かた》りかけ、ナサニエルに好《す》きなだけ学《まな》ぶことをゆるしてくれる。そうやってナサニエルにおどろくような教《おし》えを授《さず》けてくれるのだ。それに、恩《おん》きせがましい態度《たいど》もとらず、ましてや弟子《でし》を裏切《うらぎ》らない……。

アーサー・アンダーウッドはサイモン・ラブレースの侮辱《ぶじょく》や暴行《ぼうこう》から弟子《でし》を守《まも》れなかった時点《じてん》ですでに、ナサニエルがしたがい尊敬《そんけい》すべき人物《じんぶつ》ではなくなっていた。あんまりだ、とナサニエルは思《おも》った。新米魔術師《しんまいまじゅつし》にとって師匠《ししょう》は事実上《じじつじょう》の親《おや》だと教《おし》えられる。師匠《ししょう》は弟子《でし》がひとりだちできるまでは、弟子《でし》を守《まも》るものだと。しかしアーサー・アンダーウッドはそれができなかった。ただそばにつっ立《た》って、弟子《でし》への不当《ふとう》なはずかしめを見《み》つめていただけだ。最初《さいしょ》は客間《きゃくま》で、そして授業部屋《じゅぎょうべや》でも。なぜか？　それはアンダーウッドが臆病者《おくびょうもの》で、ラブレースの力《ちから》を恐《おそ》れているからだ。

なによりひどいのは、ラッチェンズ先生《せんせい》を解雇《かいこ》したことだった。

アンダーウッド夫人《ふじん》とふたことみこと話《はな》してわかったのは、あの日《ひ》、空中《くうちゅう》につるされてラブレースのインプに尻《しり》をたたかれているあいだ、ラッチェンズ先生《せんせい》がナサニエルをなんとかして助《たす》けようとしていた、ということだった。先生《せんせい》は表向《おもてむ》きには「生意気《なまいき》ででしゃばり」という理由《りゆう》で解雇通知《かいこつうち》を受《う》けていた。夫人《ふじん》がほのめかしたところによると、先生《せんせい》はじっさいにラブレースをひっぱたこうとして、いっしょにいたふたりの魔術師《まじゅつし》にとめられたらしい。そのことを考《かんが》えると、ナサニエルは自分《じぶん》がはずかしめを受《う》けたこと以上《いじょう》に、強《つよ》い怒《いか》りをおぼえた。ラッチェンズ先《せん》生《せい》は守《まも》ろうとしてくれた。そしてそのために──本当《ほんとう》なら師匠《ししょう》がすべきことをしてくれたために──師匠《ししょう》にクビにされた。

それがどうしてもゆるせなかった。

ラッチェンズ先生《せんせい》が去《さ》ってしまうと、ナサニエルにとっていっしょにいて楽《たの》しいのは夫人《ふじん》だけだった。夫人《ふじん》のやさしさが、ナサニエルの勉強漬《べんきょうづ》けの毎日《まいにち》のささやかななぐさめであり、師匠《ししょう》の冷《つめ》たさや家庭教師《かていきょうし》の無関心《むかんしん》からほっとひと息《いき》つく瞬間《しゅんかん》をあたえてくれた。だがナサニエルは、夫《ふ》人《じん》にも計画《けいかく》を打《う》ちあけることはできなかった。危険《きけん》すぎるからだ。安全《あんぜん》で強《つよ》くいられるためには、かくしておくこと。本物《ほんもの》の魔術師《まじゅつし》は自分《じぶん》の考《かんが》えをだれにも明《あ》かさないものだ。

数《すう》か月後《げつご》、ナサニエルは初《はじ》めてじっさいに召喚《しょうかん》をためした。二流《にりゅう》のインプを呼《よ》んだのだ。かなり危険《きけん》なことではあった。ナサニエルは呪文《じゅもん》に自信《じしん》はあったが、まだ第《だい》一から第《だい》三の目《め》までの機《き》能《のう》をはたすコンタクトレンズをもっていなかったし、公式名《こうしきめい》ももらっていなかった。どちらも十二歳《さい》になって成人《せいじん》したら師匠《ししょう》の判断《はんだん》でもらうことになっていたが、そんな先《さき》まで待《ま》ってはいられない。作業部屋《さぎょうべや》からメガネをもってくれば、相手《あいて》を見《み》る助《たす》けになるし、名前《なまえ》のほうは、悪魔《あくま》に知《し》られるようなすきをあたえなければいい。

ナサニエルはまず、師匠《ししょう》の作業部屋《さぎょうべや》から青銅《せいどう》のかけらを盗《ぬす》んでくると、かなり苦労《くろう》してうすく切《き》って粗《あら》い盤《ばん》にし、数週間《すうしゅうかん》かけてそれをみがき、革《かわ》でツヤを出《だ》し、またみがいてをくり返《かえ》した。そしてついに、ロウソクの光《ひかり》に反射《はんしゃ》し、くっきりと自分《じぶん》の姿《すがた》を映《うつ》す鏡《かがみ》のような盤《ばん》ができた。

ある週末《しゅうまつ》、師匠《ししょう》と夫人《ふじん》がそろって出《で》かけることになった。ナサニエルは、ふたりの乗《の》った車《くるま》が走《はし》り去《さ》ったとたん、待《ま》ってましたとばかりに行動《こうどう》を開始《かいし》した。自分《じぶん》の部屋《へや》のじゅうたんをかたづけ、床《ゆか》にチョークでかんたんなペンタクルをふたつ描《えが》く。部屋《へや》は肌寒《はださむ》いのに、ナサニエルは汗《あせ》だくだった。それからカーテンを引《ひ》いてロウソクに火《ひ》をつける。ナナカマドとハシバミの実《み》の入《はい》ったボウルをふたつの円《えん》のあいだに置《お》く。相手《あいて》のインプは弱《よわ》いし臆病《おくびょう》だからひとつで足《た》りる。準備《じゅんび》ができると、ナサニエルはぴかぴかの青銅盤《せいどうばん》を取《と》り出《だ》し、インプのあらわれる円《えん》の真《ま》ん中《なか》に置《お》いた。そしてメガネと作業部屋《さぎょうべや》のドアにかかっていたぼろぼろの実験服《じっけんふく》を身《み》につけ、自分《じぶん》の円《えん》に入《はい》って呪文《じゅもん》をとなえた。

口《くち》のかわきを感《かん》じながら、召喚《しょうかん》の六つの言葉《ことば》をとなえ、インプの名前《なまえ》を読《よ》んだ。声《こえ》が少《すこ》しうわずっている。あらかじめ水《みず》を入《い》れたコップを自分《じぶん》の円《えん》のなかに用意《ようい》しておくべきだったとナサニエルは思《おも》った。一語《ご》たりとも発音《はつおん》をしくじるわけにはいかないのだ。

ナサニエルは待《ま》った。小声《こごえ》で九秒数《びょうかぞ》える。そのあいだに呪文《じゅもん》が異世界《いせかい》へ運《はこ》ばれていく。それから七秒《びょう》でインプが目《め》ざめ、そして最後《さいご》の三秒《びょう》で……

……裸《はだか》の赤《あか》んぼうがペンタクルの上《うえ》に浮《う》かんでいた。泳《およ》いでいるようにその場《ば》で手足《てあし》を動《うご》かしている。赤《あか》んぼうはふきげんそうな黄色《きいろ》い目《め》でこっちを見《み》ると、小《ちい》さな赤《あか》い口《くち》をすぼめて生意気《なまいき》にもペッとつばを吐《は》いた。

ナサニエルは〈封《ふう》じこめ〉の言葉《ことば》をとなえた。

赤《あか》んぼうは怒《おこ》ってのどを鳴《な》らしたかと思《おも》うと、丸々《まるまる》とした腕《うで》を必死《ひっし》にばたつかせながら、足《あし》のほうからぴかぴかの青銅盤《せいどうばん》に引《ひ》きこまれていった。命令《めいれい》の威力《いりょく》には逆《さか》らえないのだ。排水口《はいすいこう》に流《なが》されていくように、赤《あか》んぼうの体《からだ》はのびて色《いろ》をにじませながら、渦《うず》を巻《ま》くように盤《ばん》に吸《す》いこまれた。そして一瞬《いっしゅん》、怒《おこ》った顔《かお》で盤《ばん》のなかから表面《ひょうめん》に鼻《はな》をおしつけてきたが、全体《ぜんたい》にもやがかかってその像《ぞう》もかき消《き》えると、盤《ばん》はまたもとの状態《じょうたい》にもどった。

ナサニエルはさらに七つの呪文《じゅもん》をとなえて盤《ばん》を保護《ほご》し、罠《わな》がしかけられていないかたしかめた。問題《もんだい》なし。ふるえる足《あし》で円《えん》の外《そと》に出《で》た。

ナサニエルの初《はじ》めての召喚《しょうかん》は成功《せいこう》した。


とじこめたインプはひねくれて生意気《なまいき》だったが、軽《かる》い電気《でんき》ショック程度《ていど》のちょっとした罰《ばつ》をあたえると、遠《とお》くはなれた場所《ばしょ》の生《なま》の映像《えいぞう》を送《おく》ってくるようになった。インプは盤《ばん》に遠《とお》い場所《ばしょ》の様《よう》子《す》を映《うつ》し出《だ》せるだけでなく、そこでの会話《かいわ》も報告《ほうこく》できる。ナサニエルは粗雑《そざつ》な作《つく》りながらも便利《べんり》なこの盤《ばん》を、ふだんは天窓《てんまど》の外《そと》の屋根《やね》がわらの下《した》にかくしておき、取《と》り出《だ》してはいろいろなことを知《し》るようになった。

ナサニエルは手《て》はじめに、師匠《ししょう》の書斎《しょさい》の様子《ようす》を映《うつ》せとインプに命令《めいれい》した。その朝《あさ》、師匠《ししょう》はずっと電話《でんわ》をかけていて、政界《せいかい》の動《うご》きに乗《の》りおくれまいとしていた。政府内《せいふない》のライバルたちが自分《じぶん》の失脚《しっきゃく》をねらっているのではないかと、わけもなくおびえているらしい。ナサニエルは興味《きょうみ》をおぼえたが、師匠《ししょう》をずっと観察《かんさつ》していてもつまらないので、すぐにやめてしまった。

次《つぎ》にラッチェンズ先生《せんせい》を観察《かんさつ》した。盤全体《ばんぜんたい》に渦状《うずじょう》の霧《きり》がかかり、それが晴《は》れると、ナサニエルはどきどきしながら、記憶《きおく》にあるままの先生《せんせい》の姿《すがた》を見《み》つめた。ほほえみながらなにかを描《か》いている……そして教《おし》えている。画面《がめん》が移動《いどう》し、小柄《こがら》で前歯《まえば》のすいた新米魔術師《しんまいまじゅつし》の少年《しょうねん》が映《うつ》った。けんめいにスケッチブックに向《む》かい、ラッチェンズ先生《せんせい》の言葉《ことば》に真剣《しんけん》に耳《みみ》をかたむけている。ナサニエルは嫉妬《しっと》と悲《かな》しみで目《め》が熱《あつ》くなった。涙《なみだ》をこらえながら映像《えいぞう》を消《け》すように命令《めいれい》すると、うれしそうなインプの笑《わら》い声《ごえ》が盤《ばん》の底《そこ》から聞《き》こえてきた。ナサニエルはくやしさに歯《は》を食《く》いしばった。

やがてナサニエルは本来《ほんらい》の目的《もくてき》に目《め》を向《む》けた。ある晩《ばん》おそく、サイモン・ラブレースをさぐってくるようインプに命令《めいれい》したのだ。ところがピカピカの青銅《せいどう》に映《うつ》ったのはインプの顔《かお》で、ナサニエルは腹《はら》を立《た》てた。

「なにしてるんだ？　命令《めいれい》しただろう。早《はや》くいわれたとおりにしろ！」

赤《あか》んぼうのインプは鼻《はな》にしわをよせて、そわそわした低《ひく》い声《こえ》でいった。「マズいよ。あいつは油断《ゆだん》できない。しっかり防御《ぼうぎょ》してるもん。それをうまくぬけられるかどうか。めんどうなことになるかもしれないよ」

ナサニエルはおどすように、手《て》を振《ふ》りあげた。「できないっていうのか？」

赤《あか》んぼうはもじもじして、まるで古傷《ふるきず》をなめるように、先《さき》のとがった舌《した》をおそるおそる口《くち》の横《よこ》から出《だ》した。「できなくはないよ、できなくは。ただむずかしいんだ」

「なら、やれ」

赤《あか》んぼうはこれみよがしにハアとため息《いき》をついて姿《すがた》を消《け》した。少《すこ》し間《ま》があって、盤《ばん》にゆらゆらした画像《がぞう》があらわれた。映《うつ》りの悪《わる》いテレビのようにぼやけて、ときどき画像《がぞう》がとぶ。ナサニエルは悪態《あくたい》をつき、〈罰《ばつ》のショック〉の言葉《ことば》をとなえようとしたが、もしかするとこれが、インプができるぎりぎりのところかもしれないと思《おも》いなおした。盤《ばん》に顔《かお》を近《ちか》づけていっしんに見《み》つめていると、だんだんピントがあってきた……。

ひとりの男《おとこ》が机《つくえ》でノートパソコンを手早《てばや》くうっている。

ナサニエルは目《め》をこらした。サイモン・ラブレースにちがいない。

インプは天井《てんじょう》にいるらしく、ナサニエルは男《おとこ》の背後《はいご》から部屋《へや》全体《ぜんたい》を見《み》わたすことができた。画《が》面《めん》のはしのほうは魚眼《ぎょがん》レンズをのぞいたときのようにゆがんでいる。部屋《へや》は暗《くら》く、ラブレースの机《つくえ》にあるランプが唯一《ゆいいつ》の明《あ》かりだった。黒《くろ》いカーテンが天井《てんじょう》から床《ゆか》までおおっている。

魔術師《まじゅつし》はキーボードをたたいていた。タキシードを着《き》て、首《くび》のネクタイをゆるめている。一、二度鼻《どはな》をかくのが見《み》えた。

そのときとつぜん、赤《あか》んぼうの顔《かお》がわりこんだ。「これ以上《いじょう》はダメだよ。つまんないしさ。それにさっきいったけど、うろうろしてるとめんどうなことになる」

「ぼくがいいというまで続《つづ》けろ」ナサニエルはどなった。〈罰《ばっ》のショック〉の一節《いっせつ》をとなえると、赤《あか》んぼうは痛《いた》みにぎゅっと目《め》をとじた。

「わかった、わかったってば！　こんなちっちゃい赤《あか》んぼうによくそんなひどいことができるよ、このひとでなし！」インプの顔《かお》がさっと消《き》えてさっきの画面《がめん》がもどった。ラブレースはまだすわってキーボードをたたいている。ナサニエルはもっと近《ちか》くによって、机《つくえ》に置《お》いてある紙《かみ》を見《み》たいと思《おも》ったが、あきらめた。魔術師《まじゅつし》はたいていセンサーを身《み》につけていて、いつもとちがう魔《ま》法《ほう》が近《ちか》づくと敏感《びんかん》に察知《さっち》する。そばでふらふらするのはやめたほうがいいだろう。ここが限度《げんど》か……。

ナサニエルはとびあがった。

だれかいる！　サイモン・ラブレースの部屋《へや》のカーテンのかげにだれか立《た》っているのだ。ナサニエルはその男《おとこ》が入《はい》ってきたのが見《み》えなかったし、どうやらラブレースも気《き》づいていないらしく、男《おとこ》に背《せ》を向《む》けたままあいかわらずパソコンに向《む》かっている。男《おとこ》は背《せ》が高《たか》くがっしりした体格《たいかく》で、長《なが》い旅行用《りょこうよう》の革《かわ》マントをはおっていた。マントは足首《あしくび》にかかるほど長《なが》く、靴《くつ》と同様《どうよう》に泥《どろ》だらけでぼろぼろだ。顔《かお》は濃《こ》い黒《くろ》ひげにおおわれ、目《め》が暗闇《くらやみ》にギラギラ光《ひか》っている。ナサニエルはその姿《すがた》にぞっとした。

どうやら男《おとこ》が話《はな》しかけたか、音《おと》をたてたらしい。サイモン・ラブレースがおどろいてふり返《かえ》った。

画面《がめん》がちらちらし、一瞬《いっしゅん》ぼやけた。ナサニエルはののしりながら、盤《ばん》に顔《かお》をくっつけんばかりに近《ちか》づけた。ふたたび画面《がめん》がはっきり映《うつ》ると、まるで録画《ろくが》フィルムがちょっとだけ先送《さきおく》りされたみたいに、ふたりの男《おとこ》は近《ちか》づいていた。マントの男《おとこ》が机《つくえ》のそばに立《た》っている。サイモン・ラブレースはしきりに話《はな》しかけながら、手《て》をさし出《だ》したが、男《おとこ》はなにかいいながらあごをつき出《だ》して見《み》せた。するとラブレースはうなずいて引《ひ》き出《だ》しをあけ、布袋《ぬのぶくろ》を取《と》り出《だ》すと、なかみを机《つくえ》の上《うえ》にあけた。札束《さつたば》が転《ころ》がり出《で》た。

青銅盤《せいどうばん》からかすれた声《こえ》が聞《き》こえた。かなりあせっている。「先《さき》にいっとくけど、たのむから電《でん》気《き》ショックはやめてよね。見張《みは》りらしいのが来《き》てる。ふた部屋《へや》向《む》こうにいてこっちに向《む》かってる。引《ひ》きあげたほうがいいよ、今《いま》すぐに」

ナサニエルはくちびるをかんだ。「ぎりぎりまで動《うご》くな。あいつがなにに金《かね》をはらおうとしているのかたしかめたい。会話《かいわ》をおぼえておくんだ」

「もう、どうなったって知《し》らないよ！」

男《おとこ》はマントから手袋《てぶくろ》をはめた手《て》を出《だ》し、札束《さつたば》をゆっくり布袋《ぬのぶくろ》にもどした。ナサニエルはじれったくていらいらした。いつ何時《なんどき》インプが画面《がめん》を消《け》すかもしれないのだ。そうなったらまったく事情《じじょう》がつかめない。

都合《つごう》のいいことに、サイモン・ラブレースもいらついていた。もう一度《いちど》、今度《こんど》はさっきよりきっぱりと手《て》をさし出《だ》している。男《おとこ》はうなずくと、マントから小《ちい》さな包《つつ》みを取《と》り出《だ》した。ラブレースはそれをひったくると、夢中《むちゅう》で包《つつ》みをやぶった。

インプの声《こえ》がした。「見張《みは》りがドアまで来《き》た！　引《ひ》きあげよう」

ぎりぎりのところで、ナサニエルの目《め》にラブレースが包《つつ》みから取《と》り出《だ》したものが見《み》えた。ランプの明《あ》かりにきらきら輝《かがや》いている。そこで画面《がめん》が消《き》えた。

ナサニエルが早口《はやくち》で命令《めいれい》の言葉《ことば》を叫《さけ》ぶと、画面《がめん》に赤《あか》んぼうがしぶしぶあらわれた。

「終《お》わりでいいよね？　少《すこ》しは眠《ねむ》んなきゃ。ふう、あれがぎりぎりだったよ。もうちょっとでやられるとこだった」

「やつらはなにを話《はな》してた？」

「え、なに話《はな》してたかって？　切《き》れ切《ぎ》れに聞《き》こえたような気《き》がするから、聞《き》いてないとはいわないけど、前《まえ》より耳《みみ》が遠《とお》くなってさ。長《なが》いこととじこめられてるもんだから……」

「いい訳《わけ》はいいから、いえ！」

「でっかい男《おとこ》のほうは大《たい》して話《はな》さなかったよ。マントに赤《あか》いしみがついてたの、もしかして見《み》た？　すんごおーくあやしい。つまり、あれはケチャップじゃないってこと。生々《なまなま》しかったし、においがした。あの男《おとこ》なんていったかって？『持《も》ってきた』っていったんだ。それがひとつ。あとは『金《かね》が先《さき》だ』って。口《くち》べただね、あいつは」

「悪魔《あくま》だったか？」

「それってひょっとして、異世界《いせかい》の大物《おおもの》の妖霊《ようれい》のこと？　ちがうよ。人間《にんげん》さ」

「あの魔術師《まじゅつし》はなんて？」

「あいつはもうちょっと愛想《あいそ》がよかった。おしゃべりだね。『持《も》ってきたか？』って。それから『どうやって？　いや、くわしいことは知《し》りたくない。とにかくわたせ』ってさ。鼻息荒《はないきあら》くて、真剣《しんけん》そのもの。それであの金《かね》を出《だ》した」

「それだけか？　取《と》り出《だ》したものはなんだ？　ふたりはなんかいってたか？」

「思《おも》い出《だ》せるかなあ……あ、待《ま》って！　待《ま》ってよ！　ひどいことしないで。いいつけどおりやってるだろ？　でっかい男《おとこ》が包《つつ》みをわたしたとき、なんかいってたような……」

「なんて？」

「小《ちい》さい声《こえ》だったから、あんまり聞《き》きとれなくて……」

「なんていったんだ?」

「『ラブレース、サマルカンドのアミュレットはあんたのもんだ』そういった」

六か月後《げつご》、ナサニエルはようやく準備《じゅんび》を整《ととの》えた。新《あたら》しい分野《ぶんや》の技《わざ》を身《み》につけ、さらに重要《じゅうよう》な命令《めいれい》の言葉《ことば》を学《まな》び、毎朝授業《まいあさじゅぎょう》の前《まえ》に泳《およ》ぎに行《い》って、体力《たいりょく》もつけた。心身《しんしん》ともにたくましくなった。

あれ以来《いらい》、ラブレースを直接《ちょくせつ》さぐることはしなかった。たとえ存在《そんざい》をさとられないとしても、インプがまたあそこまで近《ちか》づくのは無理《むり》だろう。

もうかまわなかった。ほしい情報《じょうほう》はつかんだのだ。

春《はる》から夏《なつ》に向《む》かう季節《きせつ》のなかで、ナサニエルは庭《にわ》にすわって計画《けいかく》を練《ね》りなおした。ナサニエルはその計画《けいかく》が気《き》に入《い》っていた。単純《たんじゅん》なところがいい。なによりすばらしいのは、自分《じぶん》にそれをやるだけの力《ちから》があるということを、この世《よ》のだれも知《し》らないことだ。師匠《ししょう》が今《いま》ちょうどレンズを注文《ちゅうもん》してくれている。冬《ふゆ》には初歩的《しょほてき》な召喚《しょうかん》をやってみようと、なんの疑問《ぎもん》ももたずにいっていた。自分《じぶん》は師匠《ししょう》にも、家庭教師《かていきょうし》やアンダーウッド夫人《ふじん》にさえも、それほどできる子《こ》だとは思《おも》われていない。サイモン・ラブレースのアミュレットを盗《ぬす》んだところで、だれもナサニエルのしわざだとは思《おも》わないだろう。

これは自分《じぶん》の実力《じつりょく》をためすためのほんの手《て》はじめだ、とナサニエルは考《かんが》えていた。これがうまくいったら、ラブレースを罠《わな》にかけてやろう。

あとは望《のぞ》みどおりに動《うご》いてくれる召《め》し使《つか》いをさがすだけだ。この計画《けいかく》をやりとげる力《ちから》と知恵《ちえ》はあるが、こっちをおびやかすほど強《つよ》くない召《め》し使《つか》いがいい。大物《おおもの》の妖霊《ようれい》を使《つか》うのはまだまだ先《さき》だ。

ナサニエルは師匠《ししょう》のもっている悪魔研究《あくまけんきゅう》の本《ほん》を広《ひろ》げ、時代《じだい》をさかのぼって妖霊《ようれい》たちの実績《じっせき》を調《しら》べた。ソロモン王《おう》とプトレマイオスの二流《にりゅう》どころの召《め》し使《つか》いについての記述《きじゅつ》があった。

よし、これにしよう。

バーティミアス。

14 無限《むげん》の封《ふう》じこめ

屋根裏部屋《やねうらべや》にもどれば、そこそこやりあわなきゃならないことはわかっていたから、今度《こんど》はちゃんと準備《じゅんび》することにした。まず、どんな姿《すがた》になるかだ。小僧《こぞう》がかっとなるようなのがいい。やつが完全《かんぜん》に冷静《れいせい》さを失《うしな》うようなもの。意外《いがい》に思《おも》うかもしれないが、おれのレパートリーのなかで、人《ひと》をこわがらせるたぐいはどれも使《つか》いものにならない。逆《ぎゃく》に人間《にんげん》の姿《すがた》なんかがいい。おかしなもので、きたえられた魔術師《まじゅつし》ってのは、ゆらゆらただよう亡霊《ぼうれい》にバカにされたり、火《ひ》の翼《つばさ》をもつヘビに悪口《わるくち》をいわれてもそれほど頭《あたま》にこないが、同《おな》じ人間《にんげん》の姿《すがた》をした者《もの》から悪口《わるくち》をいわれたりすると、猛烈《もうれつ》に頭《あたま》にくる。理由《りゆう》はきかないでくれ。ただ、人間《にんげん》の心理《しんり》ってのはそういうものなんだな。

おれは同《おな》じ年《とし》ごろの少年《しょうねん》になるのがいちばんだと考《かんが》えた。小僧《こぞう》の心《こころ》に純粋《じゅんすい》な競争心《きょうそうしん》を起《お》こさせる人物《じんぶつ》。それならかんたん。十四歳《さい》のころのプトレマイオスをおれはいちばんよく知《し》っている。プトレマイオスがいい。
あとは、おれの最強《さいきょう》の〈反撃呪文《はんげきじゅもん》〉に修正《しゅうせい》を加《くわ》えるだけ。すぐに家《いえ》に帰《かえ》れそうだ。あー待《ま》ちどおしい。

鋭《するど》い読者《どくしゃ》なら、おれが小僧《こぞう》に対《たい》して以前《いぜん》とはちがうよゆうをもっていることに気《き》づいたかもしれない。それはあながちはずれでもない。どうしてかって？　それは、おれがあいつの生《う》まれたときの名前《なまえ》を知《し》っているから(✡33)。

それでもみとめるべきところはみとめてやろう。小僧《こぞう》は堂々《どうどう》と戦《たたか》いにのぞんだ。部屋《へや》にもどるとすぐにコートを着《き》てペンタクルにかけこみ、大声《おおごえ》でおれを召喚《しょうかん》する呪文《じゅもん》をとなえた。わざわざ声《こえ》をはりあげなくたっていいのに。おれはやつのすぐうしろで床《ゆか》をはってたんだから。

すぐにもうひとつのペンタクルにエジプト人少年《じんしょうねん》があらわれた。ロンドンで今若者《いまわかもの》にいちばん人気《にんき》の服装《ふくそう》だ。おれはにやっと笑《わら》った。

「ナサニエルか？　しゃれた名前《なまえ》だが、あんまりおまえに似合《にあ》ってないな。もうちょっと安《やす》っぽい名前《なまえ》かと思《おも》ってたよ。バートとかチャックとかな」

小僧《こぞう》は怒《いか》りと恐怖《きょうふ》で真《ま》っ青《さお》だった。混乱《こんらん》しているのが目《め》を見《み》ればわかる。

すれば、ナマイキな小僧《こぞう》のいちばん強烈《きょうれつ》な攻撃《こうげき》にも対抗《たいこう》できる。相手《あいて》の本名《ほんみょう》を知《し》ることで力《ちから》のバランスが少《すこ》し変化《へんか》するんだ。要《よう》するにペンタクルのなかにいるジンにとって一種《いっしゅ》の盾《たて》みたいな働《はたら》きをするってわけ。これは単純《たんじゅん》で太古《たいこ》からあるタリスマンで……ん？　こんな説明《せつめい》を読《よ》んでいるより、早《はや》く先《さき》に進《すす》んで自分《じぶん》でたしかめろって。

それでもやつは必死《ひっし》にこらえて、平静《へいせい》をよそおっている。

「それはぼくの本名《ほんみょう》じゃない。本名《ほんみょう》は師匠《ししょう》も知《し》らない」

「へえ、そうか。おれはだまされんがな」

「好《す》きに考《かんが》えればいい。今《いま》から命令《めいれい》をくだす……」

まったく信《しん》じられない。またおれをどこかに送《おく》りこもうとしてやがる！

おれはやつの目《め》の前《まえ》で声《こえ》をあげて笑《わら》ってやった。それからイタズラっぽく両《りょう》手《て》を腰《こし》に置《お》いて、じっくり考《かんが》えぬいたからかい文句《もんく》をならべたてた。

「バカも休《やす》み休《やす》みいえってんだ、ベェーッ！」

「今《いま》から命令《めいれい》をくだす……」

「ざまあカンカン、インプのへーっだ！　ブゥーッ！」

小僧《こぞう》は口《くち》から泡《あわ》をふきそうなほど腹《はら》を立《た》てた（✵34）。足《あし》をふみならす姿《すがた》など、公園《こうえん》で遊《あそ》ぶよちよち歩《ある》きの赤《あか》んぼうみたいだ。おれの望《のぞ》みどおり、やつはわれを忘《わす》れてまともに攻撃《こうげき》してこようとした。また〈宇宙《うちゅう》の万力《まんりき》〉の呪《じゅ》文《もん》。これがやつのお気《き》に入《い》りか。

小僧《こぞう》が呪文《じゅもん》を大声《おおごえ》でとなえると、目《め》に見《み》えないゴムバンドのようなものが

✵34　年《とし》よりだろうが若者《わかもの》だろうが、チビだろうが太《ふと》っちょだろうが、すべての魔術師《まじゅつし》に共通《きょうつう》する弱点《じゃくてん》はうぬぼれやだってことだ。バカにされるとがまんできない。どれほど頭《あたま》のキレるやつでも、からかわれると冷静《れいせい》さを失《うしな》って、かんたんなミスをおかす。

体《からだ》をしめつけてくるのがわかった（✡35）。

「ナサニエル」おれは小声《こごえ》で小僧《こぞう》の名《な》を口《くち》にし、さらに適当《てきとう》な〈反撃《はんげき》の呪《じゅ》文《もん》〉をとなえた。

おれをしめつけていた力《ちから》はたちまちゆるんで、おれからはなれて円《えん》の外《そと》へ出《で》た。ちょうど池《いけ》の水面《すいめん》に輪《わ》のような波《なみ》が立《た》つみたいに。レンズをとおして小僧《こぞう》はそれが自分《じぶん》に向《む》かってくるのを目《め》にした。やつは声《こえ》をあげ、一瞬《いっしゅん》パニックを起《お》こしたが、すぐに取《と》り消《け》しの言葉《ことば》を思《おも》い出《だ》し、早口《はやくち》でとなえた。力《ちから》の輪《わ》が消《き》えた。

おれはカッコいいジャケットのそでを軽《かる》くはらうと、やつにウィンクした。「ふう。あぶないあぶない。もう少《すこ》しで首《くび》がへしおれるとこだったな」

ここで小僧《こぞう》がひと呼吸《こきゅう》でもおいたなら、なにが起《お》こったのか気《き》づいたかもしれない。しかしやつは頭《あたま》に血《ち》がのぼっていた。なにかミスをしたとかんちがいしたらしい。考《かんが》えなしになにかを口走《くちばし》ったのかもしれないと。やつは深《しん》呼吸《こきゅう》すると、頭《あたま》のなかでほかの手《て》をさがした。そしてパンッと手《て》をたたくと、もう一度《いちど》口《くち》をひらいた。

✡35
〈宇宙《うちゅう》の万力《まんりき》〉は何《なん》重《じゅう》にも巻《ま》かれた力《ちから》の帯《おび》だ。ミイラの包帯《ほうたい》みたいに体《からだ》をきつくしめあげてくる。魔《ま》術師《じゅつし》が呪文《じゅもん》をくり返《かえ》すと、しめつけはどんどん強《つよ》くなり、なかにとじこめられたジンは、どうにもならなくなってゆるしをこう。

〈死《し》のコンパス〉だ。まさか、そんな強力《きょうりょく》な呪文《じゅもん》を小僧《こぞう》があやつれるとは。おれのいるペンタクルの五つの点《てん》から棒状《ぼうじょう》の電気《でんき》が発《はっ》せられ、きしんだりはじけたりする音《おと》が聞《き》こえる。まるで五つの稲妻《いなずま》が何《なに》ものかに動《うご》きをはばまれているかのようだ。次《つぎ》の瞬間《しゅんかん》、棒状《ぼうじょう》の電気《でんき》がいっせいに横《よこ》を向《む》き、やりのような鋭《するど》い力《ちから》でおれをつらぬいた。いく筋《すじ》もの電光《でんこう》が弧《こ》を描《えが》いておれの体《からだ》をかけめぐる。おれは悲鳴《ひめい》をあげた。体《からだ》がひきつり、電気《でんき》の力《ちから》で体《からだ》が宙《ちゅう》に浮《う》いた。

おれは歯《は》をくいしばっていった。「ナサニエル！」それからさっきとおなじ〈反撃《はんげき》の呪文《じゅもん》〉。効果《こうか》はテキメンだった。体《からだ》から電気《でんき》がぬけて、おれは床《ゆか》にドサッとたおれた。小《ちい》さな稲妻《いなずま》があらゆる方向《ほうこう》に走《はし》っていく。小僧《こぞう》はすんでのところで床《ゆか》に身《み》をふせた。やつの命《いのち》をうばうほどの電流《でんりゅう》が、ひるがえったコートをみごとにつきぬけた。ほかの電光《でんこう》はやつのベッドや机《つくえ》にぶつかり、ひとつは花《か》びんに当《あ》たってまっぷたつに割《わ》れた。それ以外《いがい》は壁《かべ》をつきぬけ、小《ちい》さな星型《ほしがた》のこげ跡《あと》をたくさん残《のこ》した。おっ、いいねえ。じつに喜《よろこ》ばしいながめだ。

コートが小僧《こぞう》の顔《かお》にかかっていた。やつはゆっくり頭《あたま》をあげて、コートの下《した》から顔《かお》をのぞかせた。おれは親《した》しげにやつに向《む》かって親指《おやゆび》をつきあげ、ニッと笑《わら》った。

「せいぜいがんばれよ。いっしょうけんめい勉強《べんきょう》して、いつかこんなバカなまちがいをしなくなったら、おまえも本当《ほんとう》に一人前《いちにんまえ》の魔法使《まほうつか》いになれるかもな」

小僧《こぞう》はだまったまま、体《からだ》をかばいながら立《た》ちあがった。まぐれとしかいいようがないが、やつは真下《ました》にふせたらしく、まだ無事《ぶじ》にペンタクルのなかにいた。ま、べつにかまわない。今度《こんど》はどんな失敗《しっぱい》をしてくれるのか楽《たの》しみに待《ま》つだけだ。

小僧《こぞう》はけんめいに頭《あたま》を働《はたら》かせていた。しばらくじっと立《た》ったまま、まわりの状況《じょうきょう》を調《しら》べている。

「早《はや》くしたほうがいいぞ」おれは親切心《しんせつしん》でいってやった。「アンダーウッドのじいさんがこの騒《さわ》ぎを聞《き》きつけてやってくる」

「いや、来《こ》ない。ここはかなり上《うえ》にあるから」

「二階《かいぶん》分だけだろう」

「それに師匠《ししょう》は片方《かたほう》の耳《みみ》が聞《き》こえないから、なにも気《き》づかない」

「かみさんのほうが……」

「うるさい。今考《いまかんが》えてるんだ。なんかしただろう、二回《かい》とも……なにをした？」

小僧《こぞう》は指《ゆび》を鳴《な》らした。「ぼくの名前《なまえ》か！　そうだ！　それを使《つか》ってぼくの呪文《じゅもん》を返《かえ》したんだな。くそっ」

おれは指《ゆび》の爪《つめ》をながめながら、まゆをあげた。「そうかなあ、どうだろう。知《し》ってるけど、おまえには教《おし》えてやーらないっ」

小僧《こぞう》はまた足《あし》をふみ鳴《な》らした。「やめろ！　そういう話《はな》し方《かた》するな！」

「そういう話《はな》し方《かた》って？」

「今《いま》の話《はな》し方《かた》さ！　子《こ》どもみたいなしゃべり方《かた》するな」

「勝《か》つためには、まず相手《あいて》を知《し》れってな」

これは最高《さいこう》だった。みごとにやつの神経《しんけい》を逆《さか》なでしたのだ。名前《なまえ》の失敗《しっぱい》でやつは本当《ほんとう》にかんしゃくを起《お》こした。今《いま》にも攻撃《こうげき》してきそうなのがわかった。しっかり戦《たたか》うかまえをしている。こっちも身《み》がまえた。といっても抗戦《こうせん》態勢《たいせい》というやつだ。相撲《すもう》の力士《りきし》みたいなかまえ。プトレマイオスは小僧《こぞう》と同《おな》じ背《せ》の高《たか》さで、黒髪《くろかみ》もそうだが似《に》ている部分《ぶぶん》が多《おお》く（✡36）、みごとにそっくりさんといった感《かん》じだ。

小僧《こぞう》はやっとのことで自分《じぶん》をおさえていた。どうやら頭《あたま》のなかでこれまでの授業《じゅぎょう》をひととおりふり返《かえ》り、なにをすべきか思《おも》い出《だ》そうとしているらしい。ようやく速攻型《そっこうがた》の罰《ばつ》をまともにあたえてもムダだと気《き》づいたようだ。そんなことをしても、こっちはそのまま返《かえ》すだけだ。

「別《べつ》の方法《ほうほう》を考《かんが》える」やつはぼそっとつぶやいた。「見《み》てろよ」

「えーん、こわいよー」おれはいった。「見《み》て見《み》て、ふるえてる」

小僧《こぞう》は必死《ひっし》で考《かんが》えていた。目《め》の下《した》に大《おお》きなくまができている。呪文《じゅもん》をとなえるたびに、やつはどんどん疲《つか》れていくわけで、おれにとっちゃ、まことにけっこうな話《はなし》だ。魔術師《まじゅつし》のなかには力《ちから》の使《つか》いすぎで死《し》んだやつもいる。まったくストレスのたまる稼業《かぎょう》だ。気《き》の毒《どく》なこった。

あいかわらず小僧《こぞう》は考《かんが》えていた。おれはこれみよがしにあくびをし、魔法《まほう》

✡36 もちろん小僧《こぞう》よりプトレマイオスのほうがはるかにハンサムだ。

で腕時計《うでどけい》を出《だ》して、うんざりしたように目《め》を落《お》とした。

「ボスにきいたらどうだ？」おれはいってやった。「助《たす》けてくれるんじゃないか？」

「師匠《ししょう》？　冗談《じょうだん》だろ！」

「あのじいさんじゃない。ラブレースの裏《うら》をかくように指示《しじ》したやつだ」

小僧《こぞう》はまゆをひそめた。「だれもいないよ。ぼくはだれの指示《しじ》も受《う》けてない」

おれがぽかんとする番《ばん》だった。

「ひとりでやってるんだ」

えっ、ほんとか。おれは小《ち》さく口笛《くちぶえ》をふいた。「おまえ、ほんとにひとりでこのおれを召喚《しょうかん》したのか？　そりゃあ、なかなかのもんだな……ガキのわりには」おれはお世辞《せじ》に聞《き》こえるようにいった。「それなら、いいことを教《おし》えてやろう。今《いま》おまえにとっていちばんいいのはおれを解放《かいほう》することだ。おまえは休《やす》んだほうがいい。最近鏡《さいきんかがみ》で自分《じぶん》の顔《かお》を見《み》たことあるか？　心配《しんぱい》ジワができてる。マズいぞ、その若《わか》さで。次《つぎ》は白髪《しらが》が生《は》えてきちまう。どうするんだ、初《はじ》めてサキュバス（✡37）に会《あ》ったら？　相手《あいて》はひと目《め》で逃《に》げていくぞ」

ああ、またしゃべりすぎだ。わかってるんだがとまらない。不安《ふあん》を感《かん》じていたのだ。小僧《こぞう》はおれを抜《ぬ》け目《め》のない表情《ひょうじょう》で見《み》ていた。いやな顔《かお》つきだ。

「それに、おれを解放《かいほう》すれば、おまえがアミュレットを持《も》ってることはだれにもわからない。ひとりでこっそり使《つか》えるぞ。あれは貴重《きちょう》なものだ。みんなほしがってるらしい。今《いま》までだまっていたが、ロンドンの街《まち》をうろついていたとき、ある少女《しょうじょ》があれをうばおうとして、おれにとびかかってきた」

小僧《こぞう》はけげんな顔《かお》をした。「少女《しょうじょ》ってだれ？」

「知《し》るか、そんなの」おれはあやうくアミュレットをとられるところだったことはだまっていた。

やつは肩《かた》をすくめた。「ぼくが興味《きょうみ》のあるのはサイモン・ラブレースだ」ひとりごとのようにつぶやいている。「アミュレットじゃない。あいつはぼくをさらし者《もの》にしたんだ。だからあいつをたおす」

「うらみすぎるのは体《からだ》によくないぞ」おれは思《おも》いきっていった。

「どうして？」

✡37
サキュバスはなまめかしい女《おんな》の姿《すがた》をしたジン。なぜか男《おとこ》の魔《ま》術師《じゅつし》に人気《にんき》がある。

「そりゃあ、えーっと……」

「ひとつ秘密《ひみつ》を教《おし》えるよ」小僧《こぞう》は続《つづ》けた。「ぼくは魔術《まじゅつ》を使《つか》って（★38）、サイモン・ラブレースがどうやってサマルカンドのアミュレットを手《て》に入《い》れたかを知《し》った。数《すう》か月前《げつまえ》、ある男《おとこ》が真夜中《まよなか》にラブレースに会《あ》いに来《き》たんだ。浅黒《あさぐろ》い顔《かお》で黒《くろ》いあごひげを生《は》やして、マントを着《き》ていた。そいつがアミュレットをわたした。お金《かね》と引《ひ》きかえに。秘密《ひみつ》の取《と》り引《ひ》きだった」

おれは鼻《はな》で笑《わら》った。「べつにおどろく話《はなし》でもない。魔術師《まじゅつし》はみんなそうやって取《と》り引《ひ》きしてるんだ。おまえも知《し》っといたほうがいいぞ。そうやってやつらはせっせとムダな秘密《ひみつ》をふやしている」

「いや、あれはぜったい単《たん》なる取《と》り引《ひ》きじゃなかった。ラブレースと男《おとこ》の目《め》を見《み》てわかったんだ。なにかヤバいことをしてるにちがいない。こそこそしてたし……男《おとこ》のマントに、まだかわいてない血《ち》がついてた」

「それだってべつにおどろくことじゃない。人《ひと》を殺《ころ》すのはおまえたちのゲームの一部《いちぶ》だろうが。おまえだってすでに復讐《ふくしゅう》にとりつかれてる。まだ六歳《さい》だってのに」

★38 魔術師《まじゅつし》はだいたい、自分《じぶん》が魔法《まほう》を使《つか》ったなどとホラをふく。仕事《しごと》をぜんぶやっているのは、青銅盤《せいどうばん》にとじこめられたあわれなインプだってのに。

「十二歳《さい》だよ」

「同《おな》じようなもんじゃねえか。まあとにかく、そんなことはめずらしくもなんともない。血《ち》のりのついた男《おとこ》だって、おそらくそういうたぐいの有名《ゆうめい》な業者《ぎょうしゃ》だろう。イエローページにのってるさ。パラパラめくってみりゃわかる」

「だれかつきとめたい」

「ふーん。黒《くろ》いあごひげにマントか？　つまり容疑者《ようぎしゃ》はロンドンの全魔術師《ぜんまじゅつし》の約《やく》五十五パーセントまでしぼられるわけだ。女《おんな》の魔術師《まじゅつし》も対象外《たいしょうがい》だし」

「だまれ！」小僧《こぞう》はうんざりした顔《かお》だ。

「なんだよ。せっかく仲良《なかよ》くなれると思《おも》ったのに」

「アミュレットが盗《ぬす》まれたものだってことはわかってる。そのためにだれかが殺《ころ》されたんだ。犯人《はんにん》を見《み》つけたら、ラブレースの罪《つみ》をあばいて、あいつが破滅《はめつ》するのを見《み》てやる。アミュレットをどこかにこっそり置《お》いて、あいつをおびきよせ、同時《どうじ》に警察《けいさつ》に通報《つうほう》するんだ。そうすれば現行犯《げんこうはん》で逮捕《たいほ》してもらえる。だけどまず、あいつのことをぜんぶ知《し》りたい。なにをたくらんでいるのか。やつの秘密《ひみつ》を知《し》りたいんだ。どんな取《と》り引《ひ》きをしてるとか、だれと友だちかとか、なんでもいいから！　それに以前《いぜん》のアミュレットの持《も》ち主《ぬし》はだれか、あのアミュレットに一体《いったい》どんな力《ちから》があるのか。どうしてラブレースがあれを盗《ぬす》んだのか。だから命令《めいれい》をくだす、バーティミアス――」

「ちょっと待《ま》った。なにか忘《わす》れてるぞ」

「なに？」

「おれはおまえの本名《ほんみょう》を知《し》ってるんだ、ナサニエルぼうや。つまりおれはおまえに対《たい》して力《ちから》をもってるってことだ。あいにく、もう一方的《いっぽうてき》な関係《かんけい》じゃない」

小僧《こぞう》は考《かんが》えこんだ。

「おまえはもう、そうかんたんにおれを痛《いた》めつけることはできない。つまり使《つか》える手《て》もかぎられてくるわけだな。おれを攻撃《こうげき》すれば、こっちはすぐに返《かえ》すだけだ」

「それでもおまえはまだぼくの意志《いし》につながれてるから、ぼくの命令《めいれい》にしたがわなきゃならないはずだ」

「そのとおりだ。そもそもおれがこの世界《せかい》にいるのは、おまえの命令《めいれい》のため

✡39　〈焼尽《しょうじん》の呪文《じゅもん》〉は、五か国語《こくご》からなる十

だからな。それに、おまえに〈焼尽《しょうじん》の呪文《じゅもん》〉があるかぎり（✡39）、おれはおまえの命令《めいれい》からはのがれられない。だがおれは命令《めいれい》にしたがいながらでも、おまえを困《こま》らすことはできる。たとえば、おれがサイモン・ラブレースをひそかにさぐっているあいだ、おまえのことをほかの魔術師《まじゅつし》に告《つ》げ口《ぐち》することだってできる。おれがそれを思《おも》いとどまるのは、ただ、罰《ばつ》を恐《おそ》れるからだ。だが今《いま》となっちゃあ、罰《ばつ》など大《たい》してこわくない。たとえおまえが告《つ》げ口《ぐち》を禁《きん》じたとしたって、おれはほかのきたない手《て》を考《かんが》える。おれの知《し》りあいに、おまえの本名《ほんみょう》をポロッともらすとかな。おまえはおれがなにをするか心配《しんぱい》で、夜《よる》もおちおち眠《ねむ》れない」

　小僧《こぞう》はいらついていた。見《み》ればわかる。目《め》をきょろきょろさせて、おれの話《はなし》のどこかにほつれがないか考《かんが》えているようだ。だがおれには自信《じしん》があった。自分《じぶん》の名前《なまえ》を知《し》られたジンに任務《にんむ》をまかせるのは、火《ひ》のついたマッチを花火工場《はなびこうじょう》に投《な》げこむみたいなもんだ。いずれそのツケがまわってくる。いちばんいいのはおれを解放《かいほう》して、自分《じぶん》が生《い》きているあいだ、おれがだれにも召《しょう》喚《かん》されないのをひたすら祈《いの》ることだ。

五の呪文《じゅもん》で作《つく》られた複雑《ふくざつ》な罰《ばつ》。魔術師《まじゅつし》がこれを使《つか》えるのは、おれたちがわざと命《めい》令《れい》にしたがわなかったり、指示《しじ》された任《にん》務《む》を拒否《きょひ》したりした場合《ばあい》だけ。この呪文《じゅもん》を使《つか》われると、おれたちは一瞬《いっしゅん》にして焼《や》きつくされる。かなりせっぱつまったときだけ使《つか》う裏《うら》ワザ。なぜって、魔術師《まじゅつし》にとってもつかれるし、召《め》し使《つか》いを失《うしな》うことにもなるからだ。

ふつうならそうだ。だがこいつはまれにみる頭《あたま》のいい、機転《きてん》のきくガキだからな。

「たしかに」やつはゆっくりいった。「おまえが裏切《うらぎ》ろうと思《おも》えば、ぼくはとめられない。ぼくにできるのは、ぼくが苦《くる》しむときはおまえも道連《みちづ》れだってことをわからせることだ。えーっと……」

小僧《こぞう》がぼろコートのポケットに手《て》を入《い》れてガサゴソやっている。「たしかこのなかに入《い》れたはずなんだけど……あった！」やつはところどころへこんだ小《ちい》さなブリキ缶《かん》をつかんでいた。飾《かざ》り文字《もじ》で「旧刑務所《きゅうけいむしょ》」ときざまれている。

「タバコ缶《かん》か！」おれは声《こえ》をあげた。「喫煙《きつえん》は命《いのち》を縮《ちぢ》めるって知《し》ってるか？」

「タバコはもう入《はい》ってない。師匠《ししょう》の香《こう》の入《い》れ物《もの》のひとつさ。今《いま》はローズマリーをたっぷり入《い》れてある」やつはフタをほんのちょっとあけた。もちろんそれだけですぐに、ぞっとするようないやなにおいがただよってきて、おれの首《くび》のうしろの毛《け》が逆立《さかだ》った。ハーブのなかにはおれたちの成分《せいぶん》にかなり悪《わる》いものがあるが、ローズマリーもそのひとつ。つまり、魔術師《まじゅつし》にとっては、いくら持《も》っていても足《た》りないほど大切《たいせつ》なものだ（✡40）。

「おれだったらそれを取《と》り出《だ》して本物《ほんもの》のタバコをつめる。そのほうがずっと体《からだ》にいい」

小僧《こぞう》はフタをしめた。「これからおまえを任務《にんむ》に送《おく》り出《だ》す。おまえが行《い》ったらすぐに、ぼくはこの缶《かん》に〈無限《むげん》の封《ふう》じこめ〉の呪文《じゅもん》をかける。呪文《じゅもん》の効《こう》果《か》はすぐにはあらわれない。今日《きょう》から一か月後《げつご》に働《はたら》くようにする。もしなんらかの理由《りゆう》でぼくが一か月以内《げついない》にこの呪文《じゅもん》を取《と》り消《け》さなかったら、おまえは一か月後《げつご》、この缶《かん》にとじこめられることになる。もう一度《いちど》フタがあけられるまでずうっと。どう、このアイデア？　数百年《すうねん》このローズマリーの缶《かん》にとじこめられるんだ。肌《はだ》もつやつやになるだろうね」

「おまえはじつに悪《わる》がしこい頭《あたま》をもってるな」おれはむっとしていった。

「まだあるよ。おまえがそれでも危険《きけん》をおかす気《き》になった場合《ばあい》を考《かんが》えて、この缶《かん》をレンガにしばりつけて、今日《きょう》のうちにテムズ川《がわ》に投《な》げすてる。だからすぐにだれかに自由《じゆう》にしてもらえるなんて期待《きたい》しないほうがいいよ」

「ああ」ごもっとも。おれはそこまでお気楽《きらく》じゃない（✡41）。

✡40　魔術師向《まじゅつしむ》けに作《つく》られたハーブのアフターシェーブローションやわきの下《した》のデオドラントはかなり売《う》れている。サイモン・ラブレースは、まちがいなくナナカマドの木《き》のクリームのにおいがした。

✡41　〈無限《むげん》の封《ふう》じこめ〉はひどい呪文《じゅもん》で、魔《ま》術師《じゅつし》が使《つか》ういちばん今《いま》や小僧《こぞう》はひどく勝《か》ちほこった顔《かお》をしていた。公園《こうえん》でほかの子《こ》のいちばんいいビー玉《だま》を自分《じぶん》のものにしたいじめっ子《こ》みたいだ。

「さてバーティミアス」やつはそういってあざ笑《わら》った。「どうする？」

おれはやつにとっておきの笑《え》みを見《み》せた。「今《いま》のくだらない缶《かん》の話《はなし》をぜんぶ忘《わす》れて、おれを信用《しんよう》するってのはどうだ？」

「おことわり」

おれは肩《かた》を落《お》とした。これが欠点《けってん》だ。どんなにがんばっても、いつも魔術師《まじゅつし》にとどめの策《さく》を見《み》つけられて、最後《さいご》にはこてんぱんにやっつけられる。

「わかった、ナサニエル」おれはいった。「で、なにをしてほしいんだ？」

強力《きょうりょく》なおどしだ。何世紀《なんせいき》もぞっとするようなせまい空間《くうかん》にとじこめられる。さらにつらいのは、あきらかにくだらないと思《おも》えるものにとじこめられる場合《ばあい》。マッチ箱《ばこ》とかビンとかハンドバッグとか……。おれの知《し》ってるあるジンは、むかし古《ふる》くてきたならしいランプにとじこめられた。

第《だい》2部《ぶ》　秘密《ひみつ》をにぎる者《もの》

15 裏切《うらぎ》りの恐怖《きょうふ》

バーティミアスがハトに姿《すがた》を変《か》え、窓《まど》から飛《と》び去《さ》るとすぐに、ナサニエルはカギをかけてカーテンを引《ひ》き、床《ゆか》にへたりこんだ。顔《かお》は死人《しにん》のように青《あお》ざめ、体《からだ》は疲《つか》れきってふるえている。ナサニエルはそれから一時間《じかん》近《ちか》く、壁《かべ》にもたれたまま、ぼんやり宙《ちゅう》を見《み》つめていた。

やった……うまくいった。悪魔《あくま》を負《ま》かして、手下《てした》に引《ひ》きもどしたんだ。あとは缶《かん》に〈封《ふう》じこめの呪文《じゅもん》〉をかけさえすれば、バーティミアスを好《す》きなだけしたがわせることができる。きっとなにもかもうまくいく。なにもかも。

ナサニエルは自分《じぶん》にそういい聞《き》かせた。しかし、ひざに置《お》いた手《て》はふるえ、胸《むね》の鼓動《こどう》は痛《いた》いほどで、自信《じしん》をとりもどそうと必死《ひっし》に気持《きも》ちをふるいたたせても、すぐになえていく。ナサニエルはそんな自分《じぶん》に腹《はら》を立《た》て、大《おお》きく深呼吸《しんこきゅう》すると、両手《りょうて》をしっかり組《く》んでふるえをおさえた。ふるえがくるのも無理《むり》はなかった。生《う》まれて初《はじ》めて死《し》に直面《ちょくめん》し、ぎりぎりのところで〈死《し》のコンパス〉をよけたのだ。反動《はんどう》が出《で》て当《あ》たり前《まえ》だ。ナサニエルは考《かんが》えた。少《すこ》し時間《じかん》をおけばまた動《うご》けるようになるだろう。そしたら缶《かん》に呪文《じゅもん》をかけて、バスでテムズ川《がわ》へ行《い》こう……。

あのジンはぼくの生《う》まれたときの名前《なまえ》を知《し》っている。

本名《ほんみょう》を知《し》られた……。

ウルクのバーティミアス、またの名《な》をアル・アリッシュのジン族《ぞく》のサカル……あいつに名前《なまえ》を知《し》られてしまった。アンダーウッド夫人《ふじん》が口《くち》にした名前《なまえ》をバーティミアスに聞《き》かれた瞬間《しゅんかん》、ナサニエルとバーティミアスのそれまでの関係《かんけい》はくずれた。これからは危険《きけん》ととなり合《あ》わせに生《い》きていくんだ。おそらく一生《いっしょう》。

恐怖《きょうふ》にのどをしめつけられ、ナサニエルはあえいだ。こんな思《おも》いは生《う》まれて初《はじ》めてだった。涙《なみだ》で目《め》がひりひりする。大原則《だいげんそく》……それをやぶったら、死《し》んだも同然《どうぜん》だ。悪魔《あくま》はかならずすきをついてくる。やつらに名前《なまえ》を知《し》られた以上《いじょう》、自分《じぶん》はいずれ殺《ころ》される。何年先《なんねんさき》かはわからないが、きっと……。

本《ほん》で読《よ》んだ有名《ゆうめい》な事件《じけん》が思《おも》い出《だ》された。プラハのヴェルナーは、あるとき手下《てした》の無害《むがい》なインプに本名《ほんみょう》を知《し》られた。その後《あと》インプからフォリオットに、フォリオットからジンに、ジンからアフリートに名前《なまえ》がもれていった。三年後《ねんご》、ヴェルナーはヴェンツァスラウス広場《ひろば》で燻製《くんせい》ソーセージを買《か》おうと歩《ある》いている途中《とちゅう》、竜巻《たつまき》に連《つ》れ去《さ》られた。数時間《すうじかん》のあいだ、通《とお》りを行《い》く人々《ひとびと》の耳《みみ》をつんざくほど、すさまじい悲鳴《ひめい》が上空《じょうくう》でひびいていたが、それがやむと、ヴェルナーの体《からだ》がばらばらになって風見鶏《かざみどり》や屋根《やね》の上《うえ》にふってきた。だがこれはまだマシなほうだ。不注意《ふちゅうい》な魔術師《まじゅつし》にふりかかった運命《うんめい》の話《はなし》はたくさんある。トリノのパウル、セプティマス・マニング、ジョーハーン・ファウスト……。

思《おも》わず小《ちい》さく泣《な》き声《ごえ》をもらした。自分《じぶん》の声《こえ》のあまりの哀《あわ》れさにナサニエルははっとわれに返《かえ》った。もう、うんざりだ。自分《じぶん》はまだ死《し》んでいないし、悪魔《あくま》をあやつっている。これでタバコ缶《かん》をちゃんと処分《しょぶん》すればきっと立《た》ちなおれる。

ナサニエルは、なえた体《からだ》をふるいたたせてやっとのことで立《た》ちあがると、恐怖《きょうふ》を心《こころ》の奥《おく》におしこみ、準備《じゅんび》をはじめた。ペンタクルを描《か》きなおし、香《こう》を変《か》え、新《あたら》しいロウソクに火《ひ》をつける。次《つぎ》に師匠《ししょう》の図書室《としょしつ》に忍《しの》びこんで、呪文《じゅもん》を本《ほん》で再確認《さいかくにん》した。それから、タバコ缶《かん》にもっと多《おお》くのローズマリーを足《た》してペンタクルの真《ま》ん中《なか》に置《お》き、〈無限《むげん》の封《ふう》じこめ〉の呪文《じゅもん》をとなえはじめた。たっぷり五分《ふん》たった。口《くち》はカラカラにかわき、声《こえ》がかすれている。缶《かん》の表面《ひょうめん》に青《あお》みがかった灰色《はいいろ》のオーラがあらわれ、ぱっと輝《かがや》いて消《き》えた。ナサニエルはバーティミアスの名《な》を叫《さけ》び、呪文《じゅもん》が効《き》きはじめる日《ひ》をいいそえてからしめくくった。缶《かん》に変《か》わった様子《ようす》はなかった。ナサニエルは缶《かん》を上着《うわぎ》のポケットに入《い》れると、ロウソクの火《ひ》を消《け》し、ペンタクルの上《うえ》にラグをしいて、ベッドにたおれこんだ。

一時間後《じかんご》、アンダーウッド夫人《ふじん》は夫《おっと》に昼食《ちゅうしょく》を運《はこ》ぶと、心配《しんぱい》そうにいった。

「あの子《こ》、どうしちゃったのかしら？　サンドイッチにもほとんど手《て》をつけないんですよ。真《ま》っ青《さお》な顔《かお》でたおれこむようにテーブルについて。夜一睡《よるいっすい》もしなかったみたいなの。なにかこわがっているのかしら？　それとも病気《びょうき》にでも……」そこでちょっと言葉《ことば》を切《き》った。「ねえ、あなた？」

アンダーウッドは皿《さら》にならんだ料理《りょうり》をチェックしていた。「マーサ、マンゴーのチャツネがないじゃないか。わしはあれをハムサラダにかけるのが好《す》きなんだ」

「切《き》らしてしまったんですよ。ねえ、あなた、どうしたらいいかしら？」

「どうしたらって、買《か》ってくればいいだろう。まったく女《おんな》ときたら……」

「ちがいますよ。あの子《こ》のことです」

「なに？　ああ、だいじょうぶだ。いよいよ名前《なまえ》が決《き》まるので緊張《きんちょう》しとるだけだ。それに初《はじ》めてインプを召喚《しょうかん》するから、神経質《しんけいしつ》になっとるんだろう。思《おも》い出《だ》すよ。わしも最初《さいしょ》はこわかった……師匠《ししょう》に追《お》いたてられて、やっとのことで円《えん》に入《はい》ったもんだ」アンダーウッドはハムをフォークですくって口《くち》に運《はこ》んだ。「あの子《こ》に一時間半《じかんはん》したら図書室《としょしつ》に来《く》るよう伝《つた》えてくれ。『年鑑《ねんかん》』を忘《わす》れるなど。あ、いや、一時間後《じかんご》にしよう。そのあと盗難事件《とうなんじけん》のことでデュバールのやつに電話《でんわ》する用《よう》がある」

夫人《ふじん》がキッチンにもどると、ナサニエルはサンドイッチを半分《はんぶん》食《た》べ終《お》わったところだった。夫《ふ》人《じん》はナサニエルの頭《あたま》をなでていった。

「さあ、がんばって。名前《なまえ》を決《き》めるから落《お》ちつかないの？　なんにも心配《しんぱい》することないわ。ナサニエルはステキな名前《なまえ》だけど、ほかにもいい名前《なまえ》はたくさんあるわ。考《かんが》えてもごらんなさい。好《す》きな名前《なまえ》を選《えら》べるのよ。現役《げんえき》の魔術師《まじゅつし》が使《つか》ってない名前《なまえ》ならなんでも！　一般《いっぱん》の人《ひと》たちには、そんな特権《とっけん》はないのよ。生《う》まれたときにもらった名前《なまえ》をずっと使《つか》い続《つづ》けるしかないんだから」夫人《ふじん》はポットにお湯《ゆ》をそそいだり、ミルクをさがしたり、いそがしく立《た》ち働《はたら》きながらひたすらしゃべっている。ナサニエルは上着《うわぎ》のポケットに入《はい》っている缶《かん》がずしりと重《おも》たい気《き》がした。

「ちょっと出《で》かけてきてもいい？　新鮮《しんせん》な空気《くうき》を吸《す》いたいんだ」

夫人《ふじん》がぽかんとした顔《かお》でナサニエルを見《み》た。「今《いま》はだめよ。名前《なまえ》を決《き》めてからじゃないと。師《し》匠《しょう》が一時間《じかん》したら図書室《としょしつ》に来《く》るようにって。それと『任命年鑑《にんめいねんかん》』を忘《わす》れないようにって。でも、そんなこといっても元気《げんき》が出《で》ないわね。やっぱり外《そと》の空気《くうき》を吸《す》ったほうが……五分《ふん》ぐらいならこっそり外《そと》に出《で》ても気《き》づかれないでしょう」

「やっぱりいいよ。うちにいる」五分《ふん》だって？　二時間《じかん》かそれ以上《いじょう》ほしいのに！　ナサニエルは心《こころ》のなかでつぶやいた。缶《かん》を捨《す》てにいくのはあとにしよう。それまでにバーティミアスがなにもしないことを祈《いの》るしかない。

夫人《ふじん》は紅茶《こうちゃ》を注《そそ》いでナサニエルの前《まえ》に置《お》いた。「これを飲《の》めば顔色《かおいろ》がよくなるわ。今日《きょう》は大切《たいせつ》な日《ひ》ですもの。次《つぎ》に会《あ》うときは、もうほかの人《ひと》になっているわけね。ナサニエル、あなたの元《もと》の名前《なまえ》を呼《よ》ぶのもこれで最後《さいご》。これからは忘《わす》れなくては」

なんで今朝《けさ》から忘《わす》れてくれなかったの？　とナサニエルは思《おも》った。心《こころ》のどこかでひねくれた自《じ》分《ぶん》が、夫人《ふじん》の愛情《あいじょう》ゆえの不注意《ふちゅうい》を責《せ》めたくなったが、それがまちがっていることもよくわかっていた。悪魔《あくま》を夫人《ふじん》の声《こえ》がとどくところに近《ちか》づけてしまったのは、自分《じぶん》の責任《せきにん》だ。〈安全《safe》、秘密《secret》、力《strong》〉。自分《じぶん》にはもう、どれもあてはまらない。ナサニエルは紅茶《こうちゃ》をがぶ飲《の》みして、舌《した》をやけどした。

「入《はい》りなさい」師匠《ししょう》は図書室《としょしつ》の机《つくえ》に面《めん》した背《せ》の高《たか》いイスにすわって、きげんがよさそうだった。ナサニエルが近《ちか》づくと、そばの腰《こし》かけにすわるよう手《て》まねきした。「さあ、すわって。うむ、いつもより見栄《みば》えがいいぞ。上着《うわぎ》が似合《にあ》っとる。おまえがこの行事《ぎょうじ》の大切《たいせつ》さをわかっておるのはひじょうに喜《よろこ》ばしい」

「はい」

「よろしい。『年鑑《ねんかん》』はどうした？　よしよし、さてと……」『年鑑《ねんかん》』は光沢《こうたく》のある緑《みどり》の革装《かわそう》で、牛《うし》の毛《け》でよったヒモ状《じょう》のしおりがついている。つい先日《せんじつ》、ヤロスラフ印刷社《いんさつしゃ》からとどいたばかりで、まだ一度《いちど》もひらかれていなかった。アンダーウッドは表紙《ひょうし》を慎重《しんちょう》にめくって最初《さいしょ》のページに目《め》を走《はし》らせた。「ロウズ任命年鑑《にんめいねんかん》・第《だい》三九五版《はん》か……月日《つきひ》がたつのは早《はや》いものだ。わしは第《だい》三五〇版《はん》から名前《なまえ》をとった。昨日《きのう》のことのようによくおぼえとる」

「はい、師匠《ししょう》」ナサニエルはあくびをかみ殺《ころ》した。明《あ》け方《がた》の疲《つか》れがどっとおしよせてきたが、今《いま》は目《め》の前《まえ》のことに集中《しゅうちゅう》しなければならない。ナサニエルは師匠《ししょう》がページをめくりながらしゃべり続《つづ》けるのを、ひたすら見《み》つめた。

「いいか、この年鑑《ねんかん》にはプラハの黄金期《おうごんき》から現在《げんざい》までの魔術師《まじゅつし》たちの公式名《こうしきめい》がすべてのっておる。名前《なまえ》の多《おお》くは何度《なんど》か使《つか》われてきた。それぞれの名前《なまえ》に現在使《げんざいつか》われているかどうかが表示《ひょうじ》されとる。使《つか》われていなければ、自由《じゆう》に選《えら》んでいいことになっとるぞ。新《あたら》しい名前《なまえ》を作《つく》るのも可能《かのう》だ。さあ、ここを見《み》てみろ。アーサー・アンダーウッド、ロンドン在住《ざいじゅう》……わしは二番目《ばんめ》の使用《しよう》者《しゃ》だ。最初《さいしょ》は著名《ちょめい》なジェームズ一世時代《せいじだい》の政治家《せいじか》で、たしか王《おう》の側近《そっきん》だったはずだ。わしはそのことをいつも忘《わす》れずに生《い》きておる。おまえも偉大《いだい》な魔術師《まじゅつし》を手本《てほん》にするがよい」

「はい」

「シオフィラス・スロックモートンなんかどうだ。有名《ゆうめい》な錬金術師《れんきんじゅつし》だ。それに……そうそう、氏《し》名《めい》の組《く》み合《あ》わせも自由《じゆう》だぞ。だめか？　あまりぱっとせんか？　では、バルサザー・ジョーンズは？　今《いま》ひとつか？　まあ、やつはちょっとまねできんがな。なにか好《この》みの名前《なまえ》があるのか？」

「ウィリアム・グラッドストーンはあいていますか？　あこがれているんです」

「グラッドストーンだと！」師匠《ししょう》は目《め》をむいた。「これはあきれた……いいか、なかにはあまりに偉大《いだい》だったり、亡《な》くなってからまだそれほどたっていなかったりして、近《ちか》よりがたい名前《なまえ》というのもあるのだ。そういう人物《じんぶつ》の名前《なまえ》を自分《じぶん》のものにするなど、おこがましいにもほどがある」

アンダーウッドのまゆは怒《いか》りで逆立《さかだ》っていた。「おまえが適当《てきとう》な名前《なまえ》を考《かんが》えつかんなら、わしがかわりに選《えら》ぶほかあるまい」

「師匠《ししょう》、すみません。よく考《かんが》えもしないで」

「野心《やしん》をもつのはけっこうだが、つつしみももたなくてはいかん。出世《しゅっせ》したい気持《きも》ちがあまりにあからさまだと、気《き》づいたらつぶされていたということになるぞ。二十歳《はたち》にもならんうちにな。

魔術師《まじゅつし》はあまり早《はや》いうちから目立《めだ》ってはいかん。とくに最初《さいしょ》の〈モウラー召喚《しょうかん》〉まではぜったいに。よし、では最初《さいしょ》のページから見《み》ていくとするか……」

それから名前《なまえ》が決《き》まるまでの一時間《じかん》二十五分《ふん》、ナサニエルは冷《ひ》や汗《あせ》のかきどおしだった。なにしろ師匠《ししょう》は無名《むめい》な魔術師《まじゅつし》のあやしげな名前《なまえ》が大好《だいす》きで、フィッツジボン、トリークル、フームズ、ガリモウフリーはやっとのことでとりさげてもらった。また、ナサニエルがいいと思《おも》うものはたいてい、エラそうで目立《めだ》つといわれた。それでもとうとう名前《なまえ》が決《き》まった。師匠《ししょう》はげっそりした顔《かお》で公式用紙《こうしきようし》を取《と》り出《だ》すと、新《あたら》しい名前《なまえ》を記入《きにゅう》して署名《しょめい》した。ナサニエルも用紙《ようし》のいちばん下《した》にある大《おお》きな枠《わく》のなかに署名《しょめい》した。ナサニエルの字《じ》はつんつんしていて、決《けっ》して整《ととの》っているとはいえなかったが、ともあれそれが新《あたら》しい名前《なまえ》を使《つか》う初《はじ》めての経験《けいけん》だった。ナサニエルは自分《じぶん》の新《あたら》しい名前《なまえ》を小声《こごえ》でつぶやいた。

ジョン・マンドレイク。

ナサニエルはその名前《なまえ》の三人目《にんめ》の使用者《しようしゃ》だった。前任者《ぜんにんしゃ》はどちらも大《たい》してりっぱなことをしていなかったが、そんなことは気《き》にならなかった。糖蜜《トリークル》なんて名前《なまえ》よりはずっといい。これで決《き》まりだ。

師匠《ししょう》は用紙《ようし》をたたんで茶封筒《ちゃぶうとう》に入《い》れると、イスに深《ふか》くすわりなおした。

「さて、ジョン。これで完了《かんりょう》だ。あとはわしが雇用省《こようしょう》で判《はん》をもらえば、おまえは正式《せいしき》にこの世《よ》に存在《そんざい》することになる。だが、身《み》のほどをわきまえなくてはいかんぞ。おまえはまだなにも知《し》らん。明日《あす》ナタージャック・インプを召喚《しょうかん》すればわかるだろう。ま、いずれにしろ、おまえの教育《きょういく》の第《だい》一段階《だんかい》は無事《ぶじ》終了《しゅうりょう》だ。感謝《かんしゃ》してもらうぞ」

「はい、師匠《ししょう》。ありがとうございます」

「たしかに、この六年《ねん》はうんざりするほど長《なが》かった。わしはおまえがここまで来《こ》られるかずっと疑問《ぎもん》だった。ほかの師匠《ししょう》なら去年《きょねん》のあの一件《いっけん》で、おまえを追《お》い出《だ》しとるところだ。だが、わしはしんぼうした……まあ、そんなことはいい。今日《きょう》からレンズをつけていいぞ」

「ありがとうございます」ナサニエルは思《おも》わずまばたきした。もうつけていたのだ。

師匠《ししょう》は満足《まんぞく》そうな声《こえ》になった。「順調《じゅんちょう》にいけば、数年《すうねん》のうちにおまえもそれなりの仕事《しごと》につける。おそらくどこか小《ちい》さい省《しょう》の次官《じかん》だろう。決《けっ》して派手《はで》な仕事《しごと》ではないが、おまえ程度《ていど》の小物《こもの》にはぴったりだ。みんながみんな、わしのように大事《だいじ》な役職《やくしょく》につけるわけではないからな。それでもいっしょうけんめいやらねばならん。たとえつまらなくてもだ。職《しょく》につくまでは、おまえはわしの弟子《でし》として、単純《たんじゅん》な呪文《じゅもん》を使《つか》ってわしを助《たす》け、これまでの恩《おん》に多少《たしょう》なりとも報《むく》いてくれ」

「光栄《こうえい》です、師匠《ししょう》」

師匠《ししょう》は、もう行《い》っていいと手《て》をふった。ナサニエルは背《せ》を向《む》けたとたん、ふきげんな顔《かお》で歩《ある》きだした。だがドアまで行《い》ったところで、師匠《ししょう》が思《おも》い出《だ》したようにいった。

「おお、そうだ。ちょうどいいときに名前《なまえ》が決《き》まったな。三日後《みっかご》に首相《しゅしょう》が国会議事堂《こっかいぎじどう》で政府《せいふ》の高《こう》官《かん》を集《あつ》めて演説《えんぜつ》をする。まあ儀礼的《ぎれいてき》な行事《ぎょうじ》だが、首相《しゅしょう》が国内外《こくないがい》についての大《おお》まかな政治方針《せいじほうしん》を発《はっ》表《ぴょう》する。高官《こうかん》は夫婦同伴《ふうふどうはん》、公式名《こうしきめい》をもらった新人魔術師《しんじんまじゅつし》も招待《しょうたい》される。それまでおとなしくしておれば、連《つ》れてってやろう。一流《いちりゅう》の魔術師《まじゅつし》がせいぞろいするのは見《み》ものだぞ！」

「はいっ、どうもありがとうございます、師匠《ししょう》！」ナサニエルの記憶《きおく》のなかで、これほど本音《ほんね》で感謝《かんしゃ》の言葉《ことば》が出《で》たのは初《はじ》めてだった。国会《こっかい》！　首相《しゅしょう》！　ナサニエルは書斎《しょさい》を出《で》て自分《じぶん》の部屋《へや》にもどると、天窓《てんまど》へかけよった。遠《とお》くにある国会議事堂《こっかいぎじどう》はどんよりした十一月《がつ》の空《そら》の下《した》にぼんやりとしか見《み》えなかったが、ナサニエルの目《め》には、マッチ棒《ぼう》のような塔《とう》が日《ひ》ざしをあびて輝《かがや》いているように見《み》えた。


やがてナサニエルは、ポケットのタバコ缶《かん》のことを思《おも》い出《だ》した。

夕食《ゆうしょく》までまだ二時間《じかん》ある。夫人《ふじん》はキッチン、師匠《ししょう》は書斎《しょさい》で電話《でんわ》をしている。ナサニエルはこっそり玄関《げんかん》へおりていくと、夫人《ふじん》が出入《でい》り業者用《ぎょうしゃよう》の棚《たな》に置《お》いている小銭《こぜに》の入《はい》ったビンから五ポンドをぬき出《だ》して、そのまま外《そと》へ出《で》た。大通《おおどお》りでバスに乗《の》り、南《みなみ》へ向《む》かう。

魔術師《まじゅつし》は公共《こうきょう》の交通機関《こうつうきかん》を使《つか》わないことになっている。ナサニエルは後部座席《こうぶざせき》の、できるだけほかの乗客《じょうきゃく》からはなれたところにすわって、人々《ひとびと》が乗《の》りおりするのを目《め》のすみで見《み》つめた。男の人《ひと》、女《おんな》の人《ひと》、年《とし》をとった人《ひと》、若《わか》い人《ひと》、さまざまだ。若《わか》い人《ひと》たちはくすんだ色《いろ》の服《ふく》を着《き》て、女《おんな》の子《こ》たちは胸元《むなもと》にアクセサリーをきらきらさせている。口《くち》ゲンカしている人《ひと》、声《こえ》をあげて笑《わら》っている人《ひと》、だまってすわっている人《ひと》、新聞《しんぶん》や本《ほん》、派手《はで》な表紙《ひょうし》の雑誌《ざっし》を広《ひろ》げている人《ひと》。ごくふつうの光景《こうけい》だが、だれひとり〈力《ちから》〉をもっていないのはすぐわかる。他人《たにん》と会《あ》う経験《けいけん》がほとんどないナサニエルには、バスの光景《こうけい》は妙《みょう》にうすっぺらいものに見《み》えた。人々《ひとびと》の会話《かいわ》も無意味《むいみ》に聞《き》こえ、読《よ》んでいる本《ほん》もくだらないものに見《み》える。みんなぱっとしない。それしか感《かん》じなかった。

三十分後《ぷんご》、バスがテムズ川《がわ》のブラックフライヤーズ橋《ばし》に着《つ》いた。

ナサニエルはバスをおり、橋《はし》の真《ま》ん中《なか》まで行《い》くと、鉄《てっ》の手《て》すりから身《み》を乗《の》り出《だ》した。ちょうど満潮《まんちょう》で、にごった水《みず》がとうとうと橋《はし》の下《した》を流《なが》れていく。川面《かわも》にはたえまなく白波《しらなみ》が逆巻《さかま》いている。両岸《りょうがん》にそってのびるエンバンクメント通《どお》りには、人気《ひとけ》のないオフィスビルがならび、ちょうど車《くるま》のライトや街灯《がいとう》がつきはじめていた。国会議事堂《こっかいぎじどう》はすぐ先《さき》の、川《かわ》がカーブしたあたりに建《た》っている。こんなに近《ちか》づくのは初《はじ》めてだ。そう思《おも》うとナサニエルの胸《むね》は高鳴《たかな》った。

国会議事堂《こっかいぎじどう》に行《い》く日《ひ》はまだ先《さき》だ。その前《まえ》にやらなくてはならない重要《じゅうよう》な仕事《しごと》がある。ナサニエルはポケットからビニール袋《ぶくろ》と、家《いえ》の庭《にわ》で見《み》つけた割《わ》れたレンガを取《と》り出《だ》し、反対《はんたい》のポケットからタバコ缶《かん》を取《と》り出《だ》すと、ビニール袋《ぶくろ》にレンガと缶《かん》をいっしょに入《い》れて、口《くち》を二重《にじゅう》にしばった。

橋《はし》の左右《さゆう》にちらっと目《め》をやった。通行人《つうこうにん》はみな、うつむきかげんで背中《せなか》を丸《まる》め、足早《あしばや》にとおりすぎていく。こっちを見《み》ている人《ひと》はいない。それを確認《かくにん》するとすぐに、ナサニエルは袋《ふくろ》を手《て》すりから放《ほう》り投《な》げ、落《お》ちていくのをながめた。

下《した》へ……どんどん下《した》へ……袋《ふくろ》はしまいに小《ちい》さな点《てん》になり、水《みず》しぶきもかろうじて見《み》える程度《ていど》だった。

タバコ缶《かん》は石《いし》のように沈《しず》んでいった。

ナサニエルは上着《うわぎ》のえりを立《た》て、川面《かわも》をふきぬけていく強《つよ》い風《かぜ》をしのいだ。これでひと安心《あんしん》だ。とりあえずは……。ナサニエルはおどし作戦《さくせん》をやりとげた。これでもしバーティミアスが裏《うら》切《ぎ》ったら……。

バス停《てい》に向《む》かう途中《とちゅう》で雨《あめ》がふりだした。あれこれ考《かんが》えながら、ゆっくり歩《ある》いていたナサニエルは、反対側《はんたいがわ》から足早《あしばや》にやってくる帰宅途中《きたくとちゅう》の人《ひと》たちとぶつかりそうになった。相手《あいて》はみんな、すれちがいざまに文句《もんく》をいったが、ナサニエルは気《き》にもとめなかった。安全《あんぜん》……それがなにより大事《だいじ》だ……。

一歩《いっぽ》ふみ出《だ》すたびに、いいようのない疲《つか》れがナサニエルをおそった。

16 あやしげな手紙《てがみ》

小僧《こぞう》の屋根裏部屋《やねうらべや》の窓《まど》から飛《と》び立《た》ったとき、おれはやつにどうやって反撃《はんげき》してやろうかとあれこれ作戦《さくせん》を考《かんが》えていて頭《あたま》がいっぱいだった。おかげでどこかの煙突《えんとつ》にまともにつっこむ始末《しまつ》。

とほほ、これぞまやかしの自由《じゆう》ってやつだ。

おれは大都会《だいとかい》にすむ無数《むすう》のハトの一羽《わ》になって、空《そら》を飛《と》んでいた。翼《つばさ》に日《ひ》ざしをあび、冷《つめ》たい風《かぜ》が美《うつく》しい羽毛《うもう》を逆立《さかだ》てる。眼下《がんか》にはくすんだ褐色《かっしょく》の屋《や》根《ね》がどこまでも連《つら》なり、まるで刈《か》り入《い》れどきの広大《こうだい》な麦畑《むぎばたけ》みたいに、遠《とお》くにかすむ地平線《ちへいせん》の彼方《かなた》まで続《つづ》いていた。果《は》てしない空《そら》の広《ひろ》がりがおれを呼《よ》んでいる！　ああ、こんないまいましい街《まち》からはなれて、遠《とお》くへ行《い》っちまいたい。一度《いちど》もふり返《かえ》らずに。それができたら……だれにもとめられず、もう呼《よ》びもどされることもなく……。

だが今《いま》のおれにそれはゆるされない。小僧《こぞう》ははっきりいいやがった。もしおれがサイモン・ラブレースの偵察《ていさつ》もせず、小僧《こぞう》の名前《なまえ》をもらしたらどうなるかを。もちろん、ナサニエルへの裏切《うらぎ》りがやがて自分《じぶん》に返《かえ》ってくることも承知《しょうち》のうえでなら、おれは今《いま》どこへだって行《い》けるし、任務《にんむ》を果《は》たすためだけに情報《じょうほう》を得《え》るなら、どんな手《て》だって使《つか》える。それにあいつからはしばらくお呼《よ》びはかからないだろうし（どうせ疲《つか》れきっているから、やつには休《やす》みが必《ひつ》要《よう》だ（✡42））、呪文《じゅもん》がきくまでにまだ一か月《げつ》ある。それでもおれは小僧《こぞう》の命令《めいれい》にしたがい、やつを満足《まんぞく》させなきゃならない。でないと、テムズの川底《かわぞこ》のへドロのなかに沈《しず》む「旧刑務所《きゅうけいむしょ》」に入《はい》ることになっちまう。自由《じゆう》なんて幻《まぼろし》だ。つねに犠牲《ぎせい》をともなう。

おっと、そんな気取《きど》ったことといってないで、目《め》の前《まえ》のことに頭《あたま》をきりかえないとな。なにから調査《ちょうさ》をはじめよう？　場所《ばしょ》が先《さき》か事実《じじつ》が先《さき》か？　場所《ばしょ》とはつまり、ハムステッドのサイモン・ラブレース邸《てい》。秘密《ひみつ》の取《と》り引《ひ》きがおこなわれているらしいところだ。もう一度《いちど》なかへ入《はい》るつもりはないが、だれが

✡42　ちなみに休《やす》みが必要《ひつよう》なのは、小僧《こぞう》だけじゃない。

出入《でい》りするか、家《いえ》の外《そと》で見張《みは》るぐらいはできる。事実《じじつ》とは、どうやらあの魔《ま》術師《じゅつし》はまっとうな手段《しゅだん》でサマルカンドのアミュレットを手《て》に入《い》れたんじゃないらしいってことだ。それにかんしては、アミュレットの最近《さいきん》までの動向《どうこう》にくわしいやつをさがしてみるか。最後《さいご》の持《も》ち主《ぬし》がだれかとか、なにか情報《じょうほう》を知《し》ってるだろう。

ま、どっちからはじめるのがいいかっていえば、とりあえずハムステッドに行《い》くほうがとっかかりとしちゃいいだろう。少《すく》なくとも行《い》き方《かた》はわかってる。

今回《こんかい》はなるべく遠《とお》くから偵察《ていさつ》することにした。道《みち》の反対側《はんたいがわ》にある家《いえ》からなら、ラブレース邸《てい》の正面《しょうめん》ドアから門《もん》までの私道《しどう》が見《み》とおせる。おれはその家《いえ》の樋《とい》におり立《た》ち、ラブレース邸《てい》をながめた。前夜《ぜんや》にくらべて防御網《ぼうぎょもう》に多少変《たしょうへん》化《か》があった。やぶれた部分《ぶぶん》がなおされ、さらに層《そう》をふやして補強《ほきょう》してある。この前《まえ》のさわぎで黒《くろ》こげになった木《き》は、切《き》りたおされてかたづけてあった。さらに不吉《ふきつ》なことに、数匹《すうひき》のひょろっとした赤《あか》い生《い》き物《もの》が、目立《めだ》たないように庭《にわ》を歩《ある》きまわっているのが、第《だい》四と第《だい》五の目《め》に映《うつ》った。

ラブレースもフェイキアールもジャーボウもいない。まあ、すぐになにかが起《お》きるとは期待《きたい》しちゃいない。一時間《じかん》かそこらは待《ま》たなきゃならないだろう。おれは風《かぜ》から身《み》を守《まも》るため翼《つばさ》をふくらませると、腰《こし》をすえて偵察《ていさつ》をはじめた。

結局《けっきょく》その樋《とい》で三日過《みっかす》ごした。丸々三日《まるまるみっか》だ。たしかに体《からだ》はじゅうぶん休《やす》まったが、いつもの鈍痛《どんつう》がひどくなってきて、気分《きぶん》が悪《わる》いったらない。それにいいかげんあきあきしていた。これといってなにも起《お》こらないのだ。

朝《あさ》は、庭師《にわし》のじいさんが敷地内《しきちない》をまわって、ジャーボウの爆撃《ばくげき》を受《う》けた芝生《しばふ》の一帯《いったい》に肥料《ひりょう》をまく。午後《ごご》は、同《おな》じじいさんが形《かたち》ばかりの庭木《にわき》の手入《てい》れと私道《しどう》のそうじをし、それからのんびりお茶《ちゃ》を飲《の》みに行《い》く。じいさんは赤《あか》い生《い》き物《もの》にはまったく気《き》づいていなかった。やつらは獲物《えもの》をねらう大型《おおがた》の猛禽《もうきん》みたいに、しょっちゅうじいさんに忍《しの》びよっていたが、正確《せいかく》な召喚《しょうかん》の言葉《ことば》にかろうじておさえられているらしく、じいさんは食《く》われずにすんでいた。

日《ひ》が暮《く》れると、光《ひかり》の玉《たま》の一団《いちだん》が街《まち》じゅうにあらわれ、追跡《ついせき》を再開《さいかい》しやがった。ラブレースは家《いえ》にこもって、ほかにアミュレットを見《み》つけ出《だ》す方法《ほうほう》を探《さぐ》っているらしい。そういや、フェイキアールとジャーボウはおれをとりにがして罰《ばつ》を受《う》けたんだろうか？　どうかたっぷり罰《ばつ》をあたえてやってくれ。

三日目《みっかめ》の朝《あさ》、やけに甘《あま》ったるいハトの鳴《な》き声《ごえ》がして、見《み》ると、かわいい顔《かお》をしたハトがおれの右側《みぎがわ》にいた。いかにも興味《きょうみ》ありげに首《くび》をかしげながらこっちを見《み》ている。どうやら雌《めす》らしい。おれは追《お》いはらおうと、いばったつれない鳴《な》き声《ごえ》を出《だ》し、そっぽを向《む》いた。だが、相手《あいて》はなまめかしいそぶりで樋《とい》の上《うえ》をはねている。おいおい、かんべんしてくれ。雄好《おすず》きな鳥《とり》だな、こいつは。おれはじりじりとはなれた。雌《めす》バトがわずかによってくる。おれはまたはなれる。そんなことをくり返《かえ》し、とうとう樋《とい》のはしまできて、おれは排《はい》水口《すいこう》のふちに足《あし》を置《お》いた。

野良《のら》ネコに姿《すがた》を変《か》えて、思《おも》いきりおどかしてやりたかったが、ラブレース邸《てい》のそばで姿《すがた》を変《か》えるのは危険《きけん》すぎる。とりあえずどこかへのがれようと、飛《と》ぼうとした瞬間《しゅんかん》、ラブレースの敷地《しきち》からなにかが出《で》ていくのが目《め》にとまった。

きらきらした青《あお》い防御網《ぼうぎょもう》に穴《あな》ができ、次第《しだい》に大《おお》きくなったかと思《おも》うと、コウモリの翼《つばさ》にブタの鼻《はな》をした深緑色《ふかみどりいろ》のインプがそこをすりぬけた。インプが通《とお》りすぎると穴《あな》はとじた。外《そと》へ出《で》たインプは翼《つばさ》をひるがえらせて、街灯《がいとう》ぐらいの高《たか》さを飛《と》んでいく。

足《あし》に手紙《てがみ》を二通《つう》つかんで。

そのとき、おれの耳元《みみもと》でうれしそうにのどを鳴《な》らす音《おと》が聞《き》こえ、思《おも》わずふりむくと、あつかましい雌《めす》バトのくちばしが目《め》の前《まえ》にあった。女《おんな》ならではのしつこさで、チャンスとばかりにくっつきそうなほどすりよっていたのだ。

おれの返事《へんじ》は単純明快《たんじゅんめいかい》！ 翼《つばさ》の先《さき》で相手《あいて》の目《め》をつき、体《からだ》にけりを入《い》れてやった。それから高度《こうど》をあげて、インプを追《お》いかけた。

あきらかになにかの使《つか》いだ。電話《でんわ》やメールでやりとりするには危険《きけん》な極秘《ごくひ》の内容《ないよう》をあずかっているらしい。前《まえ》にも似《に》たようなのを見《み》たことがある(✡43)。なにを運《はこ》んでいるか知《し》らないが、とにかくラブレースの動向《どうこう》をさぐるチャンス到来《とうらい》だ！

インプは近所《きんじょ》の庭《にわ》をこえ、上昇気流《じょうしょうきりゅう》にのった。おれはずんぐりしたハトの

✡43
おれが今《いま》までに見《み》てきた国《くに》では、インプ便《びん》をさかんに利用《りよう》していた。まだ電話《でんわ》もメールもない古代《こだい》バグダッドでは、朝食《ちょうしょく》後《ご》や日没《にちぼつ》の直前《ちょくぜん》になると、平屋根《ひらやね》やナツメヤシにその手《て》のインプたちがあふれていた。一日《にち》二回《かい》決《き》まった時間《じかん》にインプを使《つか》って便《たよ》りを送《おく》る習慣《しゅうかん》だったのだ。

翼《つばさ》を必死《ひっし》にひるがえしてあとを追《お》った。さて、どうやって近《ちか》づいたものか……。いちばん安全《あんぜん》でかしこい方法《ほうほう》は、インプの持《も》っている封筒《ふうとう》は無視《むし》して、とりあえず親《した》しくなることだ。たとえばやつと同《おな》じ〈使《つか》いのインプ〉になって声《こえ》をかけ、「偶然《ぐうぜん》」の出会《であ》いをよそおい、相手《あいて》を信用《しんよう》させる。こっちががまん強《づよ》く、親《した》しげな態度《たいど》でのんきそうにしてれば、そのうちポロッと口《くち》をすべらすにちがいない……。

それとも、ただぶんなぐるか。そのほうがはっきりいって手《て》っとり早《ばや》いし、おれ好《ごの》みだ。よし、手《て》っとり早《ばや》いほうにしよう。おれはインプがハムステッドヒース公園《こうえん》をこえるまで、適当《てきとう》な距離《きょり》をたもってついていった。

ラブレース邸《てい》からじゅうぶんはなれたところで、おれはハトから怪物像《ガーゴイル》の姿《すがた》になると、あわれなインプにとびかかり、力《ちから》ずくで空《そら》から引《ひ》きずりおろした。そして低木《ていぼく》の茂《しげ》みのあいだに舞《ま》いおり、片足《かたあし》でおさえつけて、ちょっとゆさぶってやった。

「はなせ！」インプは悲鳴《ひめい》をあげながら、四つの鉤爪《かぎづめ》のついた足《あし》をバタバタさせた。「仕返《しかえ》ししてやる！　ずたずたにしてやるからな！　おぼえてろよ！」

「おお、そうか」おれはやつを低木《ていぼく》のかげに引《ひ》きずりこむと、でっかい石《いし》をやつの腹《はら》の上《うえ》にのせた。鼻《はな》と鉤爪《かぎづめ》の足《あし》だけが見《み》える。

「よし」おれは石《いし》の上《うえ》であぐらをかくと、インプの足《あし》から封筒《ふうとう》をひったくった。「先《さき》にこれを読《よ》ませていただくとしよう。話《はなし》はそのあとだ。サイモン・ラブレースについて知《し》ってることをぜんぶ教《おし》えてくれ」

石《いし》の下《した》から下品《げひん》なののしりが聞《き》こえたが、気《き》づかないふりをしてふたつの封筒《ふうとう》に目《め》を向《む》けた。二通《つう》はまるでちがっていた。一通《つう》は真《ま》っ白《しろ》でなにも書《か》かれていない。名前《なまえ》も印《しるし》もなく、小《ちい》さな赤《あか》い封《ふう》ロウでとじられているだけ。もう一通《つう》ははるかに豪華《ごうか》だ。淡《あわ》い黄色《きいろ》の羊皮紙《ようひし》でラブレースの頭文字《かしらもじ》ＳＬをおした封《ふう》ロウでとじてある。表書《おもてが》きには、Ｒ・デバルーさまとあった。

「最初《さいしょ》の質問《しつもん》だ。Ｒ・デバルーってだれだ？」

インプは声《こえ》をおさえていたが、バカにしたような口調《くちょう》でいった。「冗談《じょうだん》だろ！　ルパート・デバルーを知《し》らないのか？　アホかおまえ」

「ひとことといっておくが、世間一般《せけんいっぱん》に自分《じぶん》より格上《かくうえ》の相手《あいて》に失礼《しつれい》な態度《たいど》をとるのは、あまりかしこいとはいえない。とくに石《いし》の下《した》におさえられているようなときはな」

「脅迫《きょうはく》する気《き》――」

「＊＊＊（✡44）」

「もう一度《いちど》きく。ルパート・デバルーってだれだ？」

「英国《えいこく》の首相《しゅしょう》です、寛大《かんだい》で慈悲《じひ》深《ぶか》いお方《かた》」

「ほんとか？（✡45）ラブレースは本当《ほんとう》に上流社会《じょうりゅうしゃかい》の仲間《なかま》入《い》りをしているわけだな。どれどれ、首相《しゅしょう》になんの用《よう》だ？」

おれはいちばん鋭《するど》い鉤爪《かぎづめ》を使《つか》って、なるべく封《ふう》ロウを傷《きず》つけないように慎《しん》重《ちょう》にはがして石《いし》の上《うえ》におくと、封筒《ふうとう》をあけた。

おれが今《いま》まで盗《ぬす》み見《み》たものとくらべると、大《たい》してワクワクするような手紙《てがみ》じゃなかった。

ルパートさま

✡44
文中《ぶんちゅう》のお上品《じょうひん》な＊＊＊のところは、本当《ほんとう》は下品《げひん》な言葉《ことば》と不幸《ふこう》にしてさけられなかった暴力《ぼうりょく》が手短《てみじか》に語《かた》られていたんだが、検閲《けんえつ》でカットされた。ちなみにシーン再開《さいかい》時《じ》には、おれが汗《あせ》をかいているのと、インプがおとなしい協《きょう》力者《りょくしゃ》になっている以《い》外《がい》は、すべて元《もと》の位《い》置《ち》のままだ。

大変申《たいへんもう》しわけないのですが、今夜《こんや》の国会《こっかい》に少《すこ》しおくれてしまうかもしれません。来週《らいしゅう》の例《れい》の大《おお》きな行事《ぎょうじ》の件《けん》で急用《きゅうよう》が入《はい》り、それをどうしても今日《きょう》じゅうにかたづけたいのです。ひとつでも準備《じゅんび》をおこたることのないようにしたいものですから。万一《まんいち》おくれても、どうかおゆるし願《ねが》います。

それからこの場《ば》を借《か》りて、わたくしどもが今回《こんかい》の会議《かいぎ》の接待役《せったいやく》をおおせつかったことに、改《あらた》めてお礼《れい》を申《もう》しあげます。

アマンダが大広間《おおひろま》の手直《てなお》しをすませ、今《いま》は首相用《しゅしょうよう》にあつらえました特《とく》別室《べっしつ》に新《あたら》しい（新《しん》ペルシャ風《ふう》の）カーテンやじゅうたんをしつらえているところです。首相《しゅしょう》のお好《す》きな珍味《ちんみ》もたくさん注文《ちゅうもん》してあります。もちろん新鮮《しんせん》なヒバリの舌《した》も。

本当《ほんとう》に申《もう》しわけありません。首相《しゅしょう》の演説《えんぜつ》にはかならず間《ま》にあうように行《い》くつもりです。

つねに誠実《せいじつ》かつ忠実《ちゅうじつ》なしもべ、サイモン

45 おれがアミュレットを盗《ぬす》んだ晩《ばん》、ラブレースは首相《しゅしょう》の力量《りきりょう》を疑《うたが》っているような口《くち》ぶりだった。おれが首相《しゅしょう》の名《な》を知《し》らなかったってことは、どうやらラブレースのいうことはあたってるな。もしデバルーが並《なみ》はずれた魔《ま》術師《じゅつし》だったら、おれの耳《みみ》に入《はい》っていてもおかしくない。実力《じつりょく》のある魔術師《まじゅつし》のうわさはすぐに広《ひろ》まるからだ。ま、だいたいいわゆる魔術師特有《まじゅつしとくゆう》のおべっかってやつだ。歯《は》が浮《う》くような言葉《ことば》がならべたてられているわりに、大《たい》したことは書《か》かれちゃいない。だが少《すく》なくとも、ラブレースのいう「急用《きゅうよう》」ってのは、アミュレットがなくなったことしかない。さらに注目《ちゅうもく》すべきは、来週《らいしゅう》の「大《おお》きな行事《ぎょうじ》」までにそれを解決《かいけつ》しなきゃならないってことだ。どうやらなにかの会議《かいぎ》らしい。これはさぐってみる価《か》値《ち》はありそうだ。それと「アマンダ」。ラブレースの家《いえ》におれが最初《さいしょ》に行《い》ったとき、やつといっしょにいた女《おんな》のことだろう。ほかに考《かんが》えられない。あの女《おんな》のことをもう少《すこ》し調《しら》べれば、なにかわかるかもしれない。

おれは手紙《てがみ》を慎重《しんちょう》に封筒《ふうとう》にもどすと、封《ふう》ロウを手《て》にとって、用心《ようじん》しながら熱《ねつ》をちょっと加《くわ》えて下側《したがわ》を溶《と》かし、もう一度封《いちどふう》をした。すると、見《み》よ、この出来栄《できば》え！　封《ふう》をしたばかりのようじゃないか！

次《つぎ》にもうひとつの封筒《ふうとう》をあけた。なかに細長《ほそなが》い紙切《かみき》れが入《はい》っていて、かんたんなメッセージが書《か》かれていた。

はやっかい者《もの》として
ではあるが。

チケットは依然見《いぜんみ》つかりません。ショーを中止《ちゅうし》しなければならないかもしれない。

ほかの方法《ほうほう》を考《かんが》えてみてください。では、今夜《こんや》「国」で。


こっちこそおれが期待《きたい》していたものだ！「チケット」！「ショー」！「国」！このあやしげな言葉《ことば》！　住所《じゅうしょ》もなければ、最後《さいご》の署名《しょめい》もなし。初《はじ》めから終《お》わりまでみごとにあいまいな内容《ないよう》。極秘《ごくひ》メッセージはどれもそうだが、本当《ほんとう》の意味《いみ》はかくされていて、どこかのマヌケが偶然《ぐうぜん》これを手《て》にとって読《よ》んでも、なんのことやらわからないようになっている。しかし、かしこいおれさまはすぐに「チケット」の意味《いみ》を読《よ》みとった。そう、ラブレースはなくなったアミュレットのことをいってるわけだ。どうやら小僧《こぞう》のいったことは当《あ》たってるらしい。あの魔術師《まじゅつし》はまちがいなくなにかをたくらんでいる。さてと、そのへんを石《いし》の下《した》にいるおれのお友だちにズバリきいてみるか。

「それで、この宛先《あてさき》のない封筒《ふうとう》だが、いったいどこへとどけるんだ？」

「シーラー氏《し》のお宅《たく》です。畏《おそ》れ多《おお》きお方《かた》。家《いえ》はグリニッジにあります」

「シーラーってだれだ?」

「えー、ジンのなかのジン殿《どの》、ラブレース氏《し》の師匠《ししょう》です。わたしは定期的《ていきてき》におふたりがやりとりする手紙《てがみ》を運《はこ》んでいます。おふたりとも政府《せいふ》の大臣《だいじん》です」

「ふうん」

これはあやしい。大《たい》したことじゃないのかもしれないが……。やつらはいったいなにをたくらんでるんだ? 中止《ちゅうし》されるかもしれない「ショー」ってのはいったいなんだ? 二通《つう》の手紙《てがみ》からわかるのは、ラブレースとシーラーが今晩国会《こんばんこっかい》の席《せき》でこの件《けん》について密談《みつだん》をするらしいってことだ。そこへ行《い》って、なんの話《はなし》をするのか聞《き》く価値《かち》はありそうだな。

とりあえずおれは、聞《き》きこみを続《つづ》けた。「サイモン・ラブレースだが、やつについて知《し》ってることはないか? やつが計画《けいかく》しているこの会議《かいぎ》ってのはなんだ?」

インプがあわれな声《こえ》を出《だ》した。「ああ、光《ひか》り輝《かがや》く月光《げっこう》のお方《かた》、悲《かな》しいかな、わたしは知《し》りませんのです。なにも知《し》らないわたしに乾杯《かんぱい》! わたしはただ手紙《てがみ》を運《はこ》ぶだけのちんけな存在《そんざい》です。命令《めいれい》されたところへ行《い》き、返事《へんじ》を持《も》ちかえる。今《いま》までは道草《みちくさ》することも立《た》ちどまることもありませんでした。運《うん》よく、情《なさ》け深《ぶか》きあなたさまに待《ま》ちぶせされて、石《いし》におしつぶされるまでは」

「そうかそうか。じゃあ、ラブレースといちばん親《した》しいのはだれだ？　手紙《てがみ》をとどけるのはだれのところがいちばん多《おお》い？」

「評判高《ひょうばんたか》き偉大《いだい》なるお方《かた》、いちばんひんぱんにやりとりする相手《あいて》はシーラー氏《し》です。ほかにはとくに目立《めだ》った人《ひと》はいません。わたしが手紙《てがみ》をとどける相《あい》手《て》はおもに政治家《せいじか》やロンドン社交界《しゃこうかい》の有名人《ゆうめいじん》たちです。もちろんみんな魔術《まじゅつ》師《し》ですが、とにかくいろんな人《ひと》におとどけしています。たとえば先日手紙《せんじつてがみ》をとどけたのは、自治大臣《じちだいじん》のティム・ヒルディック氏《し》に『ピン魔術用品店《まじゅつようひんてん》』のショールトウ・ピン氏《し》、それと劇団《げきだん》を主宰《しゅさい》しているクェンティン・メイクピース氏《し》です。こういった方々《かたがた》のところにはよく使《つか》いに行《い》かされております」

「ピン魔術用品店《まじゅつようひんてん》ってなんだ？」

「恐《おそ》ろしく偉大《いだい》なるお方《かた》、もしほかの人《ひと》にその質問《しつもん》をされたなら、わたしはその人《ひと》のことを世間知《せけんし》らずのトンマと呼《よ》ぶところです。しかしあなたさまには美徳《びとく》のなかの美徳《びとく》、相手《あいて》に無用《むよう》な敵意《てきい》をいだかせないすばらしい素朴《そぼく》さを感《かん》じます。ピカデリーのピン魔術用品店《まじゅつようひんてん》はロンドンで最高級《さいこうきゅう》の魔術用品《まじゅつようひん》をあつかっているところで、ショールトウ・ピンはその経営者《けいえいしゃ》です」

「そりゃあおもしろそうだな。じゃあ魔術師《まじゅつし》が魔術用品《まじゅつようひん》を買《か》いたかったら、ピンのところへ行《い》くわけか？」

「はい」

「なんだ、その物言《ものい》いは？」

「申《もう》しわけありません、おどろくべきお方《かた》。あなたさまの質問《しつもん》が短《みじか》いと、新《あたら》しい賛辞《さんじ》がなかなか思《おも》いつきません」

「ならば今《いま》のは大目《おおめ》にみるか。それで、シーラーのほかにとくにこれといった仲間《なかま》はいないんだな？　たしかか？」

「はい、ほまれ高《たか》きお方《かた》。ラブレース氏《し》は友人《ゆうじん》が多《おお》いので、とくにひとりあげろといわれるとこまってしまいます」

「アマンダってのはだれだ？」

「わかりません、超一流《ちょういちりゅう》のお方《かた》。たぶん奥《おく》さんでしょう。手紙《てがみ》をとどけたことがないので」

「『超一流《ちょういちりゅう》のお方《かた》』か。おまえも苦労《くろう》しているな。よし。最後《さいご》のふたつだ。ひとつ！　背《せ》が高《たか》く黒《くろ》いひげを生《は》やしていて、旅行用《りょこうよう》のよごれたマントと手袋《てぶくろ》を身《み》につけた男《おとこ》を、これまでに見《み》たか手紙《てがみ》をとどけたことはあるか？　こわい顔《かお》をした得体《えたい》の知《し》れないやつだ。ふたつ！　サイモン・ラブレースはどんな手下《てした》を使《つか》っている？　おまえみたいな、にやけた小僧《こぞう》じゃなくて、おれみたいに力《ちから》のあるやつだ。このふたつにすぐに答《こた》えれば、おれがここを去《さ》る前《まえ》にこの石《いし》をはずしてやろう」

インプは沈《しず》んだ声《こえ》を出《だ》した。「万物《ばんぶつ》の王《おう》さま、あなたさまの気《き》まぐれな質問《しつもん》すべてに満足《まんぞく》いく答《こた》えができますかどうか。最初《さいしょ》の質問《しつもん》ですが、そのようなひげ男《おとこ》は見《み》たこともありません。それから二番目《ばんめ》の質問《しつもん》ですが、わたしはラブレース氏《し》の家《いえ》のどの部屋《へや》にも入《い》れません。なかに恐《おそ》ろしい存在《そんざい》がいるのはわかります。力《ちから》を感《かん》じますから。ただ運《うん》よく、会《あ》ったことはございません。わたしが知《し》っているのは、今朝《けさ》ご主人《しゅじん》さまが敷地《しきち》のなかに十三匹《びき》の飢《う》えたクレルを放《はな》したことです。十三匹《びき》も！　一匹《ぴき》だってこりごりなのに。やつらはいつも、わたしが手紙《てがみ》をもってあらわれると、足《あし》をねらってくるのです」

おれはちょっと考《かんが》えた。いちばん大《おお》きな手《て》がかりは、シーラーとのつながりだ。やつとラブレースがなにかをたくらんでいるのはまちがいない。今晩《こんばん》国会《こっかい》に忍《しの》びこんで立《た》ち聞《ぎ》きすれば、そのあたりのことがわかるかもしれない。だがまだ時間《じかん》がある。そのあいだにピカデリーのピン魔術用品店《まじゅつようひんてん》にでも行《い》ってみるか。もちろん、ラブレースはそこでアミュレットを手《て》に入《い》れたわけじゃないが、その店《みせ》を調《しら》べれば、あのお守《まも》りの最近《さいきん》までのことがつかめるかもしれない。

石《いし》の下《した》でインプがわずかに身《み》もだえするのを感《かん》じた。

「情《なさ》け深《ぶか》きお方《かた》、お気《き》がすんだら仕事《しごと》にもどってよろしいでしょうか？　手《て》紙《がみ》をとどけるのが遅《おく》れると、強烈《きょうれつ》な〈針《はり》のむしろ〉の罰《ばつ》を受《う》けるのです」

「そうか」いったんつかまえた位《くらい》の低《ひく》いインプなど、のみこんじまうのがふつうだが、あまりおれ好《この》みのやり方《かた》じゃない（✡46）。そこでおれは石《いし》からおりると、石《いし》を持《も》ちあげて放《ほう》り投《な》げてやった。ぺちゃんこになっていたインプは一、二度体《どからだ》を丸《まる》めてから、痛《いた》そうに立《た》ちあがった。

「ほら、手紙《てがみ》だ。心配《しんぱい》するな、手《て》は加《くわ》えてない」

「手《て》が加《くわ》えてあったってべつに関係《かんけい》ないっすよ、東《ひがし》の流《なが》れ星《ぼし》のお方《かた》。こっちは手紙《てがみ》を運《はこ》ぶだけだから。なにが書《か》いてあるか知《し》らないし」危機《きき》がすぎると、このインプはもう鼻持《はなも》ちならないやつに逆《ぎゃく》もどりしやがった。

「おれと会《あ》ったことはだれにもいうなよ。でないと次《つぎ》におまえが出《で》かけるときに、待《ま》ちぶせしてやる」

「は？　だれがそんなやっかいごとに首《くび》をつっこむんです？　ご冗談《じょうだん》でしょ。さてと、拷問《ごうもん》がすんだなら、おいとましますよ」

革《かわ》みたいな翼《つばさ》を弱々《よわよわ》しく数回《すうかい》ひるがえすと、インプは飛《と》び立《た》ち、木々《きぎ》の彼方《かなた》に消《き》えた。おれはやつがじゅうぶん遠《とお》ざかるまで待《ま》ってやると、もう一度《いちど》ハトに姿《すがた》を変《か》えて、だれもいない荒《あ》れ地《ち》を南《みなみ》へ向《む》かった。目《め》ざすはピカデリーだ。

✡46　インプをのみこむのはおれの好《この》みじゃないし、のみこむと、飛《と》ぶときにわき腹《ばら》が痛《いた》むこともある。

本書は、
二〇〇三年十二月　理論社から刊行された
「バーティミス　サマルカンドの秘宝」を
改訳し、三分冊にした1です。

ジョナサン・ストラウド 作

イギリス、ベッドフォード生まれ。7歳から物語を書き始める。子どもの本の編集者をしながら自分でも執筆。「バーティミアス」三部作は世界的なベストセラーになる。著書に『勇者の谷』(理論社)、「ロックウッド除霊探偵局」シリーズ(小学館)などがある。現在は家族とともにハートフォードシャーに暮らしている。

金原瑞人《かねはらみずひと》 訳

1954年、岡山生まれ。法政大学教授。翻訳家。訳書に『豚の死なない日』(白水社)、『青空のむこう』(求龍堂)、『さよならを待つふたりのために』(岩波書店)、『かかしと召し使い』(理論社)、「パーシー・ジャクソン」シリーズ(ほるぷ出版)など多数。

松山《まつやま》美保《みほ》 訳

1965年、長野生まれ。翻訳家。金原瑞人との共訳に「ロックウッド除霊探偵局」シリーズ(小学館)、「魔法少女レイチェル」シリーズ(理論社)などがある。他、訳書に『白い虎の月』(ヴィレッジブックス)など。

静山社ペガサス文庫

バーティミアス①
サマルカンドの秘宝《ひほう》〈上〉

2018年10月11日　初版発行

作者　ジョナサン・ストラウド
訳者　金原瑞人　松山美保
発行者　松岡佑子
発行所　株式会社静山社
〒102-0073 東京都千代田区九段北1-15-15
電話・営業 03-5210-7221
https://www.sayzansha.com
装画　YOUCHAN(ドゴルアートワークス)
装丁　坂川栄治+鳴田小夜子(坂川事務所)
印刷・製本　中央精版印刷株式会社

ISBN 978-4-86389-470-9　Printed in Japan
Published by Say-zan-sha Publications, Ltd.

「静山社《せいざんしゃ》ペガサス文庫《ぶんこ》」創刊《そうかん》のことば

小《ちい》さくてもきらりと光《ひか》る、星《ほし》のような物語《ものがたり》を届《とど》けたい――一九七九年《ねん》の創業《そうぎょう》以来《いらい》、静山社《せいざんしゃ》が抱《いだ》き続《つづ》けてきた願《ねが》いをこめて、少年少女《しょうねんしょうじょ》のための文庫《ぶんこ》「静山社《せいざんしゃ》ペガサス文庫《ぶんこ》」を創刊《そうかん》します。

読書《どくしょ》は、みなさんの心《こころ》に眠《ねむ》っている想像《そうぞう》の羽《はね》を広《ひろ》げ、未知《みち》の世界《せかい》へいざないます。読書体験《どくしょたいけん》をとおしてつちかわれた想像力《そうぞうりょく》は、楽《たの》しいとき、苦《くる》しいとき、悲《かな》しいとき、どんなときにも、みなさんに勇気《ゆうき》を与《あた》えてくれるでしょう。

ギリシャ神話《しんわ》に登場《とうじょう》する天馬《てんま》・ペガサスのように、大《おお》きなつばさとたくましい足《あし》、しなやかな心《こころ》で、みなさんが物語《ものがたり》の世界《せかい》を、自由《じゆう》にかけまわってくださることを願っています。

二〇一四年《ねん》

静《せい》山《ざん》社《しゃ》